# 名《めい》探《たん》偵《てい》
# シャーロック・ホームズ

## 四《よっ》つの署名《しょめい》

コナン・ドイル・作
駒月雅子《こまつきまさこ》・訳
冨士原《ふじわら》 良《りょう》・絵



角川つばさ文庫

目《もく》次《じ》

CONTENTS

# CHARACTERS 人物《じんぶつ》紹介《しょうかい》

## ベイカー街《がい》221B《ビー》

### ジョン・H《エイチ》・ワトスン

元陸軍《もとりくぐん》医師《いし》。
体調《たいちょう》を崩《くず》して、
ロンドンへやってくる。
真面目《まじめ》でおだやか。

友人《ゆうじん》

### シャーロック・ホームズ

世界一《せかいいち》の名探偵《めいたんてい》で、
とてつもない変人《へんじん》。同居人《どうきょにん》の
ワトスンとコンビを組《く》んで、
数々《かずかず》の難事件《なんじけん》に挑《いど》む。

依頼《いらい》

### メアリー・モースタン

今回《こんかい》の依頼人《いらいにん》。
ブロンドヘアーの若《わか》い女性《じょせい》。
謎《なぞ》の真珠《しんじゅ》と手紙《てがみ》を持《も》ってきた。

協力《きょうりょく》

### ジョーンズ警部《けいぶ》

赤《あか》ら顔《がお》で、
でっぷりした体《からだ》。
ホームズの推理《すいり》を
認《みと》めていない。

## スコットランド・ヤード（ロンドン警視庁《けいしちょう》）

# 1 推理《すいり》の科学《かがく》

シャーロック・ホームズは、暖炉《だんろ》の前《まえ》のビロード張《ば》りの肘掛《ひじか》け椅子《いす》にゆったりと身《み》を預《あず》けて、満足《まんぞく》そうに深《ふか》いため息《いき》をついた。

同居人《どうきょにん》がこうやって無気力《むきりょく》に過《す》ごすのを、私《わたし》はもう何《なん》ヶ月《げつ》も目《ま》の当《あ》たりにしてきた。

しかし、見慣《みな》れて気《き》にならなくなるどころか日増《ひま》しにいらだちがつのり、じりじりした思《おも》いを味《あじ》わわされていた。

彼《かれ》を注意《ちゅうい》する勇気《ゆうき》のない自分《じぶん》のふがいなさが、ただもどかしい。その件《けん》について一度《いちど》こちらの意見《いけん》をきっぱり伝《つた》えなければとなんべん決心《けっしん》したかわからない。

だが、相棒《あいぼう》のひょうひょうとした態度《たいど》には、他人《たにん》のお節介《せっかい》や口出《くちだ》しを受《う》けつけない気配《けはい》がにじみ出《で》ていて、ついためらってしまうのだった。

彼《かれ》の偉大《いだい》な才能《さいのう》を、さらには堂々《どうどう》たる風格《ふうかく》や、並外《なみはず》れた多彩《たさい》な資質《ししつ》をこれでもかとばかりに見《み》せつけられてきた身《み》としては、彼《かれ》の行為《こうい》に口《くち》をはさむことなどおそれ多《おお》くてできなかったのである。

けれども、その日《ひ》の午後《ごご》は、とうとう堪忍袋《かんにんぶくろ》の緒《お》が切《き》れてしまった。

「今日《きょう》もそうやってるのかい？」

私《わたし》にそうきかれ、ホームズは古《ふる》いゴシック調《ちょう》の文字《もじ》が連《つら》なる書物《しょもつ》から物憂《ものう》げに顔《かお》を上《あ》げた。

「ああ、そうさ。きみもそうすればいい」

「お断《ことわ》りだね」私《わたし》はけんもほろろにつっぱねた。

むきになって言《い》い返《かえ》す私《わたし》に、ホームズはにやりとした。

「ごもっともだ、ワトスン。なるほど、こんなふうにろくに食事《しょくじ》もとらないで閉《と》じこもっているのは体《からだ》にはよくないだろう。しかしね、精神《せいしん》にとってはすばらしいことで、頭《あたま》がすっきりと冴《さ》えわたるんだ」

「いいかホームズ、よく聞《き》くんだ」私《わたし》は真剣《しんけん》に諭《さと》そうとした。

「失《うしな》うものがいかに大《おお》きいかをよく考《かんが》えてみたまえ。たしかに気分《きぶん》のままに過《す》ごしていれば、脳《のう》は興奮《こうふん》して働《はたら》きが活発《かっぱつ》になるだろう。だが、それが癖《くせ》になると逆《ぎゃく》に働《はたら》きが弱《よわ》って、二度《にど》ともとに戻《もど》らなくなるかもしれないんだぞ。興奮《こうふん》のあとにひどい憂鬱《ゆううつ》が襲《おそ》ってくるのは、きみが一番《いちばん》よく知《し》っているじゃないか。大事《だいじ》な才能《さいのう》を危険《きけん》にさらしてもいいのか？

ぼくがこんなことを言《い》うのは友達《ともだち》だからという理由《りゆう》だけじゃない。医者《いしゃ》の立場《たちば》として、体《からだ》をこわすのが目《め》に見《み》えているきみを放《ほう》っておくわけにはいかないんだよ」

ホームズにうるさがっている様子《ようす》はなかった。

それどころか、肘《ひじ》を椅子《いす》の肘掛《ひじか》けにのせて、両手《りょうて》の指《ゆび》を三角形《さんかっけい》につき合《あ》わせ、会話《かいわ》をじっくり味《あじ》わおうという体勢《たいせい》である。

「僕《ぼく》の頭脳《ずのう》は停滞《ていたい》をなによりも嫌《きら》っているんだ」

と、彼《かれ》は話《はな》しだした。

「問題《もんだい》を解《と》きたい。仕事《しごと》を与《あた》えてくれ。どこかにとびきり難解《なんかい》な暗号《あんごう》はないか？　とびきり複《ふく》雑《ざつ》な化学分析《かがくぶんせき》でもいい。そういうものに取《と》り組《く》んでいるときは、本来《ほんらい》の僕《ぼく》でいられるんだ。お

もしろみのない生活《せいかつ》をただぼんやりと送《おく》るのだけは願《ねが》い下《さ》げだ。

僕《ぼく》は知的興奮《ちてきこうふん》をつねに追《お》い求《もと》めている。だからこそ、こういう特殊《とくしゅ》な職業《しょくぎょう》を選《えら》んだ、いや、自《じ》分《ぶん》でつくりだしたと言《い》うべきだろう。そうとも、世界広《せかいひろ》しといえども、僕一人《ぼくひとり》しかいないんだからね」

「おや、きみは世界《せかい》でただ一人《ひとり》の私立探偵《しりつたんてい》なのかい？」私《わたし》は眉《まゆ》を軽《かる》く上《あ》げて見《み》せた。

「世界《せかい》でただ一人《ひとり》のコンサルタント探偵《たんてい》さ」と答《こた》えが返《かえ》ってきた。

「事件捜査《じけんそうさ》の分野《ぶんや》において、僕《ぼく》は捜査《そうさ》の最後《さいご》のよりどころ、最高裁判所《さいこうさいばんしょ》のようなものだ。グレグスンにせよ、レストレイドにせよ、あるいはアセルニー・ジョーンズにせよ、警察《けいさつ》の面々《めんめん》は捜査《そうさ》に行《い》き詰《づ》まると僕《ぼく》のところへ相談《そうだん》にやって来《く》る。

そこで僕《ぼく》は専門家《せんもんか》として彼《かれ》らが持《も》ちこんだデータを精査《せいさ》し、意見《いけん》を授《さず》ける。事件《じけん》が解決《かいけつ》しても、手柄《てがら》を認《みと》めてもらおうという気《き》は、さらさらない。新聞《しんぶん》にも僕《ぼく》の名前《なまえ》が出《で》ることはめったにない。この特殊《とくしゅ》な才能《さいのう》に活動《かつどう》の場《ば》を与《あた》えてやれる仕事《しごと》という喜《よろこ》びこそが、僕《ぼく》にとってはなににも代《か》えがたい報酬《ほうしゅう》だからね。

僕《ぼく》の捜査方法《そうさほうほう》がどんなものかは、ジェファースン・ホープの事件《じけん》できみも多少《たしょう》は知《し》っているはずだと思《おも》うが」

「ああ、もちろんだとも」あのときの興奮《こうふん》がにわかによみがえった。「鮮《あざ》やかな手腕《しゅわん》に心底圧倒《しんそこあっとう》されたよ。感動《かんどう》のあまり、『緋色《ひいろ》の研究《けんきゅう》』というわりあい凝《こ》った題名《だいめい》で、一冊《さつ》の本《ほん》にまとめたほどだ」

ホームズはさも残念《ざんねん》そうにかぶりを振《ふ》った。

「ひととおり読《よ》んでみたが、率直《そっちょく》に言《い》って、あまり良《い》い出来《でき》じゃないな。探偵術《たんていじゅつ》とは精密《せいみつ》な科学《かがく》であり、またそうあるべきだから、感情《かんじょう》をすて去《さ》って冷静《れいせい》に取《と》り組《く》まなくてはいけない。なのにきみは、あの事件《じけん》に恋愛《れんあい》ごとや決死《けっし》の逃亡《とうぼう》といった冒険《ぼうけん》ロマンの色合《いろあ》いを混《ま》ぜこもうとしたね。おかげで得体《えたい》の知《し》れない不釣《ふつ》り合《あ》いな代物《しろもの》になってしまった」

「しかし、実際《じっさい》にロマンスの要素《ようそ》はあったんだから、勝手《かって》に事実《じじつ》を変《か》えるわけにはいかないよ」

「伏《ふ》せておくべき事実《じじつ》だってある。あの事件《じけん》で書《か》き残《のこ》す価値《かち》があったのは、結果《けっか》から原因《げんいん》へとさかのぼっていく分析的推理《ぶんせきてきすいり》の流《なが》れだけだね。その手法《しゅほう》を身《み》につけているからこそ、僕《ぼく》は真相《しんそう》を究《きゅう》明《めい》できたんだ」

ホームズを喜《よろこ》ばせたい一心《いっしん》で書《か》きあげた作品《さくひん》だというのに、面《めん》と向《む》かってそこまでこき下《お》ろされては私《わたし》の立《た》つ瀬《せ》がない。

それに、この際《さい》はっきり言《い》うが、自分《じぶん》の特殊《とくしゅ》な行動《こうどう》を描写《びょうしゃ》するために始《はじ》めから終《お》わりまで一行《ぎょう》残《のこ》らず費《つい》やすべきだ、とばかりの口《くち》ぶりにも腹《はら》が立《た》った。

ベイカー街《がい》で一緒《いっしょ》に暮《く》らすようになってから今日《こんにち》まで、同居人《どうきょにん》の悟《さと》りきったような静《しず》かな態度《たいど》の裏《うら》に、うぬぼれがちらちらと見《み》え隠《かく》れするのを、私《わたし》は何度《なんど》も目《め》にしてきた。だが、ここは辛抱《しんぼう》して聞《き》き流《なが》すことに決《き》め、無言《むごん》で座《すわ》ったまま、戦場《せんじょう》で傷《きず》ついた脚《あし》をさすっていた。

「このところ、仕事《しごと》の場《ば》はヨーロッパ大陸《たいりく》にまで広《ひろ》がっている」

しばらくして、ホームズは古《ふる》いブライヤーパイプに煙草《たばこ》を詰《つ》めながら言《い》った。

「つい先週《せんしゅう》も、フランソワ・ル・ヴィラールから相談《そうだん》を受《う》けたよ。近頃《ちかごろ》フランスで評判《ひょうばん》の売《う》れっ子探偵《こたんてい》だ。ケルト系《けい》らしく勘《かん》は鋭《するど》いが、探偵術《たんていじゅつ》を磨《みが》いていくうえで必要《ひつよう》な、広《ひろ》くて正確《せいかく》な知識《ちしき》はまだまだ足《た》りないな。

彼《かれ》が持《も》ってきたのは遺言状《ゆいごんじょう》がらみの事件《じけん》で、興味深《きょうみぶか》い特徴《とくちょう》をたくさん含《ふく》んでいた。僕《ぼく》はそれと似通《にかよ》った事例《じれい》を二つばかり挙《あ》げてやったよ。一八五七年《ねん》にロシアのリガで起《お》きた事件《じけん》と、一八七一年《ねん》に北《きた》アメリカのセントルイスで起《お》きた事件《じけん》をね。どうやらそれが問題解決《もんだいかいけつ》に一役買《ひとやくか》ったらしい。今朝《けさ》、本人《ほんにん》から礼状《れいじょう》が届《とど》いたんだ。協力《きょうりょく》に感謝《かんしゃ》するとある」

そう言《い》って、ホームズはしわくちゃになった外国製《がいこくせい》の便《びん》せんを投《な》げてよこした。ざっと目《め》を通《とお》したが、「すばらしい」だのなんだのと、フランス語《ご》のほめ言葉《ことば》が書《か》き並《なら》べてあった。大変《たいへん》なほめちぎりようである。

「師匠《ししょう》をあがめたてまつる弟子《でし》そのものだな」私《わたし》は感想《かんそう》を述《の》べた。

「ああ、まったくだ。持《も》ちあげすぎという気《き》もしないではないが。彼《かれ》のほうも素質《そしつ》は充分《じゅうぶん》なんだ。理想的《りそうてき》な探偵《たんてい》に求《もと》められる三つの必須条件《ひっすじょうけん》のうちの二つ、観察《かんさつ》と推理《すいり》の能力《のうりょく》は持《も》ち合《あ》わせているからね。あと足《た》りないのは知識《ちしき》だが、おいおい身《み》につくだろう。いま、彼《かれ》は僕《ぼく》の本《ほん》をフランス語《ご》に翻訳《ほんやく》しているところだよ」

「きみは本《ほん》を出《だ》していたのか？」

「おやおや、知《し》らなかったのかい？」ホームズは笑《わら》いながら言《い》った。

「いくつか論文《ろんぶん》を書《か》いているんだ。どれも専門的《せんもんてき》な研究《けんきゅう》に基《もと》づいている。たとえばこんなのだ。『各種煙草《かくしゅたばこ》の灰《はい》を鑑別《かんべつ》する方法《ほうほう》』。葉巻《はまき》から紙巻《かみま》き煙草《たばこ》、パイプ煙草《たばこ》まで、百四十種類《しゅるい》の灰《はい》について、ちがいが一目《ひとめ》でわかるよう色刷《いろず》り図版《ずはん》を載《の》せてある。刑事裁判《けいじさいばん》では、煙草《たばこ》の灰《はい》は遺留品《いりゅうひん》としてたびたび提出《ていしゅつ》される重大《じゅうだい》な証拠《しょうこ》で、真犯人《しんはんにん》を割《わ》りだすうえでの決《き》め手《て》となることが多《おお》い。考《かん》えてごらん、たとえば、ある殺人事件《さつじんじけん》で犯人《はんにん》がインドのルンカ葉巻《はまき》を吸《す》っていると判明《はんめい》したら、捜査範囲《そうさはんい》は格段《かくだん》に狭《せば》まるだろう？専門知識《せんもんちしき》を持《も》った者《もの》の目《め》からすれば、トリチノポリ葉巻《はまき》の黒《くろ》い灰《はい》とバーズ・アイの白《しろ》くてふわふわした灰《はい》とのちがいは一目瞭然《いちもくりょうぜん》、キャベツとジャガイモくらい差《さ》があるんだ」

「きみはそんな小《ち》さな問題《もんだい》にまで驚《おどろ》くべき才能《さいのう》を発揮《はっき》するね」

「小《ち》さな問題《もんだい》がいかに重要《じゅうよう》か、よくわかっているからさ。足跡《あしあと》の見極《みきわ》めに関《かん》する論文《ろんぶん》もあるよ。そこでは、焼《や》き石膏《せっこう》を使《つか》った足跡《あしあと》の保存方法《ほぞんほうほう》も紹介《しょうかい》している。

それからもうひとつ、ちょっとおもしろい研究《けんきゅう》があってね。職業《しょくぎょう》が手《て》の形《かたち》に与《あた》える影響《えいきょう》を調《しら》べた論文《ろんぶん》だ。屋根《やね》職人《しょくにん》をはじめ、船員《せんいん》、コルク切《き》り職人《しょくにん》、植字《しょくじ》技師《ぎし》、織物職人《おりものしょくにん》、ダイヤモンド研磨《けんま》師《し》など、いろんな職業《しょくぎょう》の人々《ひとびと》の手形《てがた》を石板《せきばん》で示《しめ》してある。これは科学的《かがくてき》な捜査《そうさ》を重視《じゅうし》する探偵《たんてい》にとってすこぶる重要《じゅうよう》な、実用性《じつようせい》の高《たか》い研究《けんきゅう》なんだ——とりわけ、遺体《いたい》の身元《みもと》や犯人《はんにん》の前歴《ぜんれき》を突《つ》きとめるうえで大《おお》いに役立《やくだ》ってくれる。ああ、僕《ぼく》の話《はなし》ばかり聞《き》かされて退屈《たいくつ》したろう？」

「とんでもない、退屈《たいくつ》どころか聞《き》き惚《ほ》れたよ。そうやってきみが捜査《そうさ》するのを実際《じっさい》に見《み》てきたから、なおさら興味深《きょうみぶか》い。そこで質問《しつもん》だが、きみはさっき、〝観察《かんさつ》と推理《すいり》〟という言葉《ことば》を口《くち》にしたね。この二つはある程度《ていど》まで重《かさ》なり合《あ》うんじゃないか？」

「いいや、ちっとも」

ホームズは肘掛《ひじか》け椅子《いす》にゆったりともたれ、パイプをぷかぷか吹《ふ》かした。青《あお》い煙《けむり》の帯《おび》が、らせんを描《えが》いて立《た》ちのぼっていく。

「例《れい》を挙《あ》げよう。きみが今朝《けさ》、ウィグモア街《がい》の郵便局《ゆうびんきょく》へ行《い》ったことは、観察《かんさつ》を通《とお》してわかる。そして、きみがその郵便局《ゆうびんきょく》で電報《でんぽう》を打《う》ったことは、推理《すいり》によって導《みちび》きだされる」

「ご名答《めいとう》！　両方《りょうほう》とも大当《おおあ》たり。まいったな、狐《きつね》につままれたような気分《きぶん》だよ。急《きゅう》に思《おも》い立《た》って出《で》かけたんだし、誰《だれ》にも言《い》っていないのに、どうしてわかったんだろう」

「これくらい簡単《かんたん》だよ」驚《おどろ》いている私《わたし》を見《み》て、ホームズはくすくす笑《わら》った。

「簡単《かんたん》すぎて説明《せつめい》するのもまどろっこしいくらいだが、まあ、いい機会《きかい》だから、観察《かんさつ》と推理《すいり》のあいだに境界線《きょうかいせん》をはっきり引《ひ》いておくとしよう。

観察《かんさつ》の結果《けっか》、きみの靴《くつ》には、甲《こう》の部分《ぶぶん》に赤土《あかつち》が少《すこ》しついているのがわかる。いま、ウィグモア街《がい》では、郵便局《ゆうびんきょく》の真《ま》ん前《まえ》で道路《どうろ》の舗装《ほそう》をはがし、地面《じめん》を掘《ほ》り返《かえ》しているね。そのため郵便局《ゆうびんきょく》へ入《はい》るときは靴《くつ》に必《かなら》ず土《つち》がつく。その土《つち》は独特《どくとく》の赤《あか》みを帯《お》びているんだが、僕《ぼく》の知《し》るかぎり、この近《きん》辺《ぺん》ではあそこにしかないはずだ。ここまでが観察《かんさつ》だ」

「じゃあ、電報《でんぽう》を打《う》ったことをいったいどうやって知《し》ったんだい？」

「午前中《ごぜんちゅう》はずっとここで向《む》かい合《あ》って座《すわ》っていたから、きみが手紙《てがみ》を書《か》かなかったことはわかっている。しかも、きみの机《つくえ》の引《ひ》き出《だ》しが開《あ》けっ放《ぱな》しになっていて、切手《きって》も葉書《はがき》も買《か》い置《お》きがたくさん入《はい》っているのがよく見《み》えた。となれば、郵便局《ゆうびんきょく》へ行《い》く用事《ようじ》は、電報《でんぽう》を打《う》つため以外《いがい》には考《かんが》えられないだろう？　これが推理《すいり》だ。

あてはまらない事柄《ことがら》をひとつひとつ消《け》していけば、最後《さいご》に残《のこ》るのが事実《じじつ》にほかならないのさ」

私《わたし》は少《すこ》し考《かんが》えてから言《い》った。

「この場合《ばあい》はたしかにそうだな。きみの言葉《ことば》を借《か》りれば、簡単《かんたん》すぎる問題《もんだい》だったね。試《ため》しにちょっと難《むずか》しい問題《もんだい》を出《だ》してみたいんだが、かまわないかな？」

「ああ、かまわないとも。おかげで退屈《たいくつ》せずに済《す》む。喜《よろこ》んで解《と》かせてもらうから、どんな問題《もんだい》でも遠慮《えんりょ》なく出《だ》してくれ」

「よしきた。以前《いぜん》きみが言《い》っていた説《せつ》によれば、人《ひと》が日常《にちじょう》で使《つか》っている物《もの》にはなにかしら個人《こじん》の痕跡《こんせき》が残《のこ》っていて、観察眼《かんさつがん》を鍛《きた》えた者《もの》なら必《かなら》ずそれを読《よ》み取《と》れるということだったね。じゃあ、この懐中時計《かいちゅうどけい》はどうだい？　ぼくが最近手《さいきんて》に入《い》れたものだ。前《まえ》の持《も》ち主《ぬし》の性格《せいかく》でも習慣《しゅうかん》でも、わかったことがあれば教《おし》えてくれないか？」

ホームズに時計《とけい》を手渡《てわた》しながら、してやったりの気分《きぶん》だった。捜査《そうさ》の天才《てんさい》といえども、さすがにこの難題《なんだい》にはお手上《てあ》げだろうと思《おも》ったからである。たまにひとりよがりな口《くち》のきき方《かた》をする彼《かれ》にはちょうどいい薬《くすり》だ。

時計《とけい》を受《う》け取《と》ったホームズは、てのひらで重《おも》みを確《たし》かめ、文字盤《もじばん》にじっと目《め》を凝《こ》らしたあと裏《うら》蓋《ぶた》を開《あ》けた。そして最初《さいしょ》は肉眼《にくがん》で、次《つぎ》に拡大鏡《かくだいきょう》を使《つか》って内部《ないぶ》を調《しら》べた。しばらくするとパチンと裏蓋《うらぶた》を閉《と》じ、時計《とけい》を返《かえ》してきたが、そのときの顔《かお》がいかにもがっかりとした表情《ひょうじょう》だったので、私《わたし》は思《おも》わずにやりとした。

「データはほとんど残《のこ》ってないな」ホームズは言《い》った。

「きれいに掃除《そうじ》したばかりなんだろう、重要《じゅうよう》な手《て》がかりになりそうなものは跡形《あとかた》もない」

「そのとおり。きれいに掃除《そうじ》してからぼくのもとへ送《おく》ってきたんだ」

私《わたし》はそう答《こた》えながら、言《い》い訳《わけ》がましいことを口《くち》にして失敗《しっぱい》をごまかそうとするホームズに、内心《ないしん》で反論《はんろん》していた。もし掃除《そうじ》していなかったら、どんな手《て》がかりが得《え》られたというんだい？　ぜひとも聞《き》かせてほしいものだな。

ホームズは夢《ゆめ》でも見《み》ているようなぼんやりしたまなざしで天井《てんじょう》を仰《あお》ぎ、こう言《い》った。「満足《まんぞく》の行《い》く結果《けっか》にはほど遠《とお》いが、まったく収穫《しゅうかく》なしというわけじゃない。まちがっていたら言《い》ってくれ。まず、この時計《とけい》はきみのお兄《にい》さんのものだ。お兄《にい》さんはそれをお父《とう》さんから譲《ゆず》り受《う》けた」

「裏蓋《うらぶた》に彫《ほ》ってあるＨ・Ｗという頭文字《かしらもじ》から類推《るいすい》したんだね？」

「ああ、そのとおり。Ｗはきみの姓《せい》であるワトスン（Ｗａｔｓｏｎ《ワトスン》）を示《しめ》している。時計《とけい》は五十年《ねん》ほど前《まえ》の製品《せいひん》で、彫《ほ》ってある頭文字《かしらもじ》もそれくらい古《ふる》いから、親《おや》の代《だい》から使《つか》っているものだろう。

こういう高価《こうか》な貴金属類《ききんぞくるい》は、長男《ちょうなん》に受《う》け継《つ》がれるのが普通《ふつう》だし、長男《ちょうなん》は父親《ちちおや》と同《おな》じ名前《なまえ》をつけられていることが多《おお》い。

僕《ぼく》の記憶《きおく》が正《ただ》しければ、きみの父上《ちちうえ》はずいぶん前《まえ》に亡《な》くなったはずだから、この時計《とけい》はきみの一番上《いちばんうえ》のお兄《にい》さんの持《も》ち物《もの》だったという結論《けつろん》に行《い》き着《つ》く」

「うん、そこまでは正解《せいかい》だ。ほかには？」

「お兄《にい》さんは、ものぐさでだらしないうえ、ずぼらな性格《せいかく》。将来有望《しょうらいゆうぼう》だったにもかかわらず、何《なん》度《ど》もチャンスを逃《のが》し、そのせいで貧乏《びんぼう》暮《ぐ》らしに陥《おちい》った。たまに金回《かねまわ》りのいいときもあったが、ごく短《みじか》いあいだで、最後《さいご》は酒《さけ》に溺《おぼ》れて亡《な》くなった。ま、僕《ぼく》にわかるのはこれくらいだな」

私《わたし》は椅子《いす》から勢《いきお》いよく立《た》ちあがり、苦々《にがにが》しさをこらえながら、うずく脚《あし》をひきずって室内《しつない》をいらいらと歩《ある》きまわった。

「あんまりじゃないか、ホームズ。きみがこんなまねをするなんて信《しん》じられない。ぼくの不運《ふうん》な兄《あに》の経歴《けいれき》を事前《じぜん》に調《しら》べておいて、それをさも巧《たく》みな推理法《すいりほう》で導《みちび》きだしたように見《み》せかけたんだろう？　そうに決《き》まってる！　この古時計《ふるどけい》を調《しら》べただけで、そこまでわかるはずないからね。遠慮《えんりょ》なく言《い》わせてもらおう、こういうのをいんちきと呼《よ》ぶんじゃないのか？」

「ワトスン、すまなかった」ホームズはなだめ口調《くちょう》で言《い》った。

「どうか許《ゆる》してほしい。きみにとっては個人的《こじんてき》なつらい問題《もんだい》だろうに、いつもの癖《くせ》で抽象的《ちゅうしょうてき》な事《こと》柄《がら》としてとらえてしまった。だが、これだけは信《しん》じてくれ。時計《とけい》を渡《わた》されるまでは、きみに兄《あに》がいることさえ知《し》らなかったんだ」

「だとしても、時計《とけい》を見《み》ただけで、あんなにいろいろなことがわかるものなのかい？　きみが挙《あ》げたことは、ひとつ残《のこ》らず当《あ》たっていた」

「運《うん》が良《よ》かったんだろうね。可能性《かのうせい》の大《おお》きいものを選《えら》び取《と》っていっただけだ。まさか全部《ぜんぶ》がぴたりと的中《てきちゅう》するとは思《おも》わなかったよ」

「それでも、当《あ》てずっぽうではないんだろう？」

「もちろんだとも。僕《ぼく》は当《あ》て推量《ずいりょう》は絶対《ぜったい》にしない。おかしな癖《くせ》がついたら、論理的《ろんりてき》な思考能力《しこうのうりょく》がだめになるからね。きみは不思議《ふしぎ》でしかたないようだが、それは単《たん》に僕《ぼく》の思考《しこう》の筋道《すじみち》をたどりきれていないか、推理《すいり》の骨組《ほねぐ》みを支《ささ》える細《こま》かい事柄《ことがら》が見《み》えていないだけの話《はなし》だ。

具体的《ぐたいてき》に挙《あ》げると、僕《ぼく》がきみのお兄《にい》さんをずぼらな性格《せいかく》と言《い》ったのは、時計《とけい》のまわりにへこみ傷《きず》が二つもあるうえ、かすり傷《きず》が無数《むすう》についているからだ。硬貨《こうか》とか鍵《かぎ》とか、ほかの硬《かた》いものと一緒《いっしょ》にポケットに入《い》れていたんだろう。五十ギニー（約《やく》百五万円《まんえん》）もする高級時計《こうきゅうどけい》をそんなふうに乱暴《らんぼう》に扱《あつか》うんだから、ずぼらな性格《せいかく》であることくらい誰《だれ》でも察《さっ》しがつくよ。

それに、これほど高価《こうか》な品《しな》を親《おや》から譲《ゆず》り受《う》けたとなれば、いろいろと恵《めぐ》まれた環境《かんきょう》にあって将《しょう》来有望《らいゆうぼう》だったと見当《けんとう》をつけても、こじつけとは呼《よ》べまい」

たしかにそのとおりだと思《おも》ったので、私《わたし》はうなずいた。

「イギリスの質屋《しちや》では、懐中時計《かいちゅうどけい》を預《あず》かると、たいがい蓋《ふた》の内側《うちがわ》に、針《はり》の先《さき》で質札《しちふだ》の番号《ばんごう》を刻《きざ》みつけておく。紙《かみ》の札《ふだ》とちがって、はずれてしまったり、ほかのとまぎれたりする心配《しんぱい》がないから、便利《べんり》なんだ。その時計《とけい》の場合《ばあい》、拡大鏡《かくだいきょう》で見《み》たら番号《ばんごう》が四つもついていた。

そこで推論《すいろん》その一。きみのお兄《にい》さんはしょっちゅう金《かね》に困《こま》っていたらしい。推論《すいろん》その二。羽振《はぶ》りのよかった時期《じき》もある。でなかったら、質《しち》からだせなかっただろうからね。そして最後《さいご》の推論《すいろん》は、ねじ巻《ま》き穴《あな》のある中蓋《なかぶた》から導《みちび》きだした。見《み》てごらん、ひっかき傷《きず》だらけだろう？　巻《ま》き鍵《かぎ》を差《さ》しこもうとして、手《て》もとがくるった跡《あと》だよ。しらふの人間《にんげん》だったら、こんなふうにはなりっこないが、酔《よ》っ払《ぱら》いの時計《とけい》には決《き》まってこういう傷《きず》がある。夜《よる》に時計《とけい》のねじを巻《ま》くとき、手《て》が震《ふる》えるせいで鍵《かぎ》が滑《すべ》ってしまうのさ。

ほら、どうだい、不思議《ふしぎ》でもなんでもないだろう？」

「ああ、すっきりしたよ。誤解《ごかい》して悪《わる》かった。きみのずば抜《ぬ》けた能力《のうりょく》をもっと信《しん》じるべきだったよ。ところで、ひとつききたいんだが、いま手《て》がけている事件《じけん》はあるのかい？」

「いいや、ひとつも。だから怠惰《たいだ》に過《す》ごしているのさ。頭脳労働《ずのうろうどう》しなければ生《い》きている意味《いみ》などない。ほかにどんな生《い》きがいを持《も》てと言《い》うんだい？

こっちへ来《き》て、窓《まど》の外《そと》を見《み》るといい。これほど陰気《いんき》でわびしい眺《なが》めがあるだろうか？　黄色《きいろ》くにごった霧《きり》が街路《がいろ》にたれこめ、くすんだ色《いろ》の家々《いえいえ》のあいだを漂《ただよ》っていく。なんという殺風景《さっぷうけい》な世《せ》界《かい》だろう。発揮《はっき》する機会《きかい》がなければ、能力《のうりょく》なんかいくら持《も》っていても宝《たから》の持《も》ち腐《ぐさ》れじゃないか、ワトスン先生《せんせい》？　月並《つきな》みな犯罪《はんざい》と月並《つきな》みな生活《せいかつ》しかない世《よ》の中《なか》なら、必要《ひつよう》とされる能力《のうりょく》も月並《つきな》みで事足《ことた》りるということなのさ」

なにか返《かえ》そうと私《わたし》が口《くち》を開《ひら》きかけたとき、ドアにノックの音《おと》がして、下宿《げしゅく》のおかみさんが現《あらわ》れた。真鍮《しんちゅう》のトレイに名刺《めいし》を一枚《まい》のせている。

「若《わか》いご婦人《ふじん》がおみえですよ」おかみさんは私《わたし》の相棒《あいぼう》に向《む》かって告《つ》げた。

ホームズは名刺《めいし》を読《よ》みあげた。

「ミス・メアリー・モースタンか。ふむ！　聞《き》き覚《おぼ》えはないが、会《あ》ってみるとしよう。ハドスンさん、お通《とお》ししてください。待《ま》った、ワトスン、行《い》かないでくれ。きみにも立《た》ち会《あ》ってもらいたいんだ」

## 2 事《こと》のいきさつ

モースタン嬢《じょう》はしっかりした足取《あしど》りで、見《み》た感《かん》じは落《お》ち着《つ》いた様子《ようす》で部屋《へや》に入《はい》ってきた。小柄《こがら》できゃしゃな体《からだ》つきをした、ブロンドの若《わか》い女性《じょせい》だ。きちんと手袋《てぶくろ》をはめ、品《ひん》のある趣味《しゅみ》のいい身《み》なりをしている。ただし暮《く》らし向《む》きはあまり楽《らく》ではないらしく、地味《じみ》で質素《しっそ》な服装《ふくそう》だ。灰色《はいいろ》がかったベージュというおとなしい色《いろ》のドレスには、縁飾《ふちかざ》りも紐飾《ひもかざ》りもついていない。

頭《あたま》にちょこんとのせた小《ちい》さなターバン風《ふう》の帽子《ぼうし》だけが、脇《わき》にさした白《しろ》い羽根《はね》でわずかな華《はな》やぎを添《そ》えられている。

特別美人《とくべつびじん》なわけでも、飛《と》び抜《ぬ》けて目《め》を引《ひ》くわけでもないが、気立《きだ》てのよさそうな愛《あい》らしい表情《ひょうじょう》をしていて、ぱっちりとした大《おお》きな青《あお》い目《め》に気品《きひん》と優《やさ》しさをたたえていた。これまで三つの大陸《たいりく》でさまざまな国《くに》の女性《じょせい》を見《み》てきた私《わたし》も、これほど清《きよ》らかで感受性豊《かんじゅせいゆた》かな顔立《かおだ》ちの人《ひと》には一度《いちど》も出《で》会《あ》ったことがなかった。

ホームズに勧《すす》められた椅子《いす》に腰掛《こしか》ける彼女《かのじょ》を目《め》でじっと追《お》っていると、彼女《かのじょ》の唇《くちびる》も手《て》も、かすかに震《ふる》えているのがわかった。落《お》ち着《つ》いているように見《み》えても、内心《ないしん》では激《はげ》しく動揺《どうよう》しているのだ。

「ホームズさん、わたしの雇《やと》い主《ぬし》のセシル・フォレスター夫人《ふじん》からお名前《なまえ》をうかがってまいりました。以前《いぜん》フォレスターさんの依頼《いらい》で、家庭内《かていない》のちょっとしたもめごとを解決《かいけつ》なさったそうですね。そのときの、あなたの鮮《あざ》やかなお手並《てな》みと細《こま》やかなご配慮《はいりょ》に、いたく感銘《かんめい》を受《う》けたと話《はな》しておいでででした」

「セシル・フォレスター夫人《ふじん》ね」ホームズは記憶《きおく》を探《さぐ》りながら答《こた》えた。

「ええ、たしかに少《すこ》しばかりお力添《ちからぞ》えしたことがありますが、あれはもともと、ごく簡単《かんたん》な問題《もんだい》でしたので」

「フォレスターさんはそうは思《おも》っていませんのよ。それに、わたしがこれからご相談《そうだん》する件《けん》については、あなたも簡単《かんたん》だとはおっしゃらないはずですわ。奇妙《きみょう》と言《い》いましょうか、普通《ふつう》ではありえないような、不可解《ふかかい》な状況《じょうきょう》に置《お》かれているのです」

するとホームズは手《て》をこすり合《あ》わせ、らんらんと光《ひか》る目《め》で椅子《いす》から身《み》を乗《の》りだした。彫《ほ》りが深《ふか》く、鷹《たか》のように鋭《するど》い顔《かお》が、猛烈《もうれつ》な集中力《しゅうちゅうりょく》でますます引《ひ》き締《し》まっている。

「事情《じじょう》をお聞《き》かせください」ホームズがはきはきした口調《くちょう》で促《うなが》す。

私《わたし》がいては邪魔《じゃま》ではないかと思《おも》い、横《よこ》から声《こえ》をかけた。

「それじゃ、ぼくは席《せき》をはずそう」

立《た》ちあがりかけた私《わたし》を、意外《いがい》にもモースタン嬢《じょう》が手袋《てぶくろ》をはめた手《て》で引《ひ》き止《と》めた。

「ホームズさんのご友人《ゆうじん》にも、ぜひご同席《どうせき》いただきたいのですが」

私《わたし》は椅子《いす》にかけ直《なお》した。

「かいつまんでお話《はな》ししますわ」モースタン嬢《じょう》は語《かた》りはじめた。

「父《ちち》は軍隊《ぐんたい》の将校《しょうこう》としてインドに行《い》っていたのですが、わたしをまだ幼《おさな》いうちにイギリス本国《ほんごく》へ帰《かえ》しました。母《はは》は早《はや》くに亡《な》くなり、イギリスには親戚《しんせき》が一人《ひとり》もいませんでしたので、エディンバラにある寄宿制《きしゅくせい》の女学校《じょがっこう》に入《い》れてもらい、そこで十七歳《さい》を迎《むか》えました。その一八七八年《ねん》に、父《ちち》は丸《まる》一年《ねん》の休暇《きゅうか》をもらって帰国《きこく》することになったのです。

ロンドンから、無事《ぶじ》に着《つ》いた、すぐに会《あ》いに来《く》るように、との電報《でんぽう》が届《とど》き、宿泊先《しゅくはくさき》はランガム・ホテルだと知《し》らせてきました。文面《ぶんめん》は優《やさ》しく愛情《あいじょう》に満《み》ちたものだったと記憶《きおく》しています。

わたしはロンドンへ出《で》て、すぐに馬車《ばしゃ》でホテルへ向《む》かいました。ところが、フロントでたずねてみると、モースタン大尉《たいい》はたしかに滞在中《たいざいちゅう》だけれども、前《まえ》の晩《ばん》に外出《がいしゅつ》したきり戻《もど》っていないとのことでした。

しかたなく待《ま》つことにしましたが、夜《よる》になってもなんの連絡《れんらく》もないので、ホテルの支配人《しはいにん》と相談《そうだん》して警察《けいさつ》に届《とど》けました。翌朝《よくあさ》には新聞各紙《しんぶんかくし》に広告《こうこく》も出《だ》したのですが、なにもわからずじまいでした。その日《ひ》を境《さかい》に父《ちち》の消息《しょうそく》はぷっつりと途絶《とだ》えてしまったのです。

父《ちち》が気《き》の毒《どく》でなりません。ささやかな安《やす》らぎと慰《なぐさ》めを求《もと》めて、期待《きたい》に胸《むね》をふくらませての帰国《きこく》だったでしょうに、なぜこんな――」

モースタン嬢《じょう》は言葉《ことば》を詰《つ》まらせ、喉《のど》もとに手《て》をあてて嗚咽《おえつ》をこらえた。

「日付《ひづけ》はいつですか？」ホームズが手帳《てちょう》を開《ひら》いてきく。

「はい、行方《ゆくえ》がわからなくなったのは一八七八年《ねん》の十二月三日《がつみっか》――いまから十年前《ねんまえ》のことです」

「荷物《にもつ》は？」

「ホテルに残《のこ》されていました。調《しら》べてみても、手《て》がかりになりそうなものは見《み》あたりませんでした――服《ふく》と本《ほん》が少《すこ》し、あとはアンダマン諸島《しょとう》の珍《めずら》しい土産品《みやげひん》がいろいろ。父《ちち》はその土地《とち》に配置《はいち》されていた囚人警備隊《しゅうじんけいびたい》の将校《しょうこう》でしたので」

「ロンドンにどなたかお父上《ちちうえ》の友人《ゆうじん》は？」

「わかっている範囲《はんい》では、お一人《ひとり》だけ――同《おな》じ隊《たい》に所属《しょぞく》していたショルトー少佐《しょうさ》です。それより少《すこ》し前《まえ》に退役《たいえき》されて、アッパー・ノーウッドに住《す》んでいらっしゃいました。もちろん連絡《れんらく》を取《と》ってみましたが、かつての同僚《どうりょう》とはいえ、父《ちち》が帰国《きこく》したことさえご存《ぞん》じなかったそうです」

「奇妙《きみょう》な話《はなし》ですね」とホームズ。

「それが、ここから先《さき》はもっと奇妙《きみょう》なのです。

六年《ねん》ほど前《まえ》——正確《せいかく》には一八八二年《ねん》五月四日《がつよっか》ですが——タイムズ紙《し》にわたしの居所《いどころ》をたずねる広告《こうこく》が出《で》ていました。ミス・メアリー・モースタンの住所《じゅうしょ》を知《し》りたい、名乗《なの》り出《で》れば本人《ほんにん》にとって利益《りえき》になる、という内容《ないよう》でした。でも広告主《こうこくぬし》は匿名《とくめい》で、もちろん住所《じゅうしょ》も明《あ》かされていませんでした。

ちょうどその頃《ころ》、セシル・フォレスター夫人《ふじん》のお宅《たく》で、住《す》み込《こ》みの家庭教師《かていきょうし》を始《はじ》めたばかりだったわたしは、奥様《おくさま》の勧《すす》めで同《おな》じ広告欄《こうこくらん》に住所《じゅうしょ》を載《の》せてみました。そうしましたら、その日《ひ》のうちにわたし宛《あて》に郵便小包《ゆうびんこづつみ》が届《とど》いたのです。小《ちい》さなボール箱《ばこ》のなかに、光《ひか》り輝《かがや》く大粒《おおつぶ》の真珠《しんじゅ》がひとつ入《はい》っていました。手紙《てがみ》やカードのたぐいは同封《どうふう》されていませんでした。

それ以来《いらい》、毎年同《まいとしおな》じ日《ひ》に同《おな》じような小箱《こばこ》が届《とど》くようになりました。中身《なかみ》は決《き》まって、よく似《に》た大粒《おおつぶ》の真珠《しんじゅ》がひとつなのです。なんのメッセージも添《そ》えられていないことや、差出人《さしだしにん》が不明《ふめい》なのも毎回同《まいかいおな》じです。

専門家《せんもんか》に鑑定《かんてい》してもらいましたら、とても珍《めずら》しい種類《しゅるい》の、たいそう高価《こうか》な真珠《しんじゅ》だと言《い》われました。持《も》ってまいりましたので、ご覧《らん》ください。すばらしいものですわ」

モースタン嬢《じょう》はそう言《い》うと、平《ひら》べったい箱《はこ》を開《あ》けて私《わたし》たちのほうへ差《さ》しだした。息《いき》をのむほど美《うつく》しい真珠《しんじゅ》が全部《ぜんぶ》で六粒入《つぶはい》っていた。ホームズが口《くち》を開《ひら》いた。

「実《じつ》に興味深《きょうみぶか》いお話《はなし》ですね。ほかにはなにか起《お》こりませんでしたか？」

「起《お》こりましたわ、つい今朝方《けさがた》。それでこうしてうかがったのです。突然《とつぜん》こんな手紙《てがみ》が届《とど》きまして。どうぞお読《よ》みになってください」

「封筒《ふうとう》もよろしいですか？　消印《けしいん》はロンドンの南西局《なんせいきょく》、日付《ひづけ》は九月七日《がつなのか》か。ふむ！　隅《すみ》に男《おとこ》の親指《おやゆび》の指紋《しもん》がついているが――おそらく郵便配達員《ゆうびんはいたついん》のものだろう。便《びん》せんは上質紙《じょうしつし》、封筒《ふうとう》も一束《ひとたば》六ペンスはする。文具《ぶんぐ》にこだわる人物《じんぶつ》のようだ。差出人《さしだしにん》の住所《じゅうしょ》はなし。文面《ぶんめん》は――

『今夜《こんや》七時《じ》、ライシアム劇場《げきじょう》の正面玄関《しょうめんげんかん》へお越《こ》しいただき、左《ひだり》から三本目《ぼんめ》の柱《はしら》でお待《ま》ちください。心配《しんぱい》ならば友人《ゆうじん》を二名《めい》、連《つ》れてきてくださってかまいません。あなたは気《き》の毒《どく》な目《め》にあっている。正当《せいとう》な扱《あつか》いを受《う》けるべきです。警察《けいさつ》を呼《よ》んではなりません。その場合《ばあい》はすべてが泡《あわ》となるでしょう。未知《みち》の友《とも》より』

「ほう、かなりおかしな事態《じたい》ですね！　モースタンさん、どうなさるおつもりですか？」

「それをご相談《そうだん》したくて、まいりました」

「では行《い》くことにしましょう。あなたと僕《ぼく》とワトスン君《くん》で——そうとも、ワトスン君《くん》がいれば心強《こころづよ》い。手紙《てがみ》には、友人《ゆうじん》を二名《めい》まで連《つ》れていってもいいと書《か》いてあります。彼《かれ》と僕《ぼく》はいつも協力《きょうりょく》して事件《じけん》にあたっているんですよ」

「ご本人《ほんにん》が承諾《しょうだく》してくださるといいのですが」

モースタン嬢《じょう》の声《こえ》や表情《ひょうじょう》には、放《ほう》っておけないと思《おも》わせるなにかがあった。

「喜《よろこ》んで同行《どうこう》しますよ」私《わたし》は張《は》り切《き》って答《こた》えた。

「ぼくでお役《やく》に立《た》てるなら、それこそ光栄《こうえい》です」

「お二人《ふたり》ともご親切《しんせつ》にありがとうございます」モースタン嬢《じょう》は言《い》った。

「人《ひと》づきあいがあまりないものですから、こういうときに頼《たよ》れる方《かた》がいなくて。おかげで助《たす》かります。六時《じ》にもう一度《いちど》、こちらへうかがえばよろしいでしょうか？」

「ええ、それでけっこうです。遅《おく》れないように」ホームズは言《い》った。

「ところで、ひとつ確認《かくにん》したいのですが、この手紙《てがみ》の筆跡《ひっせき》は真珠《しんじゅ》の小包《こづつみ》に書《か》かれていた宛名《あてな》と同《おな》じですか？」

「実物《じつぶつ》をここに持《も》ってまいりましたわ」モースタン嬢《じょう》は小包《こづつみ》の紙《かみ》を六枚取《まいと》りだした。

「あなたは理想的《りそうてき》な依頼人《いらいにん》ですね。実《じつ》に気《き》が利《き》く方《かた》だ。さっそく見《み》てみましょう」

ホームズはテーブルの上《うえ》に小包《こづつみ》の紙《かみ》を広《ひろ》げ、一枚《まい》一枚《まい》、鋭《するど》い目《め》つきで見比《みくら》べた。

「手紙《てがみ》を除《のぞ》いて、どれも筆跡《ひっせき》をわざと変《か》えてある。だが同《おな》じ書《か》き手《て》であることはまちがいない。eがギリシャ文字風《もじふう》になる癖《くせ》や、語尾《ごび》のsの曲《ま》がり具合《ぐあい》が共通《きょうつう》している。すべて一人《ひとり》の人物《じんぶつ》が書《か》いたものだ。モースタンさん、ぬか喜《よろこ》びさせてはいけないが、もしやお父《とう》さんの字《じ》に似《に》ているということはありませんか？」

「いいえ、似《に》ても似《に》つきません」

「やはりそうですか。わかりました、では六時《じ》にお待《ま》ちしています。この紙《かみ》はお預《あず》かりしてもかまいませんか？　出《で》かけるまでに、もう少《すこ》し詳《くわ》しく調《しら》べたいので。まだ三時半《じはん》ですからね。では、さようなら」

「のちほどまた」モースタン嬢《じょう》も挨拶《あいさつ》を返《かえ》した。

そしてホームズと私《わたし》に朗《ほが》らかな温《あたた》かいまなざしを向《む》けてから、真珠《しんじゅ》の入《はい》った箱《はこ》を胸《むね》にしっかりと抱《かか》え、急《いそ》ぎ足《あし》で帰《かえ》っていった。

私《わたし》は窓際《まどぎわ》へ行《い》き、きびきびとした足取《あしど》りで去《さ》っていく彼女《かのじょ》の後《うし》ろ姿《すがた》を見送《みおく》った。やがて灰色《はいいろ》の帽子《ぼうし》も白《しろ》い羽根飾《はねかざ》りも、かすんで見《み》える雑踏《ざっとう》の波《なみ》にのみこまれ、小《ちい》さな点《てん》に変《か》わった。

「なんて魅力的《みりょくてき》な人《ひと》なんだろう！」私《わたし》はため息《いき》とともに友人《ゆうじん》を振《ふ》り返《かえ》った。

ホームズはパイプに火《ひ》をつけ直《なお》し、椅子《いす》に沈《しず》みこんだまま目《め》を重《おも》たげに伏《ふ》せていた。

「そうだったかな？　よく見《み》なかったから気《き》がつかなかったが」

「きみってやつは、まるで機械《きかい》だな——計算機《けいさんき》みたいな男《おとこ》だ。ときどき、血《ち》が通《かよ》っている人間《にんげん》だとは思《おも》えないことがあるよ」

私《わたし》がきっぱり言《い》うと、ホームズは薄笑《うすわら》いを浮《う》かべた。

「相手《あいて》の姿《すがた》かたちに判断《はんだん》を惑《まど》わされないようにする、これがなにより肝心《かんじん》なんだ」と、彼《かれ》もきっぱりとした口調《くちょう》で言《い》い返《かえ》す。

「依頼人《いらいにん》は問題《もんだい》における、ひとつの要素《ようそ》にすぎない。感情《かんじょう》なんて、推理《すいり》を妨《さまた》げる敵《てき》でしかないよ。実際《じっさい》に僕《ぼく》の知《し》っている誰《だれ》よりも魅力的《みりょくてき》な女《おんな》は、保険金目当《ほけんきんめあ》てで幼子《おさなご》を三人《にん》も毒殺《どくさつ》して、絞首刑《こうしゅけい》になった。逆《ぎゃく》に誰《だれ》よりも虫《むし》の好《す》かない男《おとこ》は、ロンドンの貧《まず》しい人々《ひとびと》のために二十五万《まん》ポンド（約《やく》五十億円《おくえん》）もの大金《たいきん》を投《な》げだす慈善家《じぜんか》だったんだ」

「しかし、今回《こんかい》は――」

「例外《れいがい》はつくらないことにしている。ひとつでも例外《れいがい》を認《みと》めれば、原則《げんそく》がくずれるからね。それより、きみ、筆跡《ひっせき》から性格《せいかく》を診断《しんだん》してみたことはあるかい？　モースタン嬢宛《じょうあて》の手紙《てがみ》を書《か》いた人《じん》物《ぶつ》の筆跡《ひっせき》について、意見《いけん》を聞《き》かせてくれ」

「ていねいで、バランスがとれた字《じ》だ。文字《もじ》を書《か》き慣《な》れていて、几帳面《きちょうめん》な性格《せいかく》の人《ひと》じゃないかな」

ホームズは、いいやと首《くび》を振《ふ》った。

「縦《たて》に長《なが》い形《かたち》の文字《もじ》を見《み》たまえ。短《みじか》い文字《もじ》とほとんど変《か》わらないだろう？　dはaと見分《みわ》けがつかないし、lとeもまぎらわしい。几帳面《きちょうめん》な性格《せいかく》なら、たとえ字《じ》は下手《へた》でも、長《なが》い棒《ぼう》は長《なが》く書《か》いて、きっちり区別《くべつ》するはずだ。さらにこの人物《じんぶつ》はkがぐらついた感《かん》じで、大文字《おおもじ》にはうぬぼれがにじみ出《で》ている。

さて、僕《ぼく》はちょっと出《で》かけてくるよ。いくつか調《しら》べ物《もの》があるんでね。きみにはこの本《ほん》を勧《すす》めておこう――非常《ひじょう》にすぐれた著作《ちょさく》だから、ぜひ読《よ》んでおきたまえ。ウィンウッド・リードの、『人《じん》類《るい》の苦難《くなん》』だ。じゃ、一時間《じかん》ほどで戻《もど》る」

私《わたし》は本《ほん》を手《て》に窓辺《まどべ》に座《すわ》ったものの、頭《あたま》のなかは別《べつ》のことでいっぱいだった。

さっきの依頼人《いらいにん》のことが次々《つぎつぎ》に脳裏《のうり》を駆《か》けめぐっていたのである——モースタン嬢《じょう》の笑顔《えがお》、深《ふか》みのある豊《ゆた》かな声《こえ》、その人生《じんせい》にたれこめる不思議《ふしぎ》な謎《なぞ》。父親《ちちおや》が行方不明《ゆくえふめい》になった当時《とうじ》十七歳《さい》だったということは、いまは二十七歳《さい》か——すでに思春期《ししゅんき》のよけいな自意識《じいしき》は脱《ぬ》ぎ捨《す》て、経験《けいけん》による知慮《ちりょ》にほんのり染《そ》められた、味《あじ》わい深《ぶか》い年頃《としごろ》だ。

そんなふうに想像《そうぞう》にふけっているうちに、とうとう危険《きけん》な願望《がんぼう》が胸《むね》にともりかけた。はっと我《われ》に返《かえ》って、急《いそ》いで机《つくえ》へ行《い》き、病理学《びょうりがく》に関《かん》する最新論文《さいしんろんぶん》をむきになって読《よ》み始《はじ》めた。まったく、どうかしている。脚《あし》が悪《わる》くて貯金《ちょきん》もないただの退役軍医《たいえきぐんい》が、なにを厚《あつ》かましいことを。身《み》のほど知《し》らずもいいところだ。

あの女性《じょせい》は事件《じけん》におけるひとつの要素《ようそ》であって、それ以上《いじょう》のなにものでもないのに。

## 3 真相《しんそう》を求《もと》めて

ホームズは五時半《じはん》を回《まわ》った頃《ころ》に戻《もど》ってきた。意気揚々《いきようよう》として朗《ほが》らかで、すこぶる上機嫌《じょうきげん》だった。こういう陽気《ようき》な浮《う》かれ調子《ちょうし》の日《ひ》と、陰気《いんき》なふさぎの虫《むし》の日《ひ》とが、ホームズには交互《こうご》に表《あらわ》れるのだ。

「今回《こんかい》の事件《じけん》にはさして大《おお》きな謎《なぞ》はないな」

私《わたし》が注《つ》いでやったお茶《ちゃ》を受《う》け取《と》りながら、ホームズは言《い》った。

「事実《じじつ》をつなぎ合《あ》わせると、あてはまる説明《せつめい》はひとつだけだ」

「へえ！　もう解決《かいけつ》したのか？」

「いや、そう断定《だんてい》するのはまだ早《はや》い。手応《てごた》えのある事実《じじつ》を、ひとつ発見《はっけん》しただけだからね。ただしこれが、決定的《けっていてき》とも言《い》えるきわめて有望《ゆうぼう》な事実《じじつ》なんだ。詳《くわ》しいことはこれから調《しら》べださないといけないが。

実《じつ》は、古《ふる》いタイムズ紙《し》の綴《と》じ込《こ》みをひっくり返《かえ》していたら、モースタン大尉《たいい》と同《おな》じ隊所属《たいしょぞく》で、帰国後《きこくご》はアッパー・ノーウッド在住《ざいじゅう》だったショルトー少佐《しょうさ》が、一八八二年《ねん》四月《がつ》二十八日《にち》に亡《な》くなっていたことがわかったんだ」

「なあ、ホームズ。ぼくには、それのどこが有望《ゆうぼう》な事実《じじつ》なのかさっぱりわからないよ」

「わからない？　そいつはあきれたな。じゃあ、順番《じゅんばん》に整理《せいり》しよう。

モースタン大尉《たいい》が行方知《ゆくえし》れずになる。彼《かれ》がロンドンで訪《たず》ねる相手《あいて》がいるとすれば、ショルトー少佐《しょうさ》以外《いがい》には考《かんが》えられない。ところが少佐《しょうさ》は、大尉《たいい》がロンドンに来《き》たことさえ知《し》らなかったと言《い》っている。その四年後《ねんご》、ショルトー少佐《しょうさ》が死《し》ぬ。

すると、一週間《しゅうかん》と経《た》たないうちに、モースタン大尉《たいい》の娘《むすめ》のもとへ高価《こうか》な贈《おく》り物《もの》が送《おく》られてくる。それは毎年続《まいとしつづ》いて、とうとう今朝《けさ》、あなたは気《き》の毒《どく》な目《め》にあっている、と書《か》かれた手紙《てがみ》が舞《ま》いこむ。〝気《き》の毒《どく》な目《め》〟とは、父親《ちちおや》に会《あ》えなくなってしまったことを指《さ》しているのではないか？

それに、ショルトーが死《し》んですぐにモースタン嬢《じょう》に贈《おく》り物《もの》が届《とど》けられるようになったのは、彼《かれ》の相続人《そうぞくにん》がモースタン大尉《たいい》の謎《なぞ》の失踪《しっそう》についてなにか知《し》っていて、その償《つぐな》いのつもりだとしか考《かんが》えられないだろう？　ほかに事実《じじつ》とあてはまる説明《せつめい》があるなら、ぜひとも聞《き》きたいものだね」

「しかし、ずいぶん奇妙《きみょう》な償《つぐな》いだなあ！　やり方《かた》からして変《か》わっているよ！　だいたい、なぜいま頃《ごろ》になって手紙《てがみ》を？　この六年間《ねんかん》、一通《いっつう》もよこさなかったというのに。それから、手紙《てがみ》には正当《せいとう》な扱《あつか》いを受《う》けるべきだと書《か》いてあるが、具体的《ぐたいてき》にはどういうことだろう。父親《ちちおや》が現在《げんざい》も生存《せいぞん》しているとはちょっと考《かんが》えにくいんだがな。そうかといって、彼女《かのじょ》の身《み》に起《お》こった気《き》の毒《どく》な出来事《できごと》となると、父親《ちちおや》のこと以外《いがい》には考《かんが》えつかない」

「なかなか難《むずか》しいね。問題《もんだい》が山積《さんせき》だ。

だが、今夜《こんや》の冒険《ぼうけん》ですべて解《と》けるだろう。ああ、馬車《ばしゃ》が来《き》た。四輪辻馬車《よんりんつじばしゃ》だ。まちがいない、モースタン嬢《じょう》が乗《の》っている。ワトスン、用意《ようい》はいいかい？　よし、すぐに下《お》りていこう。予定時《よていじ》刻《こく》より少《すこ》し遅《おく》れているからね」

帽子《ぼうし》と一番重《いちばんおも》いステッキを手《て》に取《と》って、ふと相棒《あいぼう》のほうを見《み》ると、ホームズは引《ひ》き出《だ》しからリヴォルヴァー銃《じゅう》を出《だ》してポケットに入《い》れるところだった。今夜《こんや》の仕事《しごと》は危険《きけん》かもしれない。

モースタン嬢《じょう》は黒《くろ》っぽいマントにくるまり、繊細《せんさい》さの宿《やど》る顔《かお》は、青《あお》ざめてはいるが落《お》ち着《つ》いた表情《ひょうじょう》だった。

どんなに気丈《きじょう》であっても女性《じょせい》なのだから、これから乗《の》りだす奇妙《きみょう》な冒険《ぼうけん》に不安《ふあん》を感《かん》じていて当《とう》然《ぜん》だと思《おも》うのだが、そんな様子《ようす》はおくびにも出《だ》さず、みごとに平静《へいせい》を保《たも》っている。ホームズがたずねた二、三の質問《しつもん》にもすらすらと答《こた》えた。

「ショルトー少佐《しょうさ》は父《ちち》の大親友《だいしんゆう》でした。父《ちち》からの手紙《てがみ》にも少佐《しょうさ》の名前《なまえ》がしょっちゅう出《で》てきました。ともにアンダマン諸島《しょとう》で部隊《ぶたい》の指揮官《しきかん》を務《つと》めていましたので、一緒《いっしょ》に行動《こうどう》することが多《おお》かったようです。

ところで、父《ちち》の机《つくえ》から変《か》わった書類《しょるい》が一枚出《まいで》てきました。さほど重要《じゅうよう》なものではないかもしれませんが、ご参考《さんこう》になればと思《おも》い、念《ねん》のため持《も》ってまいりました。これです」

ホームズはその紙《かみ》をていねいに広《ひろ》げ、膝《ひざ》の上《うえ》でしわを伸《の》ばした。それからいつもの拡大鏡《かくだいきょう》で端《はし》から端《はし》まで入念《にゅうねん》に調《しら》べた。

「インド産《さん》の紙《かみ》だ。しばらくのあいだ画鋲《がびょう》で壁板《かべいた》に留《と》めてあったらしい。どうやら、どこかの大《おお》きな建物《たてもの》の一部《いちぶ》を示《しめ》す見取《みと》り図《ず》のようだな。広間《ひろま》や廊下《ろうか》、通路《つうろ》がたくさんある。一箇所《かしょ》だけ、赤《あか》インクで小《ちい》さな十字《じゅうじ》が記《しる》されていて、だいぶ薄《うす》れてはいるが、十字《じゅうじ》の上《うえ》に鉛筆《えんぴつ》で〝左《ひだり》から三・三七〟と記入《きにゅう》されているのがかろうじて見《み》える。左隅《ひだりすみ》には、四つの十字《じゅうじ》を横《よこ》にくっつけて並《なら》べたような変《か》わった絵文字《えもじ》。その脇《わき》にひどく乱暴《らんぼう》な荒《あら》っぽい字《じ》で、〝四人《にん》のしるし――ジョナサン・スモール、マホメット・シン、アブドゥラー・カーン、ドスト・アクバル〟と書《か》き添《そ》えてある。

ううむ、あいにく今回《こんかい》のこととどんな関係《かんけい》があるのかは見当《けんとう》もつきませんね。しかし、重要《じゅうよう》な書類《しょるい》であることはまちがいない。表《おもて》も裏《うら》もきれいなままだから、財布《さいふ》かどこかに大切《たいせつ》にしまってあったんでしょう」

「はい、父《ちち》の財布《さいふ》に入《はい》っていました」

「では大事《だいじ》に保管《ほかん》しておいてください、モースタンさん。いずれ役《やく》に立《た》つときが来《く》るかもしれませんので。

それにしても、今回《こんかい》の件《けん》は初《はじ》めに考《かんが》えていたよりも、はるかに根深《ねぶか》くて複雑《ふくざつ》なようだ。あらためて慎重《しんちょう》に考《かんが》え直《なお》さないといけないな」

ホームズは座席《ざせき》の背《せ》もたれに沈《しず》みこんだ。眉《まゆ》を寄《よ》せて、遠《とお》くを見《み》る目《め》つきになり、考《かんが》えに没頭《ぼっとう》しているのがわかった。

モースタン嬢《じょう》と私《わたし》は、今夜起《こんやお》こることや、そこから生《う》まれる結果《けっか》について、小声《こごえ》で言葉《ことば》を交《か》わしたが、ホームズは、とうとう馬車《ばしゃ》が停《と》まるまで一言《ひとこと》も口《くち》をきかなかった。

まだ七時《じ》にもならない九月《がつ》の夕暮《ゆうぐ》れ時《どき》だったが、薄暗《うすぐら》くうっとうしい天気《てんき》は昼間《ひるま》から変《か》わらず、小雨《こさめ》まじりのにごった霧《きり》が大都会《だいとかい》の空《そら》をふさいでいた。

ストランド街《がい》の街灯《がいとう》の光《ひかり》もぼんやりかすんで、泥《どろ》まみれの歩道《ほどう》にぽつんぽつんと弱々《よわよわ》しいおぼろな光《ひかり》の輪《わ》を落《お》としていた。

商店《しょうてん》のショーウィンドウからは、ぎらつく黄色《きいろ》い明《あ》かりがこぼれ、じめじめした湿気《しっけ》と混《ま》ざり合《あ》って、通《とお》りを行《い》き交《か》う人々《ひとびと》にくすんだ光《ひかり》を浴《あ》びせている。

普段《ふだん》はまわりの気配《けはい》に影響《えいきょう》されない私《わたし》も、不可解《ふかかい》な事件《じけん》を抱《かか》えていることもあってか、この重《おも》苦《くる》しい夜《よる》に気《き》がふさいで、ぴりぴりしてしまった。

モースタン嬢《じょう》も、私《わたし》と同《おな》じく苦《くる》しんでいるように見受《みう》けられた。ホームズだけが、周囲《しゅうい》の細《こま》かいことはいっこうに気《き》にならない様子《ようす》で、膝《ひざ》の上《うえ》に手帳《てちょう》を広《ひろ》げ、懐中電灯《かいちゅうでんとう》の明《あ》かりを頼《たよ》りに数字《すうじ》や短《みじか》いメモをときおり書《か》き留《と》めている。

ライシアム劇場《げきじょう》に到着《とうちゃく》すると、左右《さゆう》の横《よこ》の入《い》り口《ぐち》は早《はや》くも客《きゃく》でごった返《がえ》していた。正面玄関《しょうめんげんかん》では、辻馬車《つじばしゃ》が次々《つぎつぎ》と停《と》まっては、礼装《れいそう》の男性《だんせい》や、ショールやダイヤモンドで飾《かざ》り立《た》てた女性《じょせい》を降《お》ろしていく。

私《わたし》たちは待《ま》ち合《あ》わせ場所《ばしょ》へと歩《ある》きだしたが、左《ひだり》から三番目《ばんめ》の柱《はしら》にたどり着《つ》くが早《はや》いか、御者《ぎょしゃ》の格好《かっこう》をした小柄《こがら》で色《いろ》の浅黒《あさぐろ》い、すばしっこそうな男《おとこ》に声《こえ》をかけられた。

「ミス・モースタンと、そのお連《つ》れで？」

「はい、モースタンです。こちらのお二人《ふたり》は友人《ゆうじん》です」

男《おとこ》は射《い》るような視線《しせん》で、私《わたし》たちを疑《うたが》わしげに眺《なが》めた。

「お嬢《じょう》さん、ぶしつけな言《い》い方《かた》かもしれませんが、お連《つ》れの方々《かたがた》はどちらも警官《けいかん》ではないと誓《ちか》ってもらえませんかね？」ねちっこい口調《くちょう》できく。

「誓《ちか》います」モースタン嬢《じょう》は答《こた》えた。

男《おとこ》が鋭《するど》い口笛《くちぶえ》を鳴《な》らすと、それを合図《あいず》に一人《ひとり》の宿無《やどな》し子《ご》が通《とお》りの向《む》こうから四輪辻馬車《よんりんつじばしゃ》を呼《よ》んできて、ドアを開《あ》けた。男《おとこ》は御者台《ぎょしゃだい》にのぼり、私《わたし》たちが座席《ざせき》におさまったとたん馬《うま》に鞭《むち》をくれた。馬車《ばしゃ》は猛然《もうぜん》と走《はし》りだし、霧《きり》の街路《がいろ》を駆《か》け抜《ぬ》けていった。

ずいぶんと奇妙《きみょう》な状況《じょうきょう》である。行《い》き先《さき》も知《し》らされず、用件《ようけん》も告《つ》げられないまま、馬車《ばしゃ》に揺《ゆ》られているとは。

とにかく、これは冗談《じょうだん》でもいたずらでもないようだ。ただのおふざけでここまでやるとは思《おも》えない。となると、私《わたし》たちの行《ゆ》く手《て》には、重大《じゅうだい》な事態《じたい》が待《ま》ち受《う》けていると考《かんが》えていいだろう。

モースタン嬢《じょう》は相変《あいか》わらず落《お》ち着《つ》いていて、少《すこ》しもうろたえていない。私《わたし》は彼女《かのじょ》の気《き》をまぎらわせたくて、アフガニスタンでの体験談《たいけんだん》をおもしろおかしく語《かた》ろうとしたが、実《じつ》のところ興奮《こうふん》のあまり半分《はんぶん》うわの空《そら》だった。どこへ連《つ》れていかれるのか気《き》になって、話《はなし》どころではなかったのだ。

彼女《かのじょ》には、そのときのことをいまだにからかわれる。

なんでも、〝真夜中《まよなか》にマスケット銃《じゅう》が私《わたし》のテントをのぞきこんだので、そいつに向《む》かって二連《れん》発《ぱつ》の虎《とら》の子《こ》を発射《はっしゃ》した〟とかなんとか、めちゃくちゃな話《はなし》を聞《き》かせたらしい。

馬車《ばしゃ》が向《む》かっている方角《ほうがく》は、おおよその見当《けんとう》がついたのは初《はじ》めのうちだけだった。速度《そくど》が出《で》ているうえ、濃《こ》い霧《きり》に視界《しかい》をさえぎられているのと、ロンドンの地理《ちり》をよく知《し》らないせいでじきに混乱《こんらん》してしまい、かなり遠《とお》い道《みち》のりだということしかわからなくなった。

しかしホームズのほうはさすがである。方向感覚《ほうこうかんかく》を惑《まど》わされることなく、馬車《ばしゃ》が広場《ひろば》を走《はし》り抜《ぬ》けるたび、あるいは曲《ま》がりくねった路地《ろじ》を通《とお》り抜《ぬ》けるたび、その名前《なまえ》を小声《こごえ》でつぶやいてみせるのだった。

「ロチェスター・ロウだ。お次《つぎ》はヴィンセント・スクエア。うむ、ヴォクスホール・ブリッジ通《どお》りに出《で》たな。川《かわ》を渡《わた》って、向《む》こう側《がわ》のサリー州《しゅう》へ行《い》くつもりらしい。ああ、やっぱりそうだ。橋《はし》にさしかかったよ。川面《かわも》がちらちら光《ひか》っているのがわかるだろう？」

窓《まど》に目《め》をやると、ホームズの言《い》うとおり広々《ひろびろ》としたテムズ川《がわ》が視界《しかい》に入《はい》った。静《しず》かな水面《すいめん》に街灯《がいとう》が反射《はんしゃ》して輝《かがや》いている。だがその眺《なが》めは一瞬《いっしゅん》で過《す》ぎ去《さ》り、馬車《ばしゃ》は猛《もう》スピードで橋《はし》をあとにすると、対岸《たいがん》の迷路《めいろ》のような通《とお》りへ入《はい》っていった。

「ワンズワース通《どお》りだな。プライオリ通《どお》り。ラークホール・レーン。ストックウェル・プレイス。ロバート街《がい》。コールド・ハーバー・レーン。……この旅《たび》の目的地《もくてきち》はあまり華《はな》やかな場所《ばしょ》ではなさそうだな」

たしかに、まわりはできることなら近《ちか》づきたくないような、いかがわしい地区《ちく》だった。レンガ造《づく》りの薄汚《うすよご》れた家並《いえな》みが長《なが》い列《れつ》をなし、角《かど》ごとに建《た》つパブのぎらぎらした安《やす》っぽい明《あ》かりがやけに目立《めだ》つ。やがて猫《ねこ》の額《ひたい》ほどの庭《にわ》がついた二階《かいだ》建ての郊外住宅《こうがいじゅうたく》が並《なら》ぶようになり、そのあとは新《あたら》しいデザインのけばけばしいレンガ造《づく》りの建物《たてもの》が延々《えんえん》と続《つづ》いた——大都会《だいとかい》ロンドンが、怪物《かいぶつ》めいた触手《しょくしゅ》を田園地帯《でんえんちたい》にまで伸《の》ばそうとしているかのようだ。

ようやく馬車《ばしゃ》が停《と》まった。新築《しんちく》のテラスハウスの端《はし》から三軒目《げんめ》の家《いえ》だった。ほかの家《いえ》はどれも空《あ》き家《や》で、目《め》の前《まえ》にある家《いえ》も台所《だいどころ》の窓《まど》にぽつんとともる小《ちい》さな明《あ》かりを除《のぞ》けば、隣近所《となりきんじょ》と同《おな》じくらい暗《くら》くひっそりとしている。

だが玄関《げんかん》へ行《い》ってノックすると、すぐにドアが開《ひら》いた。現《あらわ》れたのは、ゆったりとした白《しろ》い服《ふく》に黄色《きいろ》い帯《おび》を巻《ま》き、頭《あたま》に黄色《きいろ》いターバンをかぶった、インド人召《じんめ》し使《つか》いだった。郊外《こうがい》のごくありふれた住宅《じゅうたく》の玄関《げんかん》に東洋人《とうようじん》とは、かなり異様《いよう》な印象《いんしょう》を受《う》けた。

「旦那《だんな》さまがお待《ま》ちです」

召《め》し使《つか》いがそう言《い》い終《お》わらないうちに、家《いえ》の奥《おく》のほうから甲走《かんばし》った声《こえ》が飛《と》んできた。

「お通《とお》ししなさい。すぐにこちらへお連《つ》れするように」

## 4 禿《は》げ頭《あたま》の男《おとこ》

召《め》し使《つか》いの案内《あんない》にしたがって、私《わたし》たちは薄暗《うすぐら》い照明《しょうめい》の、ありきたりで見栄《みば》えのしない粗末《そまつ》な廊《ろう》下《か》を進《すす》んでいった。

間《ま》もなく右側《みぎがわ》のある部屋《へや》の前《まえ》まで来《く》ると、召《め》し使《つか》いがドアを開《あ》けた。室内《しつない》から黄色《きいろ》い光《ひかり》がどっとあふれ出《で》て、そのまばゆい光彩《こうさい》の中心《ちゅうしん》に小柄《こがら》な男《おとこ》の姿《すがた》が映《うつ》しだされた。

この男《おとこ》、頭《あたま》が異様《いよう》なほど長《なが》く、てっぺんはつるつるてかてか、そのまわりを固《かた》そうな赤毛《あかげ》がぐるりと囲《かこ》んで、モミの林《はやし》からそそり立《た》つ禿《は》げ山《やま》の頂上《ちょうじょう》みたいだ。

男《おとこ》は立《た》ちあがってしきりともみ手《て》をしていたが、顔《かお》までもが絶《た》えずひきつるように動《うご》いて、笑《わら》ったと思《おも》ったらしかめ面《つら》になるといった具合《ぐあい》に、表情《ひょうじょう》がめまぐるしく変《か》わり、片時《かたとき》もじっとしていない。

反《そ》り返《かえ》った下唇《したくちびる》から黄色《きいろ》くふぞろいな歯《は》が丸見《まるみ》えで、それを隠《かく》そうとして口《くち》もとにしょっちゅう手《て》をあてがう。禿《は》げ頭《あたま》がかなり目立《めだ》ってはいるものの、全体《ぜんたい》から受《う》ける印象《いんしょう》はまだ若《わか》そうだ。

実際《じっさい》にはやっと三十になったばかりだとのちにわかった。

「ようこそおいでくださいました、モースタンさん」男《おとこ》は細《ほそ》くて甲高《かんだか》い声《こえ》で出迎《でむか》えた。

「ほかの方々《かたがた》もようこそ。さあ、どうぞどうぞ、わたしの小《ちい》さな城《しろ》へ。狭苦《せまくる》しい部屋《へや》ですが、わたしの趣味《しゅみ》がたっぷりつまっています。南《みなみ》ロンドンというさびしい砂漠《さばく》にひっそりとたたずむ、ささやかな芸術《げいじゅつ》のオアシスなのです」

室内《しつない》に招《まね》き入《い》れられた私《わたし》たちは、豪華《ごうか》な空間《くうかん》にそろって目《め》をみはった。

美《うつく》しい光沢《こうたく》を帯《お》びた上質《じょうしつ》なカーテンやタペストリーが惜《お》しげもなく壁《かべ》にあしらわれ、それらが紐《ひも》の輪《わ》で束《たば》ねられているところには、立派《りっぱ》な額縁《がくぶち》におさまった絵画《かいが》や東洋《とうよう》の花瓶《かびん》が飾《かざ》られている。

琥珀色《こはくいろ》と黒《くろ》に彩《いろど》られた絨毯《じゅうたん》はふかふかで毛足《けあし》が長《なが》く、そこを踏《ふ》んだときの感触《かんしょく》が分厚《ぶあつ》い苔《こけ》に沈《しず》みこんでいくようで、とても心地《ここち》よい。床《ゆか》に斜《なな》めに敷《し》かれた二枚《まい》の立派《りっぱ》な虎《とら》の毛皮《けがわ》と、さらには片隅《かたすみ》の敷物《しきもの》に置《お》かれた大《おお》きな水《みず》ギセルで、東洋風《とうようふう》のはなやかさが一段《いちだん》と増《ま》している感《かん》じだ。

天井《てんじょう》の中央《ちゅうおう》には、鳩《はと》をかたどった銀《ぎん》のランプが目《め》に見《み》えないほど細《ほそ》い金色《きんいろ》の針金《はりがね》で吊《つる》され、そこにともった火《ひ》からかぐわしい香《かお》りが漂《ただよ》いでて、室内《しつない》に満《み》ちている。

「わたしはサディアス・ショルトーと申《もう》します」

小男《こおとこ》は相変《あいか》わらず顔《かお》をぴくぴくさせて笑顔《えがお》を作《つく》りながら、そう名乗《なの》った。

「あなたはもちろんシャーロック・ホームズさんだ。それからお連《つ》れの方々《かたがた》は――」

「あちらはシャーロック・ホームズさん、こちらは医師《いし》のワトスンさんです」

「ほう、お医者《いしゃ》さんですか！」ショルトーは興奮《こうふん》して声《こえ》を張《は》りあげた。

「聴診器《ちょうしんき》はお持《も》ちで？　では、恐縮《きょうしゅく》ですがちょっとだけ診《み》ていただけないでしょうか？　実《じつ》は、心臓《しんぞう》の僧帽弁《そうぼうべん》に不安《ふあん》を抱《かか》えておりましてね。大動脈弁《だいどうみゃくべん》は心配《しんぱい》ないと思《おも》いますが、僧帽弁《そうぼうべん》のほうはぜひともご診察《しんさつ》をお願《ねが》いしたいのです」

私《わたし》は頼《たの》みを聞《き》き入《い》れて彼《かれ》の胸《むね》に聴診器《ちょうしんき》をあてたが、極度《きょくど》の不安《ふあん》で頭《あたま》のてっぺんから爪先《つまさき》までぶるぶる震《ふる》えていること以外《いがい》には、特《とく》に気《き》になるところはなかった。

「正常《せいじょう》ですから、心配《しんぱい》いりませんよ」私《わたし》は言《い》った。

「お見苦《みぐる》しい姿《すがた》をお目《め》にかけて、大変失礼《たいへんしつれい》しました、モースタンさん」ショルトーは打《う》って変《か》わって陽気《ようき》な口調《くちょう》で言《い》った。

「わたしは昔《むかし》から病弱《びょうじゃく》なんですよ。心臓《しんぞう》が悪《わる》いのではないかとずっと心配《しんぱい》していましたが、これでほっとしました。モースタンさんのお父上《ちちうえ》も、心臓《しんぞう》にあんな負担《ふたん》がかかったりしなければ、いまもお元気《げんき》でしたでしょうに」

私《わたし》は思《おも》わずかっとなって、この男《おとこ》の横《よこ》っ面《つら》を張《は》り倒《たお》したくなった。そんなデリケートな問題《もんだい》を話《はなし》のついでに軽々《かるがる》しく持《も》ちだすとは、無神経《むしんけい》にもほどがあるではないか。見《み》ればモースタン嬢《じょう》はくずおれるように座《すわ》りこみ、顔《かお》から血《ち》の気《け》が引《ひ》いて、唇《くちびる》まで真《ま》っ白《しろ》になっている。

「心《こころ》のどこかで覚悟《かくご》はしておりました。父《ちち》はもうこの世《よ》にいないことを」

「なにもかもお話《はな》ししましょう。そして、あなたが正当《せいとう》な扱《あつか》いを受《う》けられるよう、取《と》りはからってさしあげます。兄《あに》のバーソロミューがなんと言《い》おうとも必《かなら》ず。付《つ》き添《そ》い役《やく》としておいでになった友人《ゆうじん》の方々《かたがた》には、わたしがこれからやることの立会人《たちあいにん》も務《つと》めていただきましょう。三人《にん》で一丸《いちがん》となって、バーソロミューに立《た》ち向《む》かおうではありませんか。言《い》っておきますが、部外者《ぶがいしゃ》はお断《ことわ》りですよ——警察《けいさつ》や役人《やくにん》といった手合《てあ》いはね。外《そと》からは口出《くちだ》しさせずに、なんとしてもわたしたちだけで円満《えんまん》に解決《かいけつ》したいのです。この件《けん》が表沙汰《おもてざた》になったら、バーソロミューも黙《だま》ってはいないでしょうから」

ショルトーは低《ひく》い長椅子《ながいす》に腰《こし》を下《お》ろして、臆病《おくびょう》そうな潤《うる》んだ青《あお》い目《め》をしばたたきながら、私《わたし》たちの顔色《かおいろ》をうかがった。

「わたしのことでしたらご心配《しんぱい》なく」ホームズは言《い》った。

「あなたがなにをおっしゃろうと口外《こうがい》するつもりはありません」

私《わたし》も同感《どうかん》のしるしにうなずいた。

「それでけっこう！　大変《たいへん》けっこう！　モースタンさん、キャンティ・ワインを一杯《いっぱい》いかがですか？　それともトカイ・ワインのほうがよろしいかな？　あいにくほかにはワインがありませんのでね。いらない？　そうですか。わたしのほうは失礼《しつれい》して、煙草《たばこ》を一服《いっぷく》つけさせてもらいますよ。東洋《とうよう》の煙草《たばこ》でしてね、バルサムの香《かお》りがします。こうやって神経《しんけい》が高《たか》ぶっているときは薬代《くすりが》わりになるんです」

ショルトーが灯芯《とうしん》を大《おお》きな火皿《ひざら》に近《ちか》づけると、煙《けむり》が薔薇水《ばらすい》のなかで、ボコボコとにぎやかに泡《あわ》立《だ》った。

私《わたし》たち三人《にん》は彼《かれ》を囲《かこ》んで半円形《はんえんけい》に座《すわ》り、前《まえ》かがみの姿勢《しせい》で頬杖《ほおづえ》をついて見守《みまも》った。ぴかぴか光《ひか》る長《なが》い頭《あたま》の風変《ふうが》わりな小男《こおとこ》は、私《わたし》たちの目《め》の前《まえ》で顔《かお》を小刻《こきざ》みに震《ふる》わせながら、水《みず》ギセルをぎこちなくふかしはじめた。

「今回《こんかい》あなたに初《はじ》めての手紙《てがみ》を差《さ》しあげようと決心《けっしん》したとき、こちらの住所《じゅうしょ》をお知《し》らせすることも考《かんが》えたのですよ」ショルトーは語《かた》った。

「しかし、好《この》ましくない連中《れんちゅう》を呼《よ》んでこられたりしてはかないませんのでね。それで勝手《かって》ながら、あのように待《ま》ち合《あ》わせ場所《ばしょ》を指定《してい》し、使用人《しようにん》のウィリアムズを先《さき》に会《あ》わせることにしたのです。ウィリアムズの判断力《はんだんりょく》には全幅《ぜんぷく》の信頼《しんらい》をおいていますので、彼《かれ》がおかしいと思《おも》ったら計画《けいかく》は中止《ちゅうし》するようにと指示《しじ》しておきました。用心《ようじん》のためとはいえ、こんなやり方《かた》で申《もう》し訳《わけ》ありません。なにぶん、わたしは引《ひ》っ込《こ》み思案《じあん》な性格《せいかく》でして、まあ、あえて申《もう》すならば、上品《じょうひん》な趣味《しゅみ》の洗練《せんれん》された人間《にんげん》です。それにひきかえ、警察官《けいさつかん》は趣味《しゅみ》が悪《わる》くて、美的感覚《びてきかんかく》をこれっぽっちも持《も》ち合《あ》わせていない。がさつな連中《れんちゅう》には近寄《ちかよ》りたくありませんね。

ご覧《らん》のように、ささやかながら優雅《ゆうが》な雰囲気《ふんいき》のなかで暮《く》らしております。芸術《げいじゅつ》のよき保護者《ほごしゃ》のつもりです。美術品《びじゅつひん》には目《め》がないんですよ。

そこにかかっている風景画《ふうけいが》は、正真正銘《しょうしんしょうめい》のカミーユ・コローです。あそこのサルバトール・ローザについてはあやしがる鑑定家《かんていか》がいるかもしれませんが、そっちのブーグローのほうはまちがいなく本物《ほんもの》です。わたしはフランス近代絵画《きんだいかいが》をとりわけ気《き》に入《い》っておりましてね」

「失礼《しつれい》ですが、ショルトーさん」モースタン嬢《じょう》が横《よこ》から言《い》った。

「なにかお伝《つた》えになりたいことがあって、わたしをここへお呼《よ》びになったのでしたら、もうずいぶん遅《おそ》い時刻《じこく》ですし、お話《はなし》はできるだけ手短《てみじか》に済《す》ませていただけないでしょうか？」

「どんなに急《いそ》いでも、時間《じかん》はまだまだかかりますよ」とショルトーは答《こた》えた。

「これからノーウッドへ出《で》かけていって、兄《あに》のバーソロミューと会《あ》わなくてはいけませんからね。全員《ぜんいん》で乗《の》りこんで、兄《あに》をなんとか説得《せっとく》したいのです。わたしが正《ただ》しいと思《おも》ってやっていることなのに、兄《あに》はかんかんに怒《おこ》っていましてね。ゆうべも激《はげ》しい口論《こうろん》になりました。兄《あに》はいったん怒《おこ》らせると、始末《しまつ》に負《お》えないのです」

「ノーウッドまで行《い》くなら、早《はや》く出《で》かけたほうがいいのではないですか？」私《わたし》は思《おも》いきって口《くち》をはさんだ。

ショルトーはげらげら笑《わら》いだし、耳《みみ》まで真《ま》っ赤《か》になった。

「そんなわけにはいかないんですよ。いきなり皆《みな》さんを連《つ》れていったら、兄《あに》にどんなひどいことを言《い》われるやらわかったものじゃない。出発《しゅっぱつ》の前《まえ》にじっくり話《はなし》を聞《き》いていただき、わたしたちがお互《たが》いにどういう立場《たちば》なのか、あらかじめ知《し》っていただかなければ。

最初《さいしょ》にお伝《つた》えしておきたいのは、わたし自身《じしん》、まだ不明《ふめい》な点《てん》がいくつかあるということです。知《し》っている範囲《はんい》でお話《はな》しするしかありません。

すでにお察《さっ》しのことと思《おも》いますが、わたしの父《ちち》は以前《いぜん》インドの軍隊《ぐんたい》にいたジョン・ショルトー少佐《しょうさ》です。十一年《ねん》ほど前《まえ》に退役《たいえき》して、アッパー・ノーウッドのポンディシェリ荘《そう》に住《す》みはじめました。インドで成功《せいこう》した父《ちち》は、帰国《きこく》の際《さい》にかなりの大金《たいきん》と、大量《たいりょう》の高価《こうか》な骨董品《こっとうひん》を持《も》ち帰《かえ》り、さらに現地《げんち》の使用人《しようにん》も何人《なんにん》か連《つ》れてきました。そして豪華《ごうか》な屋敷《やしき》を買《か》い、贅沢三昧《ぜいたくざんまい》の暮《く》らしを送《おく》ったのです。子《こ》どもはわたしと双子《ふたご》の兄《あに》のバーソロミューだけです。

モースタン大尉《たいい》が行方不明《ゆくえふめい》だと大騒《おおさわ》ぎになったことは、いまでもよく覚《おぼ》えています。新聞《しんぶん》の記事《きじ》で、大尉《たいい》が父《ちち》の友人《ゆうじん》だと知《し》ったので、父《ちち》のいる前《まえ》でも事件《じけん》について兄弟《きょうだい》でよく話《はな》していました。わたしたちが事件《じけん》の真相《しんそう》をあれこれ推理《すいり》していると、父《ちち》も加《くわ》わって意見《いけん》を交《か》わしたものです。

まさか父《ちち》の胸《むね》の奥《おく》に秘密《ひみつ》の鍵《かぎ》が隠《かく》されていようとは、ちらりとも考《かんが》えませんでした。よりによって、父《ちち》がアーサー・モースタン大尉《たいい》の運命《うんめい》を知《し》る、この世《よ》でただ一人《ひとり》の人間《にんげん》だとは思《おも》いもよらなかったのです。

とはいえ、なにやら奇妙《きみょう》な謎《なぞ》が、ただならぬ危険《きけん》となって父《ちち》の身《み》に迫《せま》っていることはうすうす感《かん》づいていました。父《ちち》は一人《ひとり》で外出《がいしゅつ》することをとてもいやがりましたし、ポンディシェリ荘《そう》では元《もと》プロボクサーを二人《ふたり》、守衛《しゅえい》として雇《やと》っていました。そのうちの一人《ひとり》が、今夜皆《こんやみな》さんを馬車《ばしゃ》でお迎《むか》えに上《あ》がったウィリアムズでして、イギリスの元《もと》ライト級《きゅう》チャンピオンです。

なにを恐《おそ》れているのか、父《ちち》は決《けっ》して打《う》ち明《あ》けようとしませんでしたが、義足《ぎそく》の男《おとこ》をとにかく嫌《きら》っていたことははっきりしています。一度《いちど》など、義足《ぎそく》をつけた白人《はくじん》の男《おとこ》に向《む》けて銃《じゅう》を撃《う》ったこともあるのです。あとで相手《あいて》はおとなしい行商人《ぎょうしょうにん》だとわかったのですが。事件《じけん》をもみ消《け》すためにだいぶ金《かね》を積《つ》まされましたよ。そのときは兄《あに》もわたしも、父《ちち》はたまたま虫《むし》の居所《いどころ》が悪《わる》かっただけだろうと思《おも》ったのですが、その後《ご》のいろいろな出来事《できごと》で、どうやらそうではなさそうだと考《かんが》えるようになりました。

あれは一八八二年《ねん》の初《はじ》めでしたが、父《ちち》のもとにインドから一通《つう》の手紙《てがみ》が届《とど》いたのです。父《ちち》にとってはとてもショックを受《う》ける内容《ないよう》だったようで、朝食《ちょうしょく》の席《せき》で手紙《てがみ》を開《ひら》くなり、危《あや》うく倒《たお》れかけました。そして、その日《ひ》から病気《びょうき》で寝込《ねこ》んでしまい、そのまま帰《かえ》らぬ人《ひと》となったのです。

手紙《てがみ》になにが書《か》かれていたのかは結局《けっきょく》わからずじまいでしたが、ちらっと見《み》たかぎりでは、書《か》き殴《なぐ》ったような短《みじか》い文章《ぶんしょう》でした。父《ちち》は長年《ながねん》、脾臓肥大症《ひぞうひだいしょう》を患《わずら》っていましたが、その出来事《できごと》があって病状《びょうじょう》が急激《きゅうげき》に悪化《あっか》し、四月《がつ》の終《お》わり頃《ごろ》には、もはや快復《かいふく》の見込《みこ》みはないと診断《しんだん》されました。父《ちち》は遺言《ゆいごん》を伝《つた》えておきたいからと言《い》って、わたしたち息子《むすこ》を寝室《しんしつ》に呼《よ》びました。部屋《へや》へ入《はい》っていくと、父《ちち》は積《つ》み重《かさ》ねた枕《まくら》にもたれかかって、苦《くる》しそうにあえいでいました。ドアに鍵《かぎ》をかけてくれと言《い》ったあと、わたしたち兄弟《きょうだい》をベッドのそばへ呼《よ》び寄《よ》せ、手《て》を握《にぎ》りました。それから体《からだ》の痛《いた》みと高《たか》ぶる感情《かんじょう》とで声《こえ》を途切《とぎ》れさせながら、驚《おどろ》くべき事実《じじつ》を語《かた》ったのです。その内容《ないよう》を、できるだけ父《ちち》の言葉《ことば》どおりに伝《つた》えますので、お聞《き》きください。

『死《し》の淵《ふち》に臨《のぞ》んで、心《こころ》に重《おも》くのしかかっていることがひとつだけある』

父《ちち》はそう切《き》りだしました。

『かわいそうなモースタンの娘《むすめ》に対《たい》して、申《もう》し訳《わけ》ない気持《きも》ちでいっぱいなのだ。わしは昔《むかし》から呪《のろ》わしいまでに強欲《ごうよく》で、それを生涯消《しょうがいき》えない罪《つみ》として背負《せお》い続《つづ》けてきた。その強欲《ごうよく》ゆえに、少《すく》なくとも半分《はんぶん》はあの娘《むすめ》のものである財宝《ざいほう》を、これまで独《ひと》り占《じ》めにしていたのだ。

とはいえ、自分《じぶん》で身《み》につけて見《み》せびらかそうという気《き》はさらさらなかった。そこが強欲《ごうよく》な人間《にんげん》の愚《おろ》かしいところでな。所有《しょゆう》しているという満足感《まんぞくかん》にしばられるあまり、他人《たにん》と分《わ》け合《あ》うのが惜《お》しくなってしまうのだ。

そこの瓶《びん》の横《よこ》に、真珠《しんじゅ》の首飾《くびかざ》りがあるだろう。モースタンの娘《むすめ》に送《おく》ってやるつもりで出《だ》しておいたのだが、たったあれっぽっちのものさえどうしても手放《てばな》せなかった。だから息子《むすこ》たちよ、わしに代《か》わって、〈アグラの財宝《ざいほう》〉の正当《せいとう》な取《と》り分《ぶん》を彼女《かのじょ》に届《とど》けてやってほしい。ただし、いいか、わしが生《い》きているあいだは、なにひとつ渡《わた》してはならん。あの首飾《くびかざ》りもだ。わしぐらい病状《びょうじょう》が悪《わる》くても、たまに治《なお》ることがあるらしいからな。

モースタンが死《し》んだときのことを話《はな》しておこう。やつはずいぶん前《まえ》から心臓《しんぞう》に病気《びょうき》を抱《かか》えていたが、周囲《しゅうい》には黙《だま》っていた。わし以外《いがい》には誰《だれ》もそれを知《し》らなかった。

われわれはインドにいた頃《ころ》、大《おお》きな偶然《ぐうぜん》がいくつも重《かさ》なったおかげで、とてつもない財宝《ざいほう》を手《て》に入《い》れた。やがてわしは退役《たいえき》し、財宝《ざいほう》を一足先《ひとあしさき》にイギリスへ持《も》ち帰《かえ》った。モースタンはその分《わ》け前《まえ》を受《う》け取《と》ろうと、帰国《きこく》した日《ひ》の晩《ばん》にここへやって来《き》たのだ。駅《えき》から歩《ある》いて到着《とうちゃく》したあいつを、いまは亡《な》きラル・チャウダー爺《じい》やが屋敷《やしき》へ招《まね》き入《い》れた。

モースタンとわしは、宝《たから》の分《わ》け前《まえ》をめぐって意見《いけん》が分《わ》かれ、とうとう激《はげ》しい言《い》い合《あ》いになった。モースタンは怒《おこ》って椅子《いす》から勢《いきお》いよく立《た》ちあがったが、そのあとで急《きゅう》に胸《むね》を押《お》さえたかと思《おも》うと、顔《かお》がどす黒《ぐろ》い色《いろ》に変《か》わった。そのまま仰向《あおむ》けに倒《たお》れ、宝《たから》の入《はい》った箱《はこ》の角《かど》で頭《あたま》を打《う》ち、そこがぱっくりと裂《さ》けた。わしは怪我《けが》の具合《ぐあい》を調《しら》べようとかがみこんだが、恐《おそ》ろしいことに、すでに息絶《いきた》えていた。

長《なが》いこと座《すわ》りこんだまま、わしはどうすればいいのか必死《ひっし》に考《かんが》えた。むろん、真《ま》っ先《さき》に思《おも》い浮《う》かんだのは助《たす》けを呼《よ》ぶことだった。しかし、このままではわしが殺《ころ》したと疑《うたが》われるに決《き》まっている。口論《こうろん》のさなかに起《お》きたことも、頭《あたま》が割《わ》れていることも、わしにとっては不利《ふり》な証拠《しょうこ》だ。それに、警察《けいさつ》に捜査《そうさ》されたら、秘密《ひみつ》にしておきたい財宝《ざいほう》のことを嗅《か》ぎつけられてしまう。モースタンはここへ来《く》ることを誰《だれ》にも知《し》らせていないと言《い》っていた。ならば、いまさら誰《だれ》かに知《し》らせる必要《ひつよう》がどこにあろう。

そんなふうにああでもないこうでもないと迷《まよ》いながら、ふと顔《かお》を上《あ》げると、部屋《へや》の戸口《とぐち》にラル・チャウダーが立《た》っていた。爺《じい》やは静《しず》かに入《はい》ってくると、ドアを閉《し》めて錠《じょう》を下《お》ろした。

「心配《しんぱい》いらねえです、旦那《だんな》さま。このお客《きゃく》さんを殺《ころ》しちまったことは内緒《ないしょ》にしておきゃいいんです。死体《したい》を隠《かく》しちまえば、わかりゃしませんよ」

「ちがう、わしは殺《ころ》してない」と、すぐさま否定《ひてい》した。

だが、ラル・チャウダーは首《くび》を振《ふ》ってにっこりすると、こう答《こた》えた。

「全部《ぜんぶ》この耳《みみ》で聞《き》いてたんですよ、旦那《だんな》さま。始《はじ》めからしまいまで、言《い》い争《あらそ》う声《こえ》も殴《なぐ》りつける音《おと》も。だけんど、あっしは誰《だれ》にもしゃべりませんし、家《いえ》の者《もの》はみんな寝《ね》てます。いまのうちにさっさと片付《かたづ》けちまいましょう」

その言葉《ことば》で決心《けっしん》がついた。使用人《しようにん》でさえ信《しん》じようとせんのに、裁判《さいばん》で無実《むじつ》を主張《しゅちょう》したところで、無駄《むだ》に決《き》まっているではないか。

結局《けっきょく》、死体《したい》はその晩《ばん》、ラル・チャウダーと一緒《いっしょ》に始末《しまつ》した。数日後《すうじつご》、モースタン大尉《たいい》が消息《しょうそく》を絶《た》ったとロンドンじゅうの新聞《しんぶん》が騒《さわ》ぎ立《た》てた。だが、わしはやつを手《て》にかけてなどいない。責《せ》められるべき罪《つみ》があるとすれば、死体《したい》のみならず財宝《ざいほう》も隠《かく》し、自分《じぶん》の分《わ》け前《まえ》ばかりかモースタンの取《と》り分《ぶん》まで横取《よこど》りしてしまったことだ。だから息子《むすこ》たちよ、彼《かれ》の分《ぶん》を返《かえ》してやってほしい。財宝《ざいほう》のありかを教《おし》えるから、ちょっと耳《みみ》を貸《か》せ。いいか、隠《かく》し場所《ばしょ》は――』

と、このとき、父《ちち》の顔《かお》が突然恐《とつぜんおそ》ろしい形相《ぎょうそう》に変《か》わりました。目《め》をかっと見開《みひら》いて、口《くち》をだらりと開《あ》け、いまだにわたしの耳《みみ》にこびりついたまま離《はな》れない、断末魔《だんまつま》のような悲鳴《ひめい》をあげたのです。

『あいつを追《お》い払《はら》え！　頼《たの》むから早《はや》く！』

兄《あに》もわたしも、父《ちち》が見《み》つめている窓《まど》のほうを振《ふ》り返《かえ》りました。すると、暗闇《くらやみ》から誰《だれ》かの顔《かお》がこちらをのぞきこんでいました。鼻《はな》の頭《あたま》が窓《まど》ガラスに押《お》しつけられて白《しろ》くなっています。顔《かお》じゅうにむさ苦《くる》しいひげがもじゃもじゃと生《は》え、粗暴《そぼう》で残忍《ざんにん》そうな目《め》つきをしていました。まさに憎悪《ぞうお》のかたまりといった表情《ひょうじょう》です。

すぐさま窓《まど》へ駆《か》け寄《よ》りましたが、相手《あいて》はもう逃《に》げたあとでした。しかたなくベッドへ戻《もど》ると、父《ちち》は頭《あたま》をがっくりとたれ、すでに事切《ことき》れていました。

その晩《ばん》、庭《にわ》じゅうを調《しら》べましたが、窓《まど》の下《した》の花壇《かだん》に足跡《あしあと》がひとつ残《のこ》っていただけでした。もしもその足跡《あしあと》がなかったら、あのおそろしい顔《かお》は自分《じぶん》たちの妄想《もうそう》がつくりだした幻《まぼろし》ではなかったかと思《おも》ったでしょう。しかし、間《ま》もなく別《べつ》の証拠《しょうこ》が出《で》てきて、わたしたちの身近《みぢか》で謎《なぞ》めいた組織《そしき》がうごめいていることがはっきりしました。

朝《あさ》になって父《ちち》の部屋《へや》へ行《い》ってみると、窓《まど》は開《あ》けっ放《ぱな》し、戸棚《とだな》や整理箱《せいりばこ》は荒《あ》らされて、父《ちち》の亡骸《なきがら》の胸《むね》には、乱暴《らんぼう》に破《やぶ》り取《と》ったような紙切《かみき》れが留《と》めてあったのです。紙切《かみき》れには、〝四人《にん》のしるし〟という走《はし》り書《が》きの文字《もじ》がありました。

室内《しつない》はめちゃくちゃに荒《あ》らされていましたが、父《ちち》の持《も》ち物《もの》はなにも盗《ぬす》まれていませんでした。この不可解《ふかかい》な出来事《できごと》が、父《ちち》を死《し》ぬ間際《まぎわ》まで苦《くる》しめた不安《ふあん》と関係《かんけい》がありそうだということはすぐにわかりましたが、どういう事情《じじょう》があるのかは、わたしたち兄弟《きょうだい》にとっていまだに大《おお》きな謎《なぞ》なのです」

小男《こおとこ》はそこで言葉《ことば》を切《き》ると、水《みず》ギセルに火《ひ》をつけ直《なお》し、少《すこ》しのあいだ考《かん》え深《ぶか》げな表情《ひょうじょう》でふかした。私《わたし》たちは皆《みな》、彼《かれ》の不思議《ふしぎ》な話《はなし》にすっかり引《ひ》きこまれ、じっと聞《き》き入《い》っていた。

父親《ちちおや》のたどった悲運《ひうん》について語《かた》られたときは、モースタン嬢《じょう》の顔《かお》が死人《しにん》のように青《あお》ざめ、一瞬《いっしゅん》、気絶《きぜつ》してしまうのではないかと心配《しんぱい》したほどだった。だが、私《わたし》がサイドテーブルにあったベネチアン・ガラスの水差《みずさ》しからグラスに水《みず》を注《つ》いで渡《わた》すと、それを飲《の》んで気持《きも》ちが落《お》ち着《つ》いたようだった。

ホームズはぼんやりした顔《かお》で椅子《いす》に深々《ふかぶか》ともたれ、閉《と》じかけたまぶたの隙間《すきま》から鋭《するど》い眼光《がんこう》を放《はな》っていた。その表情《ひょうじょう》を見《み》て、私《わたし》は思《おも》った。つい数時間前《すうじかんまえ》までの彼《かれ》は、退屈《たいくつ》な生活《せいかつ》にひどくあきあきしていたが、少《すく》なくともいまは、その頭脳《ずのう》を存分《ぞんぶん》に発揮《はっき》できそうな事件《じけん》があるのだと。

サディアス・ショルトーは、驚《おどろ》いている私《わたし》たちを満足《まんぞく》そうに一人《ひとり》ずつ眺《なが》め、大《おお》きな水《みず》ギセルをふかしながら話《はなし》の続《つづ》きに取《と》りかかった。

「父《ちち》から聞《き》いた財宝《ざいほう》の話《はなし》に、兄《あに》とわたしはどんなにか興奮《こうふん》したでしょう。ところが何週間《なんしゅうかん》、何《なん》ヶ月《げつ》も庭《にわ》を隅々《すみずみ》まで掘《ほ》り返《かえ》し、念入《ねんい》りに調《しら》べたというのに、宝《たから》はいっこうに出《で》てきませんでした。あともう少《すこ》しで隠《かく》し場所《ばしょ》を父《ちち》の口《くち》から聞《き》けたのにと考《かんが》えては、悔《くや》しさがこみあげました。

例《れい》の首飾《くびかざ》りを見《み》れば、隠《かく》されている宝物《たからもの》がいかにすばらしいものかはよくわかります。ところで、その首飾《くびかざ》りをめぐっては、バーソロミューとちょっともめました。兄《あに》は手放《てばな》すのが惜《お》しくなったのです。

ここだけの話《はなし》ですがね、兄《あに》も父《ちち》に似《に》て欲張《よくば》りなところがあるんですよ。真珠《しんじゅ》が他人《たにん》の手《て》に渡《わた》ると、噂《うわさ》になって、いずれこっちが面倒《めんどう》なことに巻《ま》きこまれるんじゃないか、と心配《しんぱい》してもいました。その兄《あに》をわたしはなんとか説《と》き伏《ふ》せ、モースタンさんの住所《じゅうしょ》を探《さが》しだし、彼女《かのじょ》が生活《せいかつ》に困《こま》らないよう、首飾《くびかざ》りからはずした真珠《しんじゅ》を一個《こ》ずつ定期的《ていきてき》に送《おく》ることにしたのです」

「お心遣《こころづか》いに感謝《かんしゃ》しますわ。ありがとうございます」

モースタン嬢《じょう》が心《こころ》をこめて言《い》った。

小男《こおとこ》はたいしたことではないと手《て》を振《ふ》った。

「わたしたちはあなたの財産《ざいさん》をお預《あず》かりしているようなものですから。あいにくとバーソロミューは意見《いけん》が異《こと》なりますが、わたしはそう考《かんが》え

ていました。われわれ兄弟《きょうだい》には金《かね》がうなるほどあるわけでして、これ以上《いじょう》ほしいとはちっとも思《おも》いません。だいたい、若《わか》いご婦人《ふじん》を相手《あいて》にそんなまねをするのは、悪趣味《あくしゅみ》というものでしょう。『悪趣味《あくしゅみ》は罪《つみ》のもと』と言《い》うではありませんか。フランス人《じん》はなかなかしゃれた言《い》いまわしを思《おも》いつく。

まあ、それはともかく、財宝《ざいほう》の問題《もんだい》に関《かん》して兄弟《きょうだい》で考《かんが》えがまったく違《ちが》ったので、兄《あに》とは離《はな》れて暮《く》らしたほうがいいと思《おも》いましてね。インド人《じん》の召《め》し使《つか》いと守衛《しゅえい》のウィリアムズを連《つ》れて、ポンディシェリ荘《そう》からこの家《いえ》へ移《うつ》ってきたのです。

ところが昨日《きのう》、重大《じゅうだい》な知《し》らせが来《き》ました。とうとう財宝《ざいほう》が見《み》つかったんですよ。それでモースタンさんにご連絡《れんらく》を差《さ》しあげたというわけです。

あとはわたしたち全員《ぜんいん》でノーウッドへ乗《の》りこみ、正当《せいとう》な分《わ》け前《まえ》を要求《ようきゅう》するだけです。昨夜《さくや》のうちにバーソロミューに話《はな》してありますから、わたしたちの訪問《ほうもん》を歓迎《かんげい》はしないまでも待《ま》ってくれてはいるでしょう」

サディアス・ショルトーは語《かた》り終《お》えて口《くち》をつぐむと、豪華《ごうか》な長椅子《ながいす》の上《うえ》で顔《かお》をぴくぴくさせた。彼《かれ》と向《む》かい合《あ》っている私《わたし》たちは三人《にん》とも無言《むごん》だったが、やがてホームズがすっくと立《た》ちあがって、こう言《い》った。

「ショルトーさん、あなたは立派《りっぱ》な行動《こうどう》をお取《と》りになった。ささやかなお礼《れい》として、あなたにもまだわからない謎《なぞ》を解《と》き明《あ》かすお手伝《てつだ》いをしたいと思《おも》います。しかし、先《さき》ほどモースタンさんもおっしゃったように、だいぶ時刻《じこく》も遅《おそ》い。まずは残《のこ》っている用事《ようじ》を早《はや》く片付《かたづ》けてしまいましょう」

ショルトーは水《みず》ギセルの管《くだ》を丸《まる》めると、身《み》支度《じたく》に取《と》りかかり、仕切《しき》りカーテンの奥《おく》から丈《たけ》の長《なが》いコートを取《と》りだしてきた。胸《むね》のあたりに飾《かざ》りがあしらわれ、襟《えり》と袖口《そでぐち》にアストラカンの毛皮《けがわ》がついている。そのコートをはおって、かなり蒸《む》し暑《あつ》い晩《ばん》だというのに首《くび》もとまでボタンをしっかり留《と》め、仕上《しあ》げに耳覆《みみおお》いのついたウサギ革《がわ》の帽子《ぼうし》をかぶった。見《み》えているのは始終《しじゅう》どこか動《うご》いているやつれた顔《かお》だけだ。

「虚弱体質《きょじゃくたいしつ》なものですから、病人《びょうにん》と同《おな》じで用心《ようじん》しませんとな」ショルトーはそう言《い》いながら、先《さき》に立《た》って廊下《ろうか》を玄関《げんかん》へと向《む》かった。

家《いえ》の前《まえ》では辻馬車《つじばしゃ》が待《ま》っていた。あらかじめ行《い》き先《さき》は指示《しじ》してあったのだろう。全員《ぜんいん》が乗《の》りこむと、御者《ぎょしゃ》はすぐに馬車《ばしゃ》を出《だ》し、全速力《ぜんそくりょく》で走《はし》らせた。車輪《しゃりん》がガラガラとけたたましい音《おと》をたてたが、サディアス・ショルトーはそれを上回《うわまわ》る大声《おおごえ》でしゃべり続《つづ》けた。

「バーソロミューは頭《あたま》がよくてね。財宝《ざいほう》のありかをどうやって突《つ》きとめたと思《おも》います？　庭《にわ》で見《み》つからないということは、屋内《おくない》にちがいないと踏《ふ》んだのです。そこで家全体《いえぜんたい》の容積《ようせき》を調《しら》べ、さらに壁《かべ》や床《ゆか》の寸法《すんぽう》を残《のこ》らず測《はか》りました。

その結果《けっか》、建物《たてもの》の高《たか》さが七十四フィート（約《やく》二十二・五メートル）であるにもかかわらず、各《かく》階《かい》の天井高《てんじょうだか》の合計《ごうけい》は、床《ゆか》に穴《あな》を開《あ》けて測定《そくてい》した床下《ゆかした》の高《たか》さを全部足《ぜんぶた》しても、七十フィート（約《やく》二十一メートル）しかなかったのです。そう、四フィート（約《やく》一・二メートル）足《た》りません。そこで兄《あに》は、最上階《さいじょうかい》の部屋《へや》へ行《い》って、天井《てんじょう》の下地板《したじいた》と漆喰《しっくい》を突《つ》き破《やぶ》って穴《あな》を開《あ》けてみました。すると、そこに小《ちい》さな屋根裏部屋《やねうらべや》が出現《しゅつげん》しました。天井板《てんじょういた》ですっかりふさがれていたので、誰《だれ》も気《き》づかなかったのです。

宝《たから》の箱《はこ》は屋根裏《やねうら》に渡《わた》した二本《ほん》の梁《はり》にのせてありました。兄《あに》が下《お》ろして、部屋《へや》にそのまま置《お》いてあります。なかに入《はい》っている宝《たから》の値打《ねう》ちは、ざっと見積《みつ》もったところ、五十万《まん》ポンド（約《やく》百億《おく》円《えん》）はくだらないだろうとのことでした」

とんでもない金額《きんがく》に、私《わたし》たちは唖然《あぜん》として顔《かお》を見合《みあ》わせた。権利《けんり》が認《みと》められさえすれば、モースタン嬢《じょう》は貧《まず》しい家庭教師《かていきょうし》からイギリスでも指折《ゆびお》りの大金持《おおがねも》ちになるのだ。

すばらしい知《し》らせなのだから、真《しん》の友人《ゆうじん》ならば心《こころ》から祝福《しゅくふく》するべきである。だが恥《は》ずかしいことに、勝手《かって》な感情《かんじょう》にとらわれてしまった私《わたし》は、心《こころ》が鉛《なまり》のように重《おも》たく沈《しず》むのをどうすることもできなかった。もごもごと祝福《しゅくふく》の言葉《ことば》を口《くち》にするのが精一杯《せいいっぱい》で、そのあとはうなだれ、調子《ちょうし》に乗《の》ってしゃべり続《つづ》けるショルトーの話《はなし》など耳《みみ》に入《はい》らなくなった。

ショルトーはまちがいなく病気《びょうき》のノイローゼであり、体《からだ》の不調《ふちょう》をおかしなくらい気《き》にして、症状《しょうじょう》をあれやこれやと並《なら》べ立《た》てていたが、私《わたし》はうわの空《そら》でぼうっと聞《き》き流《なが》していた。そのうちに彼《かれ》は革《かわ》のケースに入《い》れて持《も》ち歩《ある》いているという、いんちき臭《くさ》い万能薬《ばんのうやく》とやらをポケットから取《と》りだし、薬《くすり》ごとの成分《せいぶん》や効能《こうのう》について説明《せつめい》してくれと言《い》いだした。

私《わたし》がそれに答《こた》えて言《い》った内容《ないよう》を、どうかショルトーはきれいに忘《わす》れてくれていますように。というのも、そばで聞《き》いていたホームズの話《はなし》によれば、ひまし油《ゆ》を二滴以上《てきいじょう》飲《の》んだら命《いのち》が危《あぶ》ないだの、鎮静剤《ちんせいざい》としてストリキニーネを大量《たいりょう》に服用《ふくよう》するのがいいだの、とんでもないことを教《おし》えていたそうだから。

ようやく馬車《ばしゃ》が停《と》まり、御者《ぎょしゃ》が地面《じめん》に飛《と》び降《お》りてドアを開《あ》けてくれたときは、やれやれと胸《むね》をなで下《お》ろした。

「モースタンさん、着《つ》きましたよ。ここがポンディシェリ荘《そう》です」

サディアス・ショルトーはそう言《い》って、馬車《ばしゃ》から降《お》りるのを手伝《てつだ》おうとモースタン嬢《じょう》に手《て》を差《さ》し伸《の》べた。

# 5 ポンディシェリ荘《そう》の惨劇《さんげき》

この夜《よる》、私《わたし》たちの冒険《ぼうけん》がいよいよ大詰《おおづ》めを迎《むか》える重要《じゅうよう》な舞台《ぶたい》に到着《とうちゃく》したのは、十一時《じ》も近《ちか》い時《じ》刻《こく》だった。大都会《だいとかい》のじっとりと湿《しめ》った霧《きり》からは遠《とお》く離《はな》れ、ここでは空気《くうき》がすっきりと澄《す》み渡《わた》っていた。暖《あたた》かい西風《にしかぜ》が吹《ふ》いて、夜空《よぞら》をゆっくり流《なが》れていく厚《あつ》い雲《くも》の切《き》れ間《ま》に半月《はんげつ》がときおり顔《かお》をちらとのぞかせた。サディアス・ショルトーは馬車《ばしゃ》の側灯《そくとう》をひとつはずすと、行《ゆ》く手《て》を照《て》らしてくれた。

ポンディシェリ荘《そう》の敷地《しきち》は、鋭《するど》いガラスの破片《はへん》をてっぺんに埋《う》めこんだ、高《たか》い石塀《いしべい》にまわりを囲《かこ》まれていた。鉄《てつ》の締《し》め金《がね》がついた細《ほそ》い門扉《もんぴ》が唯一《ゆいいつ》の入《い》り口《ぐち》だった。ショルトーは、その扉《とびら》を郵《ゆう》便配達員《びんはいたついん》がやるような独特《どくとく》の調子《ちょうし》でトントンと続《つづ》けざまにノックした。

「誰《だれ》だね？」内側《うちがわ》からどら声《ごえ》が響《ひび》いた。

「わたしだよ、マクマード。いいかげん、わたしのノックぐらい覚《おぼ》えてもらいたいものだな」

ぶつくさ不平《ふへい》を唱《とな》える声《こえ》のあとに、鍵束《かぎたば》をガチャガチャいわせる音《おと》が続《つづ》いた。扉《とびら》が重《おも》たそうに内側《うちがわ》へ開《ひら》いて、樽《たる》のような胸板《むないた》の男《おとこ》が姿《すがた》を現《あらわ》した。手《て》に持《も》っているカンテラの黄色《きいろ》い光《ひかり》がいかつい顔《かお》を照《て》らしだし、うろんげに私《わたし》たちをにらむ目《め》がぎらぎら光《ひか》った。

「ああ、サディアスさまでしたか。で、そっちの方々《かたがた》は？　旦那《だんな》さまから聞《き》いてませんがね」

「なんだと、聞《き》いてない？　客人《きゃくじん》を何人《なんにん》かお連《つ》れすると、ゆうべ兄《あに》に話《はな》しておいたのだぞ」

「旦那《だんな》さまは昨晩《さくばん》からずっと部屋《へや》にこもりきりなんですよ、サディアスさま。今日一日《きょういちにち》、なんの指示《しじ》ももらってません。言《い》いつけどおりにしなきゃならないのは、よくご存《ぞん》じのはずでしょう。そういうことですから、サディアスさまはお通《とお》しできますが、ほかの皆《みな》さんはお引《ひ》き取《と》り願《ねが》います」

思《おも》いがけない障害《しょうがい》にぶつかった。サディアス・ショルトーは、おろおろとまわりを見《み》まわしている。

「融通《ゆうずう》の利《き》かないやつだな、マクマード！　わたしがお連《つ》れしたんだから、おまえが文句《もんく》を言《い》う筋合《すじあ》いではない。若《わか》いご婦人《ふじん》もいるんだ。こんな夜更《よふ》けに外《そと》でお待《ま》たせするわけにはいかないだろう」

「お気《き》の毒《どく》ですがね、だめなものはだめなんですよ、サディアスさま。こちらの方々《かたがた》はあなたのご友人《ゆうじん》であって、旦那《だんな》さまのご友人《ゆうじん》ではありません。お金《かね》をしっかりいただいている以上《いじょう》、こつちもきっちり尽《つ》くしませんとね。見《み》ず知《し》らずの人間《にんげん》をなかへ入《い》れるわけにはいきませんよ」

「いや、見《み》ず知《し》らずではないぞ、マクマード」ホームズが親《した》しみのこもった声《こえ》で話《はな》しかけた。

「僕《ぼく》を忘《わす》れるわけがない。四年前《ねんまえ》、アリスンのところの試合《しあい》で主役《しゅやく》のあんたと三ラウンド戦《たたか》ったアマチュア・ボクサーだよ。覚《おぼ》えてるだろう？」

「これはなんと、シャーロック・ホームズさん！」元《もと》プロボクサーが大声《おおごえ》をあげた。

「いやあ、驚《おどろ》きましたなあ！　もちろんですよ、忘《わす》れるもんですかい。そんなところにおとなしく突《つ》っ立《た》ってないで、おれの前《まえ》に来《き》て顎《あご》の下《した》にあのクロスをお見舞《みま》いしてくれりゃあ、一発《いっぱつ》でわかったってものを。それにしても惜《お》しいねえ。ホームズさん、あんた、あれだけの才能《さいのう》がありながら、もったいないですよ。プロに転向《てんこう》してりゃ、かなり上《うえ》をねらえたと思《おも》うんだがな」

　ホームズは大笑《おおわら》いして言《い》った。

「聞《き》いただろう、ワトスン？　ほかの職業《しょくぎょう》でことごとく失敗《しっぱい》したとしても、まだボクサーの道《みち》が開《ひら》けていたよ。ともかく、友人《ゆうじん》だとわかったからには、もう僕《ぼく》らをこんなところに立《た》たせっぱなしにはしないだろう」

「ええ、ええ、もちろん。さあ、どうぞなかへ——皆《みな》さんご一緒《いっしょ》に。サディアスさま、気《き》を悪《わる》くされたでしょうが、旦那《だんな》さまのご命令《めいれい》は絶対《ぜったい》なもんですから、どうかお許《ゆる》しを。あなたのお連《つ》れさまであろうと、よくよく確《たし》かめてからでないとお入《はい》りいただけないんですよ」

門《もん》を通《とお》り抜《ぬ》けると、さびしい庭《にわ》が眼前《がんぜん》に広《ひろ》がった。曲《ま》がりくねった砂利道《じゃりみち》の先《さき》に、四角張《しかくば》った無愛想《ぶあいそう》な大邸宅《だいていたく》がぬっと立《た》ちはだかっていた。建物《たてもの》の一角《いっかく》に月明《つきあ》かりが落《お》ち、屋根裏部屋《やねうらべや》の窓《まど》がその光《ひかり》を反射《はんしゃ》してきらめいているのを除《のぞ》けば、黒《くろ》い影《かげ》にすっぽりとおおわれている。

陰気《いんき》で、死《し》んだようにひっそりとした巨大《きょだい》な館《やかた》は、見《み》る者《もの》の心《こころ》を芯《しん》まで凍《こご》えさせた。サディアス・ショルトーでさえ不気味《ぶきみ》に感《かん》じたらしく、持《も》っているカンテラが小刻《こきざ》みに震《ふる》えてカタカタ鳴《な》った。

「変《へん》だな、どうしたんだろう。なにか手違《てちが》いがあったようだ。今夜来《こんやく》ることは伝《つた》えておいたのに、バーソロミューの部屋《へや》は真《ま》っ暗《くら》で明《あ》かりがひとつもついていない。さっぱりわけがわからん」

「いつもこんなふうに厳重《げんじゅう》な戸締《とじ》まりをしているんですか？」ホームズがきいた。

「ええ、そうです。父のやり方《かた》で、ずっと。兄《あに》は父《ちち》のお気《き》に入《い》りの息子《むすこ》でしたから、わたしの知《し》らないことをなにか父《ちち》から聞《き》いていたかもしれません。

あそこの月光《げっこう》があたっている窓《まど》がバーソロミューの部屋《へや》です。反射《はんしゃ》で明《あか》るく見《み》えますが、室内《しつない》の明《あ》かりは全部消《ぜんぶき》えているようだ」

「しかし、玄関《げんかん》の隣《となり》の小《ちい》さな窓《まど》にはぼんやり明《あ》かりがともっている」

「ああ、あれは家政婦《かせいふ》のバーンストンさんの部屋《へや》です。そうだ、彼女《かのじょ》にきけば、いったいどうなっているのかわかるでしょう。すみませんが、一分《ぷん》か二分《ふん》、ここでお待《ま》ちください。われわれが来《く》ることを前《まえ》もって聞《き》かされていないならば、全員《ぜんいん》でいっぺんに押《お》しかけるとびっくりするでしょうから。おやっ？　しーっ！　いまのはなんだ？」

ショルトーはカンテラを高《たか》く掲《かか》げたが、手《て》が震《ふる》えているせいで、光《ひかり》の円《えん》が私《わたし》たちのまわりでちらちらと跳《は》ねた。モースタン嬢《じょう》が私《わたし》の手首《てくび》を握《にぎ》りしめた。全員《ぜんいん》が耳《みみ》を澄《す》ましていると、黒《くろ》い大《おお》きな館《やかた》の内部《ないぶ》から、金切《かなき》り声《ごえ》に近《ちか》い、途《と》切《ぎ》れ途《と》切《ぎ》れのおびえた女《おんな》の声《こえ》が響《ひび》き、夜《よる》のしじまを引《ひ》き裂《さ》いた。

「家政婦《かせいふ》のバーンストンさんだ。家《いえ》にはほかに女性《じょせい》はいませんから。皆《みな》さんはここでお待《ま》ちください。すぐに戻《もど》ります」

ショルトーは急《いそ》ぎ足《あし》で玄関《げんかん》へ向《む》かい、さっきと同《おな》じ独特《どくとく》の調子《ちょうし》でノックした。ドアを開《あ》けたのは背《せ》の高《たか》い老女《ろうじょ》で、ショルトーの顔《かお》を見《み》るなり、小躍《こおど》りしそうなほど喜《よろこ》びをあらわにした。

「まあ、サディアスさま、よくおいでくださいました！　ああ、本当《ほんとう》に嬉《うれ》しゅうございますよ、サディアスさま！」

老女《ろうじょ》の弾《はず》んだ声《こえ》は、私《わたし》たちのほうまではっきり聞《き》こえたが、ドアが閉《し》まると同時《どうじ》にくぐもった単調《たんちょう》な声《こえ》に変《か》わった。

ショルトーはカンテラを置《お》いていったので、ホームズがそれを手《て》に取《と》ってゆっくりとあたりを照《て》らしながら、家《いえ》の建物《たてもの》や、庭《にわ》のあちこちにある、うずたかく積《つ》もった土砂《どしゃ》とがれきの山《やま》を鋭《するど》く観察《かんさつ》した。

モースタン嬢《じょう》と私《わたし》は、寄《よ》り添《そ》うようにたたずんでいた。握《にぎ》り合《あ》った手《て》に彼女《かのじょ》のぬくもりが伝《つた》わってくる。いまここにいる私《わたし》たちは、今日《きょう》まで見知《みし》らぬ者同士《ものどうし》で、愛《あい》の言葉《ことば》をささやき合《あ》うことはおろか、まなざしを交《か》わすことさえ一度《いちど》もなかったのだ。そんな二人《ふたり》が、ともに異様《いよう》な事態《じたい》に直面《ちょくめん》するうち、わずか数時間後《すうじかんご》にはこうして我知《われし》らず手《て》を取《と》り合《あ》っている。

考《かんが》えてみれば驚《おどろ》くべきことだが、このときは彼女《かのじょ》に手《て》を差《さ》し伸《の》べるのがなによりも自然《しぜん》に思《おも》えたし、彼女《かのじょ》のほうもあとでたびたびこの場面《ばめん》を振《ふ》り返《かえ》って、あのときは慰《なぐさ》めを求《もと》める気持《きも》ちから私《わたし》に頼《たよ》りたかったと話《はな》してくれた。そんなわけで、私《わたし》たちはまるで子《こ》どものように仲良《なかよ》く手《て》をつないで立《た》っていた。真《ま》っ暗闇《くらやみ》に囲《かこ》まれていながら、二人《ふたり》の心《こころ》のなかは安《やす》らぎに満《み》たされていた。

「変《か》わった眺《なが》めですわね」モースタン嬢《じょう》があたりを見渡《みわた》して言《い》った。

「ええ、まるで国《くに》じゅうのモグラが集《あつ》まって穴掘《あなほ》り大会《たいかい》でもやったみたいなありさまだ。これとよく似《に》た光景《こうけい》をオーストラリアのバララットで見《み》たことがありますよ。金鉱探《きんこうさが》しの連中《れんちゅう》が山《やま》をそこらじゅう掘《ほ》り返《かえ》したんです」

「ここも目的《もくてき》はそれと同《おな》じだね」ホームズが横《よこ》から加《くわ》わった。

「宝探《たからさが》しの爪跡《つめあと》というわけか。六年間《ねんかん》も探《さが》し続《つづ》けるとは恐《おそ》れ入《い》ったよ。穴《あな》だらけになるのも当然《とうぜん》だ」

そのとき、玄関《げんかん》のドアが勢《いきお》いよく開《ひら》いて、サディアス・ショルトーが走《はし》りでてきた。両腕《りょううで》を前《まえ》に突《つ》きだし、目《め》に恐怖《きょうふ》の色《いろ》を浮《う》かべている。

「バーソロミューの身《み》になにかあったようだ！　ああ、恐《おそ》ろしい！　耐《た》えられない！　頭《あたま》がどうかなりそうだ！」

大《おお》きなアストラカンの襟《えり》からのぞく小刻《こきざ》みにひきつる弱々《よわよわ》しい顔《かお》に、恐怖《きょうふ》におののく無力《むりょく》な子《こ》どもと同《おな》じ、すがるような表情《ひょうじょう》が浮《う》かんでいる。

「なかへ入《はい》りましょう」ホームズはいつもと変《か》わらぬ落《お》ち着《つ》き払《はら》った歯切《はぎ》れのいい口調《くちょう》で言《い》った。

「どうぞ、お願《ねが》いします！　わたしにはもう場《ば》を仕切《しき》る気力《きりょく》はありません」

私《わたし》たちは全員《ぜんいん》ホームズのあとについて玄関《げんかん》をくぐり、廊下《ろうか》のすぐ左手《ひだりて》にある家政婦《かせいふ》の部屋《へや》へ入《はい》った。老女《ろうじょ》はうろたえた顔《かお》つきで指《ゆび》をもどかしげに動《うご》かしながら、室内《しつない》をおろおろと行《い》ったり来《き》たりしていたが、モースタン嬢《じょう》に気《き》づいたとたん、いくらか安堵《あんど》をおぼえたようだった。

「なんとまあ、愛《あい》らしくて優《やさ》しげなお顔《かお》でしょう！　お会《あ》いできて、ありがたい気持《きも》ちでいっぱいです。今日一日《きょういちにち》、ずっと心細《こころぼそ》い思《おも》いをしてたもんですから、神経《しんけい》がぼろぼろなんですよ！」

モースタン嬢《じょう》は家政婦《かせいふ》に歩《あゆ》みよると、家事《かじ》で荒《あ》れて骨張《ほねば》った手《て》を軽《かる》くたたきながら、小声《こごえ》で二言三言《ふたことみこと》、慰《なぐさ》めの言葉《ことば》をかけた。女性《じょせい》ならではの細《こま》やかさにふれて、青《あお》ざめた老女《ろうじょ》の顔《かお》にほんのり赤《あか》みがさした。

「旦那《だんな》さまは鍵《かぎ》をかけて閉《と》じこもったまま、部屋《へや》から一歩《いっぽ》もお出《で》にならないんです。声《こえ》をおかけしても、なんの返事《へんじ》もありません。呼《よ》ばれるまでずっと待《ま》っておりました。でも一時間《じかん》ほど前《まえ》、さすがに嫌《いや》な予感《よかん》がしたもんですから、部屋《へや》の前《まえ》まで行《い》ってみたんです。そして鍵穴《かぎあな》からのぞくと——ああ、なんて恐《おそ》ろしい。

どうか、サディアスさまもご覧《らん》になってくださいまし。この十年《ねん》ものあいだ、わたしはバーソロミューさまの嬉《うれ》しそうなお顔《かお》も、悲《かな》しそうなお顔《かお》も、たんと見《み》てまいりましたが、あんなお顔《かお》は初《はじ》めてでございます」

歯《は》をがちがち鳴《な》らしているサディアス・ショルトーを尻目《しりめ》に、ホームズはカンテラを手《て》に先導《せんどう》役《やく》となって進《すす》んだ。サディアスは体《からだ》の震《ふる》えが止《と》まらないらしく、私《わたし》が肩《かた》を貸《か》してやらなければ階《かい》段《だん》も満足《まんぞく》にのぼれない状態《じょうたい》だった。

階段《かいだん》の途中《とちゅう》でホームズは二度《ど》、ポケットから拡大鏡《かくだいきょう》を取《と》りだし、段《だん》に敷《し》かれた椰子《やし》のマットを調《しら》べた。私《わたし》にはただのぼんやりした埃《ほこり》か染《し》みにしか見《み》えない斑点《はんてん》に興味《きょうみ》を引《ひ》かれたようだ。カンテラを低《ひく》く構《かま》え、射《い》るような視線《しせん》で注意深《ちゅういぶか》く観察《かんさつ》しながら、ホームズは一段《だん》一段《だん》ゆっくりと上《あ》がっていった。モースタン嬢《じょう》は階下《かいか》に残《のこ》って、おびえている家政婦《かせいふ》に付《つ》き添《そ》った。

三つ目《め》の階段《かいだん》をのぼりきった先《さき》には、長《なが》い廊下《ろうか》がまっすぐ延《の》びていた。右側《みぎがわ》の壁《かべ》は迫力《はくりょく》のある絵柄《えがら》をつづれ織《お》りにした大《おお》きなインド製《せい》タペストリーに飾《かざ》られ、左側《ひだりがわ》の壁《かべ》にはドアが三つ並《なら》んでいる。引《ひ》き続《つづ》きあたりをくまなく調《しら》べながら進《すす》むホームズを先頭《せんとう》に、サディアス・ショルトーと私《わたし》がすぐあとを歩《ある》いていく。

目指《めざ》すバーソロミューの部屋《へや》は三番目《ばんめ》のドアだった。ホームズがノックしたが、返事《へんじ》はない。しかも、内側《うちがわ》から鍵《かぎ》をかけてあるため開《ひら》かなかった。カンテラの光《ひかり》をかざしたところ、太《ふと》くて頑丈《がんじょう》なかんぬきで厳重《げんじゅう》に戸締《とじ》まりされているのがわかった。ただし鍵《かぎ》を途中《とちゅう》までしか回《まわ》していないので、鍵穴《かぎあな》は完全《かんぜん》にはふさがっていない。ホームズは室内《しつない》の様子《ようす》をうかがおうと、腰《こし》をかがめて鍵穴《かぎあな》をのぞいたが、とたんにはっと息《いき》をのんですばやく体《からだ》を起《お》こした。

「身《み》の毛《け》がよだつ光景《こうけい》とはまさにこのことだよ、ワトスン。自分《じぶん》の目《め》で確《たし》かめてみるといい」

これほどまでに動揺《どうよう》を浮《う》かべたホームズを、私《わたし》は初《はじ》めて見《み》た。

鍵穴《かぎあな》をのぞいた私《わたし》も、見《み》た瞬間《しゅんかん》ぎょっとした。窓《まど》から月光《げっこう》が一筋《ひとすじ》射《さ》しこんで、室内《しつない》はぼんやりと明《あか》るかった。そのなかに、こちらをまっすぐ見《み》つめている者《もの》がいたのだ。

体《からだ》の部分《ぶぶん》は影《かげ》に沈《しず》んでいるため、顔《かお》だけがまるで宙《ちゅう》に浮《う》いているかのように見《み》えた。その宙《ちゅう》ぶらりんの顔《かお》は、ぴかぴかに禿《は》げあがった長《なが》い頭《あたま》といい、それをぐるりと囲《かこ》むこわそうな赤毛《あかげ》といい、血《ち》の気《け》を失《うしな》った顔色《かおいろ》といい――そう、サディアスにそっくりだった。

ただし表情《ひょうじょう》は、不自然《ふしぜん》にこわばった薄気味悪《うすきみわる》い笑《え》みを張《は》りつかせていた。それにしても似《に》すぎている。サディアスと瓜二《うりふた》つだ。彼《かれ》は本当《ほんとう》にこっちにいるのだろうかと、思《おも》わず後《うし》ろを振《ふ》り返《かえ》ってしまったが、そこでやっと思《おも》い出《だ》した。そういえば、サディアスはバーソロミューと双子《ふたご》の兄弟《きょうだい》なのだった。

「これは大変《たいへん》だ！　どうすればいい？」私《わたし》はホームズにたずねた。

「ドアを壊《こわ》すしかない」

とホームズは答《こた》え、はずみをつけてドアに飛《と》びつき、錠《じょう》の部分《ぶぶん》を渾身《こんしん》の力《ちから》でぐいぐい押《お》した。ドアはギギッときしみはしたが、開《ひら》いてはくれなかった。そこでもう一度《いちど》、私《わたし》と二人《ふたり》で体当《たいあ》たりを食《く》らわすと、今度《こんど》はいきなりバリッという音《おと》とともに開《ひら》き、二人《ふたり》ともバーソロミュー・ショルトーの部屋《へや》に飛《と》びこんだ。

そこは化学実験室《かがくじっけんしつ》のような部屋《へや》だった。ドアの向《む》かいの壁《かべ》にある棚《たな》にはガラスの栓《せん》のついた薬《くすり》瓶《びん》が二列《れつ》にずらりと並《なら》び、テーブルの上《うえ》ではブンゼン灯《とう》や試験管《しけんかん》、フラスコなどがごちゃごちゃと並《なら》んでいる。部屋《へや》の隅《すみ》には枝編《えだあ》み細工《ざいく》のかごが置《お》かれ、そのなかに酸剤用《さんざいよう》の大瓶《おおびん》が見《み》える。うち一本《ぽん》が、割《わ》れているか、ひびが入《はい》るかしているのだろう、瓶《びん》から漏《も》れでた黒《くろ》っぽい液体《えきたい》が床《ゆか》に一筋《ひとすじ》這《は》っていて、タールに似《に》た鼻《はな》につんとくる臭《にお》いがあたりに漂《ただよ》っている。

片側《かたがわ》の壁際《かべぎわ》には、脚立《きゃたつ》が一台《だい》立《た》てかけてあった。まわりの床《ゆか》には漆喰《しっくい》のかけらが散《ち》らばっていて、真上《まうえ》の天井《てんじょう》には、人《ひと》ひとりが通《とお》り抜《ぬ》けられるくらいの穴《あな》がぽっかり開《あ》いている。脚立《きゃたつ》のそばには、巻《ま》いたロープが置《お》かれていた。

この家《いえ》の主人《しゅじん》は、テーブルのそばで木製《もくせい》の肘掛《ひじか》け椅子《いす》にうずくまるように腰掛《こしか》けていた。首《くび》を左肩《ひだりかた》にくっつくほど傾《かたむ》けて、顔《かお》には気味《きみ》の悪《わる》い謎《なぞ》めいた笑《え》みを浮《う》かべたままだ。体《からだ》は冷《つめ》たく、硬直《こうちょく》がみられ、死後《しご》かなりの時間《じかん》が経《た》っているものと思《おも》われた。顔《かお》だけではなく、手足《てあし》も突拍子《とっぴょうし》もない形《かたち》にひん曲《ま》がっていた。

ふと、テーブルに投《な》げだされた手《て》のそばに転《ころ》がっている、見《み》たこともない珍《めずら》しい道具《どうぐ》が目《め》に留《と》まった――きめの細《こま》かい木《き》でできた茶色《ちゃいろ》の棒《ぼう》で、先端《せんたん》には石《いし》が粗《あら》い糸《いと》でくくりつけてあり、ハンマーのようになっている。そのそばに、破《やぶ》り取《と》った紙《かみ》の切《き》れ端《はし》が落《お》ちていた。短《みじか》く殴《なぐ》り書《が》きされ

ている。ホームズはちらりと見《み》ると、それを私《わたし》に手渡《てわた》した。

「ほら、見《み》たまえ」

紙片《しへん》にカンテラの光《ひかり》をかざした瞬間《しゅんかん》、恐《おそ》ろしさに背筋《せすじ》がぞっとした。〝四人《にん》のしるし〟と書《か》いてある。

「どんな意味《いみ》があるんだろう？」

「殺人《さつじん》という意味《いみ》さ」そう答《こた》えて、ホームズは死人《しにん》の上《うえ》にかがみこんだ。

「ああ！　思《おも》ったとおりだ。ほら！」

ホームズが指差《ゆびさ》したのは、死体《したい》の耳《みみ》のすぐ上《うえ》に刺《さ》さっている、黒《くろ》くて長《なが》いとげのようなものだった。

「とげだろうね」

「ああ、そうだ。抜《ぬ》いてみてくれ。ただし気《き》を

つけたまえ、毒《どく》が塗《ぬ》ってあるから」

親指《おやゆび》と人差《ひとさ》し指《ゆび》でつまんで引《ひ》っ張《ぱ》ると、あっけないほど簡単《かんたん》に抜《ぬ》けた。皮膚《ひふ》にはほとんど跡《あと》が残《のこ》らず、ひとつだけごく小《ち》さな血《ち》の点《てん》が見《み》えるくらいだった。

「どうしたものか。謎《なぞ》は明《あき》らかになるどころか、ますますわからなくなってきた」

「いいや、その逆《ぎゃく》だ。着々《ちゃくちゃく》と明《あき》らかになりつつある。あと二、三はっきりすれば、事件《じけん》の全体像《ぜんたいぞう》をつかめるだろう」

気《き》がつけば、部屋《へや》に入《はい》ってからの私《わたし》たちはサディアスがいることをほとんど忘《わす》れかけていた。彼《かれ》は戸口《とぐち》に突《つ》っ立《た》ったまま、恐怖《きょうふ》に駆《か》られて両手《りょうて》をねじったりひねったりしながら、独《ひと》り言《ごと》じみたうめき声《ごえ》を漏《も》らしていたが、急《きゅう》に鋭《するど》い悲鳴《ひめい》をあげた。

「ない！　財宝《ざいほう》がない！　盗《ぬす》まれたんだ！　あの天井《てんじょう》の穴《あな》から財宝《ざいほう》を下《お》ろすのをわたしも手伝《てつだ》ったのに。兄《あに》を最後《さいご》に見《み》たのはわたしです！　ゆうべここで別《わか》れました。部屋《へや》を出《で》て、階段《かいだん》を下《お》りようとしたとき、兄《あに》がドアに鍵《かぎ》をかける音《おと》をはっきり聞《き》いたんです」

「それは何時頃《なんじごろ》でしたか？」

「十時頃《じごろ》です。なのにいまは死《し》んでる。警察《けいさつ》が来《く》れば、疑《うたが》われるのはわたしだ。おまえが殺《ころ》したんだろうと言《い》うに決《き》まってる。ああ、そうだ、わたしは絶対《ぜったい》に疑《うたが》われる。でも、あなた方《がた》はちがいますよね？　わたしがやったなんて思《おも》ってないでしょう？　わたしが犯人《はんにん》なら、皆《みな》さんをわざわざ連《つ》れてきたりするものですか！　ああ、どうしよう！　もうだめだ、気《き》が変《へん》になる！」

サディアスは本当《ほんとう》におかしくなったように、激《はげ》しく腕《うで》を振《ふ》りまわし、足《あし》を踏《ふ》み鳴《な》らした。ホームズは肩《かた》に優《やさ》しく手《て》を置《お》いて、なだめる口調《くちょう》で話《はな》しかけた。

「ショルトーさん、心配《しんぱい》することはありませんよ。いいですか、僕《ぼく》の指示《しじ》どおりにしてください。これから馬車《ばしゃ》で警察《けいさつ》へ行《い》って、事件《じけん》を通報《つうほう》するのです。全面的《ぜんめんてき》に協力《きょうりょく》するとお申《もう》し出《で》になるといい。あなたが戻《もど》ってくるまで、僕《ぼく》たちはここで待《ま》っています」

サディアスは半《なか》ば放心《ほうしん》したような面持《おもも》ちで、ホームズの言《い》いつけにしたがった。やがて、暗《くら》い階段《かいだん》をおぼつかない足取《あしど》りで下《お》りていく彼《かれ》の足音《あしおと》が聞《き》こえてきた。

## 6 シャーロック・ホームズの検証《けんしょう》

ホームズは両手《りょうて》をこすり合《あ》わせて言《い》った。

「さてと、ワトスン。これで三十分《ぷん》ほど時間《じかん》ができた。有効《ゆうこう》に使《つか》うとしよう。さっきも言《い》ったように、僕《ぼく》の推理《すいり》はほぼ完成《かんせい》している。だが過信《かしん》は禁物《きんもつ》だ。単純《たんじゅん》に見《み》える事件《じけん》だが、案外奥《あんがいおく》が深《ふか》いかもしれないからね」

「単純《たんじゅん》だって!?」私《わたし》は思《おも》わず声《こえ》をあげた。

「ああ、そうだとも」ホームズは学生《がくせい》たちの前《まえ》で講義《こうぎ》をおこなう医学部《いがくぶ》の教授《きょうじゅ》よろしく言《い》った。

「きみはそこの隅《すみ》におとなしく座《すわ》っていたまえ。まぎらわしい足跡《あしあと》をつけられては、推理《すいり》のさまたげになる。よし、では開始《かいし》だ！　第《だい》一問《もん》、犯人《はんにん》の連中《れんちゅう》はどこから侵入《しんにゅう》し、どこから出《で》ていったか？　ドアは昨晩《さくばん》から鍵《かぎ》がかかったままだった。窓《まど》はどうだ？」

カンテラを手《て》に窓辺《まどべ》へ行《い》き、観察結果《かんさつけっか》に基《もと》づく意見《いけん》を声《こえ》に出《だ》してつぶやきはじめたが、それは私《わたし》に伝《つた》えるためというより、自分自身《じぶんじしん》に報告《ほうこく》しているのだった。

「窓《まど》には内側《うちがわ》から掛《か》け金《がね》がかかっている。頑丈《がんじょう》な窓枠《まどわく》だ。脇《わき》に蝶番《ちょうつがい》はひとつもなし。窓《まど》を開《あ》けてみよう。近《ちか》くに雨樋《あまどい》はなし。屋根《やね》までは手《て》を伸《の》ばして届《とど》く距離《きょり》ではない。にもかかわらず、一人《ひとり》がこの窓《まど》までのぼってきている。昨夜《さくや》は雨《あめ》が少《すこ》し降《ふ》った。そのせいで、ほら、窓敷居《まどしきい》に泥《どろ》の足跡《あしあと》がひとつ残《のこ》っている。それから、こっちには丸《まる》い泥《どろ》の跡《あと》。床《ゆか》にもうひとつ。テーブルのそばにもあるぞ。おっ、見《み》たまえ、ワトスン！　これぞまさしく動《うご》かしがたい証拠《しょうこ》だよ」

ホームズに言《い》われるがまま、くっきりとした小《ちい》さなまん丸《まる》の泥《どろ》の跡《あと》に目《め》を凝《こ》らした。

「足跡《あしあと》とはちがうようだな」私《わたし》は言《い》った。

「われわれにとっては足跡《あしあと》の数百倍《すうひゃくばい》も価値《かち》があるものだ。これは義足《ぎそく》の跡《あと》だよ。ほら、窓敷居《まどしきい》についた靴《くつ》の跡《あと》が見《み》えるだろう？　かかとに幅《はば》の広《ひろ》い金属《きんぞく》を張《は》った重《おも》い靴《くつ》だ。その隣《となり》にあるのが義《ぎ》足《そく》の跡《あと》さ」

「義足《ぎそく》の男《おとこ》がいたわけか」

「ああ、そのとおり。だが別《べつ》にもう一人《ひとり》、非常《ひじょう》に有能《ゆうのう》で頼《たよ》りになる相棒《あいぼう》がいる。ワトスン、きみだったらあの壁《かべ》をのぼれるかい？」

私《わたし》は開《ひら》いた窓《まど》からのぞいてみた。地面《じめん》から窓《まど》までの距離《きょり》はゆうに六十フィート（約《やく》十八メートル）を超《こ》えており、壁面《へきめん》には足場《あしば》になりそうなものがまるでなく、レンガの割《わ》れ目《め》すら見《み》あたらない。

「絶対《ぜったい》に無理《むり》だ」

「ひとりではね。だが、こう考《かんが》えてみてくれ。仲間《なかま》が先《さき》にここへ入《はい》って、そこの床《ゆか》にある丈夫《じょうぶ》なロープを、壁《かべ》の大《おお》きな鉤《かぎ》にしっかり結《ゆ》わえつけ、たらしてくれたとする。どうだい、すばしこい男《おとこ》なら、たとえ義足《ぎそく》だろうとロープをつたってよじのぼれると思《おも》うんだがね。もちろん下《お》りるときも同《おな》じだ。終《お》わったら仲間《なかま》がロープを引《ひ》きあげ、窓《まど》を閉《し》めて内側《うちがわ》から掛《か》け金《がね》をかけ、鉤《かぎ》からロープをはずす。あとは脱出《だっしゅつ》するだけだ。

たいしたことではないが、もう少《すこ》しつけ加《くわ》えておこう。

その義足《ぎそく》の男《おとこ》というのは、ロープを器用《きよう》によじのぼるが、本職《ほんしょく》の船乗《ふなの》りではない。てのひらが固《かた》くなっていないからね。ロープの表面《ひょうめん》を拡大鏡《かくだいきょう》で見《み》ると、ところどころ血《ち》の跡《あと》が残《のこ》っている。とりわけ端《はし》のほうに多《おお》いから、下《お》りる際《さい》に手《て》の皮《かわ》をすりむいたんだろう」

「なるほど、よくわかった。しかしそうすると、ますますわからなくなってくるな。謎《なぞ》の仲間《なかま》はいったいどんなやつなんだ？　どうやって部屋《へや》に侵入《しんにゅう》したんだろう」

「そう、その仲間《なかま》だよ！」ホームズは考《かんが》え深《ぶか》げに言《い》った。

「おもしろい特徴《とくちょう》をいくつもお持《も》ちでね。この事件《じけん》が普通《ふつう》でないのは彼《かれ》のおかげと言《い》ってもいい。

僕《ぼく》が思《おも》うに、わが国《くに》の犯罪史《はんざいし》に文字《もじ》どおり新《あら》たな足跡《そくせき》をしるすことになるだろうね——もっとも、外国《がいこく》では過去《かこ》に類似《るいじ》の事件《じけん》が起《お》きているんだが。インドと、それから確《たし》か、西《にし》アフリカのセネガンビアで」

「それで、仲間《なかま》はどうやって侵入《しんにゅう》したんだい？　ドアには錠《じょう》が下《お》りていた。窓《まど》もどこからも近《ちか》づけない。となると、煙突《えんとつ》から入《はい》ったんだろうか？」

「暖炉《だんろ》の火格子《ひごうし》が小《ちい》さすぎて無理《むり》だよ」とホームズ。

「煙突《えんとつ》の可能性《かのうせい》は僕《ぼく》も考《かんが》えたんだがね」

「じゃあ、いったいどんな方法《ほうほう》があるんだい？」私《わたし》は少《すこ》しむきになった。

「やれやれ、きみは僕《ぼく》の教《おし》えたことをちっとも活《い》かそうとしないね」

ホームズはかぶりを振《ふ》った。

「これまで何度《なんど》も言《い》ってきたはずだよ。ありえないことをすべて取《と》り除《のぞ》いてしまえば、あとに残《のこ》ったものが、どんなにありそうもないことでも真実《しんじつ》なんだと。ドア、窓《まど》、煙突《えんとつ》、このどれからも入《はい》れないことはもうわかっている。見《み》てのとおり隠《かく》れる場所《ばしょ》はどこにもないから、最初《さいしょ》から室内《しつない》に身《み》を潜《ひそ》めていた、というのもありえない。さて、じゃあ、残《のこ》るはどこだ？」

「わかった、天井《てんじょう》に開《あ》いた穴《あな》だ！」私《わたし》は思《おも》わず叫《さけ》んだ。

「そうとも、そのとおり。ほかに考《かんが》えようがない。ちょっと手《て》を貸《か》してくれ。カンテラを掲《かか》げて穴《あな》の上《うえ》を照《て》らしてもらいたいんだ。いよいよ屋根裏部屋《やねうらべや》の捜索《そうさく》に取《と》りかかろう——財宝《ざいほう》が発見《はっけん》された、秘密《ひみつ》の隠《かく》し部屋《べや》だ」

ホームズは脚立《きゃたつ》にのぼると、両手《りょうて》で一本《ぼん》の梁《はり》につかまり、体《からだ》を勢《いきお》いよく振《ふ》りあげて屋根裏《やねうら》に上《あ》がった。そのあと腕《うで》を下《した》に伸《の》ばしてカンテラを受《う》け取《と》り、私《わたし》が同《おな》じように上《あ》がるまで照《て》らしてくれた。

屋根裏部屋《やねうらべや》は縦《たて》十フィート（約《やく》三メートル）、横《よこ》六フィート（約《やく》一・八メートル）ほどの空間《くうかん》だった。梁《はり》を渡《わた》して、そのあいだに漆喰《しっくい》を塗《ぬ》った薄《うす》い板《いた》を張《は》ってあるだけなので、歩《ある》くときは梁《はり》から梁《はり》へ飛《と》び移《うつ》らなければならなかった。

四方《しほう》の壁《かべ》は天井《てんじょう》に向《む》かって斜《なな》めに傾《かたむ》いているので、屋根《やね》のすぐ裏側《うらがわ》にあるのは明《あき》らかだ。家具《かぐ》のたぐいはいっさいなく、長年《ながねん》にわたって分厚《ぶあつ》く積《つ》もった埃《ほこり》だけが床《ゆか》をおおっている。

「これがそうだ」ホームズはそう言《い》って、斜《なな》めになっている壁《かべ》に手《て》をあてがった。

「天窓《てんまど》だよ。ここから屋根《やね》の外《そと》に出《で》られる。はねあげ戸《ど》になっていて、押《お》せばこうして開《ひら》く。ほら、屋根《やね》が見《み》えるだろう？　つまり、犯人《はんにん》一号《ごう》はここから入《はい》ったわけだ。その人物《じんぶつ》の特徴《とくちょう》がわかる跡《あと》がないか調《しら》べてみよう」

ホームズは持《も》っているカンテラの位置《いち》を床面《ゆかめん》すれすれまで低《ひく》くした。すると、彼《かれ》の顔《かお》にこの夜《よる》二度目《どめ》の驚《おどろ》きの表情《ひょうじょう》が浮《う》かんだ。私《わたし》も彼《かれ》の視線《しせん》の先《さき》をたどったとたん、ぞっとした。

床一面《ゆかいちめん》にくっきりと残《のこ》っているはだしの足跡《あしあと》は——なんと大《おお》きさが普通《ふつう》の大人《おとな》の足《あし》の半分《はんぶん》もなかったのだ。

私《わたし》は声《こえ》をひそめて呼《よ》んだ。

「ホームズ、子《こ》どもだ。子《こ》どもがこんな恐《おそ》ろしいまねを」

ホームズは早《はや》くも冷静《れいせい》さを取《と》り戻《もど》していた。

「僕《ぼく》も一瞬《いっしゅん》ぎょっとしたよ。だがこれでいいんだ。これが当然《とうぜん》の成《な》り行《ゆ》きだ。おそらく記憶力《きおくりょく》が少《すこ》しにぶっていたんだろうな。もっと早《はや》く見抜《みぬ》いてもよかったはずだからね。

さて、屋根裏《やねうら》の捜索《そうさく》はこれで終了《しゅうりょう》だ。下《お》りよう」

「で、いまの足跡《あしあと》だが、きみの説明《せつめい》を聞《き》かせてくれないか？」

脚立《きゃたつ》を下《お》りて、再《ふたた》び部屋《へや》に戻《もど》ると、私《わたし》は知《し》りたくてうずうずしながらたずねた。

「なあ、ワトスン、少《すこ》しは自分《じぶん》で推理《すいり》してみたらどうだい？　僕《ぼく》の方法《ほうほう》は知《し》っているだろう？　それを応用《おうよう》すればいい。結論《けつろん》が出《で》たら、僕《ぼく》のと比《くら》べてみようじゃないか。良《い》い経験《けいけん》になると思《おも》う

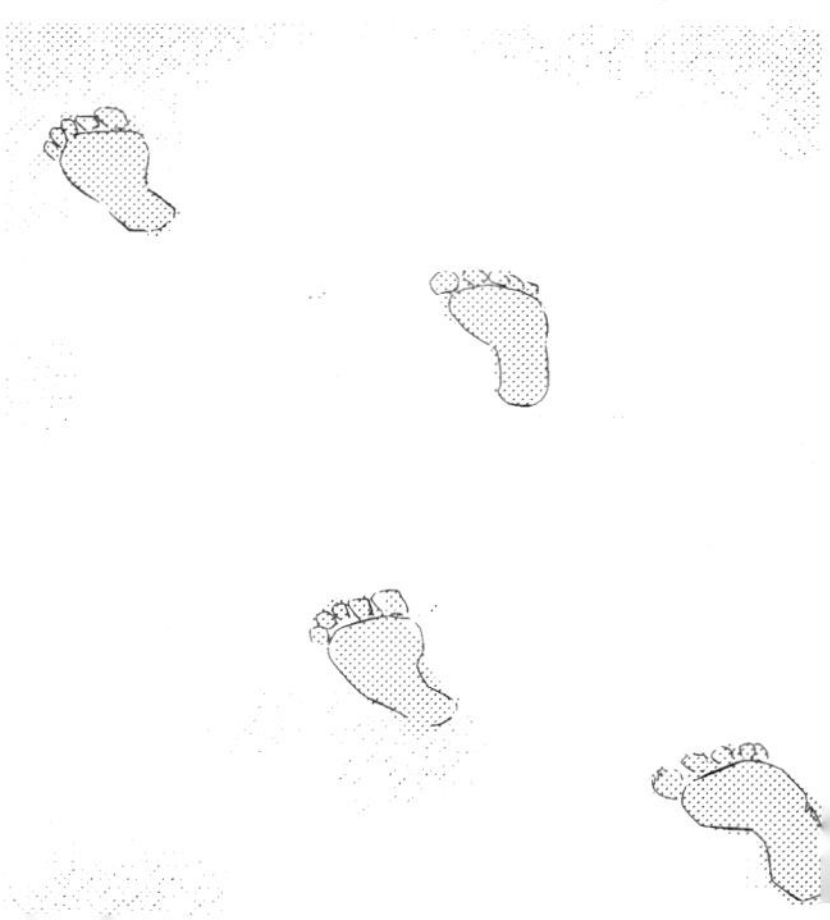

がね」

ホームズはじれったそうにしていた。

「そう言《い》われても、いまわかっている事実《じじつ》すべてに説明《せつめい》がつくような解釈《かいしゃく》なんか、かけらも思《おも》い浮《う》かばないよ」

「そのうち思《おも》い浮《う》かぶさ」ホームズはそっけなく言《い》った。

「この部屋《へや》にはもうめぼしい手《て》がかりはないと思《おも》うが、一応見《いちおうみ》てまわっておこう」

拡大鏡《かくだいきょう》と巻《ま》き尺《じゃく》をすばやく取《と》りだすと、床《ゆか》に両膝《りょうひざ》をついて室内《しつない》をてきぱきと調《しら》べ始《はじ》めた。鼻筋《はなすじ》の通《とお》った細《ほそ》い鼻《はな》の先《さき》を床《ゆか》にくっつかんばかりに近《ちか》づけ、鳥《とり》のようにかっと見開《みひら》いた目《め》を鋭《するど》く光《ひか》らせながら、長《なが》さを測《はか》ったり、見比《みくら》べたり、じっくり観察《かんさつ》したりしている。まるで獲物《えもの》の臭《にお》いを探《さが》す猟犬《りょうけん》のようで、私《わたし》はついこんなことを考《かんが》えずにはいられなかった。

これほどの精神力《せいしんりょく》と知識《ちしき》をそなえたホームズが、もしも法《ほう》を守《まも》る側《がわ》ではなく、法《ほう》を破《やぶ》る側《がわ》の人間《にんげん》だったとしたら、いったいどれほど恐《おそ》ろしい犯罪者《はんざいしゃ》になっていただろう、と。

当《とう》の本人《ほんにん》はさかんに独《ひと》り言《ごと》をつぶやきながら見《み》まわっていたが、しばらくするとうれしそうな声《こえ》を発《はっ》した。

「これはついているぞ。解決《かいけつ》は目前《もくぜん》だ。犯人《はんにん》一号《ごう》は不運《ふうん》にも床《ゆか》にこぼれたクレオソートをうっかり踏《ふ》んでしまったのさ。ほら、ここを見《み》てくれ。強烈《きょうれつ》な臭《にお》いをぷんぷん放《はな》っている液体《えきたい》のそばに、犯人《はんにん》の小《ちい》さな足跡《あしあと》がはっきりと残《のこ》っているだろう？　容器《ようき》の瓶《びん》にひびが入《はい》って、中身《なかみ》が漏《も》れていたんだ」

「で、どうなるんだい？」

「結論《けつろん》を言《い》えば、やつはもう逃《に》げられないってことさ。ワトスン、僕《ぼく》はこの臭《にお》いを、たとえ地《ち》の果《は》てまでだろうと追《お》いかけていく特別《とくべつ》な犬《いぬ》を知《し》っているんだ。普通《ふつう》の猟犬《りょうけん》だってニシンの臭《にお》いを嗅《か》がせれば、州《しゅう》の向《む》こうまで追《お》っていくだろうから、特殊訓練《とくしゅくんれん》を受《う》けた犬《いぬ》が、これだけの刺激臭《しげきしゅう》を追跡《ついせき》するとなれば、いったいどこまで追《お》いかけてくれるだろうね？——おっと！　警察《けいさつ》がご到着《とうちゃく》あそばしたぞ」

ずっと下《した》のほうで耳障《みみざわ》りな足音《あしおと》が響《ひび》き、やかましいどら声《ごえ》がとどろいたかと思《おも》うと、玄関《げんかん》のドアがばたんと大《おお》きな音《おと》をたてて閉《し》まった。

「ワトスン、連中《れんちゅう》が上《あ》がってくる前《まえ》に、気《き》の毒《どく》な死体《したい》をちょっとさわって調《しら》べてくれないか？　腕《うで》のことと、脚《あし》のこのあたりを。どう思《おも》う？」

「筋肉《きんにく》が板《いた》みたいに硬《かた》くなっている」

「ああ、そうなんだ。通常《つうじょう》の死後硬直《しごこうちょく》の度合《どあ》いをはるかに超《こ》えて、収縮《しゅうしゅく》している。しかも見《み》てのとおり、顔面《がんめん》にはおかしなゆがみ。これらの点《てん》を考《かんが》え合《あ》わせた結果《けっか》、思《おも》い浮《う》かぶ死因《しいん》といえば？」

「ある種《しゅ》の強力《きょうりょく》な植物性《しょくぶつせい》アルカロイドによる中毒死《ちゅうどくし》だ。こういう激《はげ》しいけいれんを引《ひ》き起《お》こすとなると、ストリキニーネに似《に》た毒物《どくぶつ》だろう」

「このひきつった顔《かお》を見《み》た瞬間《しゅんかん》、僕《ぼく》も同《おな》じことを考《かんが》えたよ。そこで部屋《へや》へ入《はい》ると真《ま》っ先《さき》に毒《どく》が体内《たい》に入《はい》った経路《けいろ》を探《さが》し、さっき見《み》せたように、頭部《とうぶ》に突《つ》き刺《さ》さっているとげを発見《はっけん》した。ハンマーか弓《ゆみ》を用《もち》いれば、力《ちから》など入《い》れなくても簡単《かんたん》に打《う》ちこめるだろう。

とげが刺《さ》さっていた箇所《かしょ》は、被害者《ひがいしゃ》が椅子《いす》で背中《せなか》をまっすぐ起《お》こしている姿勢《しせい》ならば、ちょうど天井《てんじょう》に開《あ》いた穴《あな》のほうを向《む》くはずだ。じゃあ次《つぎ》は、このとげを調《しら》べてみてくれ」

私《わたし》は用心深《ようじんぶか》くとげをつまんで、カンテラの光《ひかり》にかざした。色《いろ》は黒《くろ》、形状《けいじょう》は長《なが》くて鋭《するど》い。先端《せんたん》のあたりはねばねばした液体《えきたい》が乾《かわ》いたような光《ひかり》を帯《お》びている。根元《ねもと》のほうは角《かど》をナイフでなめらかにしてある。

「イギリスで容易《ようい》に手《て》に入《はい》るものかい？」ホームズがきく。

「いいや、まさか」

「これだけデータがそろっているんだ、きみだって合理的《ごうりてき》な推理《すいり》を引《ひ》きだせるだろう。さて、警《けい》察《さっ》がお出《で》ましのようだから、僕《ぼく》らはそろそろ退却《たいきゃく》するとしよう」

徐々《じょじょ》に迫《せま》ってくるどすどすという重《おも》い足音《あしおと》がすぐそこの廊下《ろうか》から聞《き》こえ、間《ま》もなく灰色《はいいろ》のスーツを着《き》たでっぷりとした男《おとこ》が大股《おおまた》で入《はい》ってきた。多血症《たけつしょう》らしく、赤ら顔《あかがお》で、肉付《にくづ》きがいいだけでなく、かなりいかつい体格《たいかく》の持《も》ち主《ぬし》だ。腫《は》れぼったい上《うわ》まぶたとたるんだ下《した》まぶたのあいだから、小《ちい》さな目《め》が油断《ゆだん》なく光《ひか》っている。

すぐ後《うし》ろにしたがえているのは制服警官《せいふくけいかん》が一名《めい》と、いまだにぶるぶる震《ふる》えているサディアス・ショルトーだった。

男《おとこ》はくぐもった感《かん》じのだみ声《ごえ》で言《い》った。

「いやはや、大事件《だいじけん》だな！　おい、そこにいるのは誰《だれ》だ？　まったく、この家《いえ》はどこもかしこもウサギ小屋《ごや》みたいに人《ひと》がうようよしているな！」

「この顔《かお》を覚《おぼ》えておいでですか、アセルニー・ジョーンズさん？」ホームズは穏《おだ》やかな口調《くちょう》で言《い》った。

「おお、あんたか！　理論家《りろんか》のシャーロック・ホームズさん！　もちろん覚《おぼ》えていますとも。忘《わす》れっこありませんよ。ビショップスゲイトの宝石事件《ほうせきじけん》で披露《ひろう》なさった、原因《げんいん》と結果《けっか》に基《もと》づくみごとな推理《すいり》。おかげでわれわれの捜査《そうさ》も首尾《しゅび》よくいって大助《おおだす》かりでしたよ。ただ、いまにして思《おも》えば、あれは名推理《めいすいり》のなせるわざというより、単《たん》に幸運《こううん》のたまものだったようですな」

「あれはれっきとした推理《すいり》ですよ。いたって簡単《かんたん》な」

「おやおや、ホームズさん！　この際《さい》、まぐれ当《あ》たりだったと潔《いさぎよ》く認《みと》めちゃどうですか？　それはそうと、今度《こんど》のはまたひどい事件《じけん》ですな！　まったく、やりきれん！　ただし本件《ほんけん》には疑《うたが》いようもない事実《じじつ》がいくつもある。理論《りろん》をこねまわす余地《よち》はどこにもありゃしない。運《うん》のいいことに、別《べつ》の事件《じけん》でたまたまノーウッドに来《き》ておりましてな！　連絡《れんらく》があったとき、ちょうど署《しょ》に居合《いあ》わせたんですよ。で、この男《おとこ》の死因《しいん》はなんだとお考《かんが》えで？」

「理論《りろん》をこねまわす余地《よち》がないなら、僕《ぼく》の出《で》る幕《まく》ではないでしょう」

ホームズの返事《へんじ》はそっけなかった。

「いや、まあ、それはそうなんですが、あなたの説《せつ》もたまに的《まと》を射《い》ることがありますから念《ねん》のため。さあ、では順《じゅん》に確認《かくにん》していきますかな。まず、ドアは施錠《せじょう》されていた。それから五十万《まん》ポンド相当《そうとう》の宝石《ほうせき》が紛失《ふんしつ》した。窓《まど》はどうだったんですか？」

「掛《か》け金《がね》がかかっていましたが、窓敷居《まどしきい》に足跡《あしあと》がついています」

「ほう、ほう、なるほど。掛《か》け金《がね》がかかっていたんなら、足跡《あしあと》は事件《じけん》とは無関係《むかんけい》ですな。それが常識《じょうしき》ってもんです。発作《ほっさ》による自然死《しぜんし》かもしれん。が、そうなると宝石《ほうせき》が消《き》えたことはどう説明《せつめい》する？　おっ、わかったぞ！　たまにこうやってひらめくことがありましてな。巡査部長《じゅんさぶちょう》、それからショルトーさん、ちょっとはずしてもらいましょうか。ああ、ホームズさんのご友人《ゆうじん》はいてくださってもかまいませんよ。

　さてさて、わたしの推理《すいり》についてご意見《いけん》をうかがいましょう、ホームズさん。サディアス・ショルトーが昨晩《さくばん》兄《あに》と一緒《いっしょ》にいたことは本人《ほんにん》も認《みと》めています。兄《あに》が発作《ほっさ》で死《し》んだのをいいことに、弟《おとうと》は宝石《ほうせき》をせしめようとこっそり持《も》ち去《さ》ったんじゃないでしょうか？」

「そのあと死体《したい》がむっくり起《お》きあがって、ドアに内側《うちがわ》から鍵《かぎ》をかけたことになりますよ」

「ううむ！　言《い》われてみればそうですな。では常識《じょうしき》どおりに考《かんが》えてみるとするか。ゆうべサディアス・ショルトーが兄《あに》と会《あ》ったこと、その際《さい》に言《い》い争《あらそ》いがあったことは明《あき》らかです。兄《あに》が死《し》に、宝石《ほうせき》が紛失《ふんしつ》したというのもまぎれもない事実《じじつ》。また、サディアスが帰《かえ》ったあとは兄《あに》の姿《すがた》を誰《だれ》も見《み》ていない。ベッドには寝《ね》た形跡《けいせき》がなかった。

　サディアスはひどく取《と》り乱《みだ》した状態《じょうたい》にあり、外見《がいけん》の印象《いんしょう》はというと――まあ、好感《こうかん》が持《も》てるタイプではないわな。ほら、わかるでしょう、サディアスのまわりに張《は》りめぐらされた網《あみ》が、じわじわと迫《せま》っていくのが。獲物《えもの》をとらえるのは時間《じかん》の問題《もんだい》ですよ」

「その前《まえ》に事実《じじつ》を充分《じゅうぶん》に把握《はあく》すべきだと思《おも》いますが」ホームズは言《い》った。

「この木《き》の破片《はへん》を見《み》てください。先端《せんたん》に毒《どく》が塗《ぬ》ってあったと考《かんが》えてまちがいないでしょう。これが男《おとこ》の頭部《とうぶ》に刺《さ》さっていたことは、皮膚《ひふ》の跡《あと》から明《あき》らかです。

そしてテーブルの上《うえ》にはなにやら書《か》き記《しる》した紙切《かみき》れが残《のこ》されていて、そのそばには石《いし》の頭《あたま》がついた、こういう風変《ふうが》わりな道具《どうぐ》が転《ころ》がっていました。これらの事実《じじつ》はあなたの説《せつ》にどうあてはまるんですか？」

「ぴったりあてはまって、強力《きょうりょく》な裏付《うらづ》けになりますよ」でっぷり太《ふと》った刑事《けいじ》は大威張《おおいば》りで言《い》った。

「この家《いえ》にはインドの珍《めずら》しい品々《しなじな》がどっさりあります。そのひとつをサディアスが勝手《かって》に持《も》ちだして、凶器《きょうき》に使《つか》ったとしても不思議《ふしぎ》はない。紙切《かみき》れのほうは目《め》くらましの小細工《こざいく》ですよ――要《よう》するに、おとりです。

残《のこ》る問題《もんだい》はただひとつ、彼《かれ》はいかにしてこの部屋《へや》を出《で》たか？　しかしその答《こた》えも、ほら、あそこにちゃんとある。天井《てんじょう》の穴《あな》ですよ」

ジョーンズ警部《けいぶ》はそう言《い》って巨体《きょたい》に似合《にあ》わぬ機敏《きびん》な動《うご》きで脚立《きゃたつ》にのぼると、穴《あな》に体《からだ》をねじこむようにして屋根裏《やねうら》へ上《あ》がった。その直後《ちょくご》、はねあげ戸《ど》を見《み》つけたぞという誇《ほこ》らしげな声《こえ》が響《ひび》いた。

「あの男《おとこ》には珍《めずら》しく、見《み》つけるべきものを見《み》つけそうだな」

ホームズは肩《かた》をすくめて私《わたし》に言《い》った。

「たまには知性《ちせい》のきらめきがともることもあるんだろう。『小利口《こりこう》な愚《おろ》か者《もの》ほど始末《しまつ》に負《お》えないものはない』。フランスの名言《めいげん》のとおりだ」

「ほらほら、やっぱり！　しょせん理論《りろん》は事実《じじつ》にかないっこないんですよ。わたしが考《かんが》えたとおりでしたな。屋根《やね》にはねあげ式《しき》の天窓《てんまど》がありましたよ。しかも半開《はんびら》きの状態《じょうたい》でした」

アセルニー・ジョーンズが得意《とくい》げに脚立《きゃたつ》から下《お》りてきた。

「開《あ》けたのは僕《ぼく》ですが」とホームズ。

「なんですと！　じゃあ、先《さき》を越《こ》されたわけですか」少《すこ》しがっかりした表情《ひょうじょう》になる。

「まあ、いいか。最初《さいしょ》に見《み》つけたのが誰《だれ》だろうと、犯人《はんにん》の逃走経路《とうそうけいろ》が判明《はんめい》したことには変《か》わりない。おい、巡査部長《じゅんさぶちょう》！」

「はい、警部殿《けいぶどの》」と廊下《ろうか》から声《こえ》が返《かえ》る。

「ショルトーさんに部屋《へや》へ入《はい》ってもらうように。ああ、ショルトーさん、職務上《しょくむじょう》の立場《たちば》から前《まえ》もって警告《けいこく》しておきます。この先《さき》あなたの供述《きょうじゅつ》はいかなるものもすべて、あなたに不利《ふり》な証拠《しょうこ》として用《もち》いられることがあります。よろしいですな？

では、本官《ほんかん》は女王陛下《じょおうへいか》の名《な》においてあなたを兄《あに》の殺害容疑《さつがいようぎ》で逮捕《たいほ》します」

「そんな！　ああ、だから言《い》ったじゃありませんか。どうしよう、どうしよう！」

気《き》の毒《どく》な小《こ》男《おとこ》は力《ちから》なく両手《りょうて》を投《な》げだして、私《わたし》たち一人《ひとり》一人《ひとり》の顔《かお》をすがるような目《め》で見《み》た。

「心配《しんぱい》なさることはありませんよ、ショルトーさん。あなたの容疑《ようぎ》は僕《ぼく》が晴《は》らしてさしあげます」

なだめるホームズに、ジョーンズ警部《けいぶ》はぴしゃりと言《い》った。

「そんな安請《やすう》け合《あ》いはするもんじゃありませんよ、理論家先生《りろんかせんせい》！　あてがはずれて厄介《やっかい》な事態《じたい》になるのは目《め》に見《み》えていますからな」

「いいや、ショルトーさんの潔白《けっぱく》は必《かなら》ず証明《しょうめい》してみせますよ、ジョーンズ警部《けいぶ》。そうだ、ついでにただでいいことを教《おし》えてあげましょう。昨夜《さくや》この部屋《へや》に侵入《しんにゅう》した二人《ふたり》の人物《じんぶつ》のうち片方《かたほう》の名前《なまえ》と特徴《とくちょう》です。

まず、名前《なまえ》はジョナサン・スモール。満足《まんぞく》な教育《きょういく》を受《う》けておらず、体《からだ》は大《おお》きくないが、強健《きょうけん》な男《おとこ》です。右足《みぎあし》は木《き》の義足《ぎそく》で、切《き》り株状《かぶじょう》になった先端《せんたん》は内側《うちがわ》がすりへっている。左足《ひだりあし》に履《は》いている靴《くつ》は爪先《つまさき》が四角《しかく》く、靴底《くつぞこ》の質《しつ》はお粗末《そまつ》。かかとの丸《まる》みに沿《そ》って鉄《てつ》をはめてある。肌《はだ》は真《ま》っ黒《くろ》に日《ひ》焼《や》けして、歳《とし》はすでに中年《ちゅうねん》にさしかかり、昔《むかし》、囚人《しゅうじん》だったことがある。まあ、これっぽっちではたいした手《て》がかりとは言《い》えないかもしれないが、てのひらの皮《かわ》がひどくすりむけているという事《じ》実《じつ》をつけ足《た》せば、多少《たしょう》は捜査《そうさ》のうえで参考《さんこう》になるでしょう。それから、もう一人《ひとり》の男《おとこ》は——」

「ほほう、これはこれは。もう一人《ひとり》いたのかね？」

アセルニー・ジョーンズの声《こえ》には馬鹿《ばか》にするような響《ひび》きがあったが、犯人像《はんにんぞう》を浮《う》き彫《ぼ》りにしていくホームズの言葉《ことば》に、興味津々《きょうみしんしん》で聞《き》き入《い》っている。

「一風変《いっぷうか》わった人物《じんぶつ》です。そう遠《とお》くない将来《しょうらい》にこの二人組《ににんぐみ》をご紹介《しょうかい》できるでしょう」

ここでホームズはさっと振《ふ》り返《かえ》り、私《わたし》を見《み》た。

「ワトスン、ちょっと話《はなし》が」

私《わたし》はホームズに階段《かいだん》の上《うえ》まで連《つ》れていかれた。

「予想外《よそうがい》の展開《てんかい》になったせいで、この家《いえ》へ来《き》たそもそもの目的《もくてき》を見失《みうしな》いかけていたよ」

「ああ、そうだね。ぼくもちょうど同《おな》じことを考《かんが》えていたんだ」と私《わたし》は答《こた》えた。

「モースタンさんをいつまでもこんな物騒《ぶっそう》な家《いえ》においておけないな、ホームズ」

「同感《どうかん》だ。きみが家《いえ》まで送《おく》り届《とど》けてやってくれ。ロワー・カンバーウェルのセシル・フォレスター夫人《ふじん》のところに住《す》んでいるんだったね。ここからならたいした距離《きょり》じゃない。で、僕《ぼく》は、きみがここへ戻《もど》ってくるならそれまで待《ま》っている。どうする？　もう疲《つか》れたかい？」

「いいや、ちっとも。この不思議《ふしぎ》な事件《じけん》の真相《しんそう》が気《き》になって、休《やす》んでなんかいられないよ。人生《じんせい》の裏側《うらがわ》を色々見《いろいろみ》てきたつもりでも、今夜《こんや》は不可解《ふかかい》なことばかり立《た》て続《つづ》けに起《お》こったから、正直言《しょうじきい》ってかなり神経《しんけい》にこたえている。だが、こうなったら乗《の》りかかった船《ふね》だ。結末《けつまつ》を見届《みとど》けるまで、とことんつき合《あ》うよ」

「ワトスン、きみがいてくれると大助《おおだす》かりだ。僕《ぼく》らは僕《ぼく》らで事件《じけん》の捜査《そうさ》を進《すす》めよう。ジョーンズ警部《けいぶ》のことは放《ほう》っておけばいい。見当《けんとう》はずれなものを拾《ひろ》っては、重大《じゅうだい》な証拠《しょうこ》と勘違《かんちが》いして勝手《かって》に大喜《おおよろこ》びするだろう。

モースタン嬢《じょう》を送《おく》り届《とど》けたら、その足《あし》でピンチン・レーン三番地《ばんち》へ回《まわ》ってくれ。ランベスの川《かわ》岸《ぎし》のそばだ。通《とお》りの右側《みぎがわ》に建《た》っている三軒目《げんめ》の家《いえ》は、シャーマンという男《おとこ》が営《いとな》む鳥《とり》の剥製屋《はくせいや》で、ショーウィンドウの子《こ》ウサギをくわえたイタチの剥製《はくせい》が目印《めじるし》だ。そこへ行《い》ったら、シャーマン老《ろう》人《じん》をたたき起《お》こして、僕《ぼく》がいますぐトービーを借《か》りたがっていると伝《つた》えてくれ。あとはトービーを馬車《ばしゃ》に乗《の》せ、ここへ戻《もど》ってくるだけだ」

「トービーは犬《いぬ》なんだね」

「そうだ。雑種《ざっしゅ》だが、驚《おどろ》くほど鼻《はな》が良《い》い。ロンドンじゅうの警官《けいかん》が束《たば》になったって、トービーにはかなわないよ」

「わかった、連《つ》れてくるよ。いまは一時《じ》か。元気《げんき》のいい馬車《ばしゃ》にあたれば、三時《じ》までには戻《もど》れるだろう」

「そのあいだ僕《ぼく》はバーンストン夫人《ふじん》やインド人《じん》の使用人《しようにん》たちから話《はなし》を聞《き》いておく。サディアスによれば、使用人《しようにん》は全員隣《ぜんいんとなり》の屋根裏部屋《やねうらべや》にいるそうだ。それが済《す》んだら、ジョーンズ大先生《だいせんせい》のお手《て》並《な》みを拝見《はいけん》したり、下手《へた》なあてこすりを拝聴《はいちょう》したりしているよ。『人《ひと》はとかく自分《じぶん》に理解《りかい》できぬ相手《あいて》をあざ笑《わら》う』。さすがはゲーテだ。うまいことを言《い》う」

## 7 名犬《めいけん》トービーの追跡《ついせき》

警察《けいさつ》を乗《の》せてきた辻馬車《つじばしゃ》で、私《わたし》はモースタン嬢《じょう》とともに彼女《かのじょ》の住《す》まいであるフォレスター家《け》へ向《む》かった。

さっきまでのモースタン嬢《じょう》は、自分《じぶん》よりも弱《よわ》い者《もの》がそばにいたせいだろう、不安《ふあん》におののく家《か》政婦《せいふ》にしっかりと付《つ》き添《そ》い、優《やさ》しい天使《てんし》のような姿《すがた》で明《あか》るく穏《おだ》やかにふるまっていた。ところが、馬車《ばしゃ》に乗《の》りこんだとたん急《きゅう》にぐったりとして、激《はげ》しく泣《な》き崩《くず》れた。

私《わたし》のほうはというと、馬車《ばしゃ》のなかではずっと冷《つめ》たい態度《たいど》だったと彼女《かのじょ》にのちのちまで言《い》われたが、とんでもない。本当《ほんとう》は気持《きも》ちを静《しず》め、自制心《じせいしん》を取《と》り戻《もど》そうと必死《ひっし》だったのだ。心《こころ》の奥《おく》から深《ふか》い慈《いつく》しみと愛情《あいじょう》がとめどなくあふれ出《で》て、さっき庭《にわ》で握《にぎ》りしめた手《て》のぬくもりと同《おな》じように、彼《かの》女《じょ》へと注《そそ》がれていたのである。

一日《いちにち》の不思議《ふしぎ》な経験《けいけん》から、私《わたし》はモースタン嬢《じょう》の気丈《きじょう》さとしとやかさに胸《むね》を打《う》たれ、平凡《へいぼん》な日常《にちじょう》生活《せいかつ》では何年《なんねん》かかっても決《けっ》して味《あじ》わえない喜《よろこ》びに満《み》たされた。けれども二つの気《き》がかりが私《わたし》の唇《くちびる》をふさぎ、愛《あい》の言葉《ことば》を封《ふう》じこめた。

いまの彼女《かのじょ》は、神経《しんけい》がぼろぼろにすり切《き》れている。こんなときに告白《こくはく》するのは弱《よわ》みにつけこむようなもので、彼女《かのじょ》をよけい追《お》いつめることにしかならない。もうひとつ、もっと大《おお》きな問題《もんだい》は、彼女《かのじょ》が金持《かねも》ちだということだ。

ホームズの捜査《そうさ》が成功《せいこう》すると、モースタン嬢《じょう》は莫大《ばくだい》な財産《ざいさん》を相続《そうぞく》する。退役軍医《たいえきぐんい》の少《すく》ない給料《きゅうりょう》しかない私《わたし》が言《い》い寄《よ》ったら、財産目当《ざいさんめあ》てのひどい男《おとこ》だと誤解《ごかい》されはしないか？

もしも彼女《かのじょ》にそんな疑《うたが》いを持《も》たれたらと思《おも》うと、いたたまれない気持《きも》ちになり、結局《けっきょく》は二《に》の足《あし》を踏《ふ》むしかなかった。私《わたし》たちのあいだには、〈アグラの財宝《ざいほう》〉が通《とお》せんぼするかのように立《た》ちはだかっているのである。

セシル・フォレスター夫人《ふじん》の家《いえ》に着《つ》いたとき、時刻《じこく》はもう二時近《じちか》かった。使用人《しようにん》たちはとうに就寝《しゅうしん》していたが、フォレスター夫人《ふじん》はモースタン嬢《じょう》に届《とど》いた不可解《ふかかい》なメッセージのことが気《き》がかりで、いつ帰《かえ》るかと寝《ね》ずに待《ま》ちわびていた。

玄関《げんかん》のドアを開《あ》けて出迎《でむか》えてくれた、上品《じょうひん》な中年《ちゅうねん》の女性《じょせい》が、両手《りょうて》を広《ひろ》げてモースタン嬢《じょう》を抱《だ》き寄《よ》せ、母親《ははおや》のような愛情《あいじょう》に満《み》ちた声《こえ》で話《はな》しかけるのを見《み》て、私《わたし》のほうまで温《あたた》かい気持《きも》ちになった。モースタン嬢《じょう》がただの雇《やと》われ家庭教師《かていきょうし》ではなく、一家《いっか》の大切《たいせつ》な友人《ゆうじん》でもあることは明《あき》らかだった。

夫人《ふじん》はモースタン嬢《じょう》から私《わたし》を紹介《しょうかい》されると、どうぞなかへ入《はい》って、今夜起《こんやお》きたことを詳《くわ》しく聞《き》かせてくださいと言《い》った。だが私《わたし》にはまだ大事《だいじ》な用《よう》が残《のこ》っていたので、それを伝《つた》えて丁重《ていちょう》に断《ことわ》り、事《こと》の経緯《けいい》や結果《けっか》についてはいずれ日《ひ》をあらためて報告《ほうこく》にうかがいますと約束《やくそく》した。

ガス灯《とう》のともるひっそりとした街路《がいろ》に馬車《ばしゃ》のゴトゴトという音《おと》が響《ひび》き渡《わた》るのを聞《き》きながら、これまでの異様《いよう》きわまる出来事《できごと》について、順《じゅん》を追《お》って整理《せいり》しようと努《つと》めた。

モースタン大尉《たいい》の死《し》に始《はじ》まって、モースタン嬢《じょう》の住所《じゅうしょ》をたずねる新聞広告《しんぶんこうこく》、彼女《かのじょ》に送《おく》られた真珠《しんじゅ》、さらには呼《よ》び出《だ》し状《じょう》へと続《つづ》いていく一連《いちれん》の流《なが》れである——これらはすべてショルトーの話《はなし》によって解《と》き明《あ》かされたが、ほっとしたのもつかの間《ま》、私《わたし》たちはさらに不可思議《ふかしぎ》で悲惨《ひさん》な謎《なぞ》に迷《まよ》いこむはめになった。

インドの財宝《ざいほう》、モースタン大尉《たいい》の持《も》ち物《もの》から見《み》つかった奇妙《きみょう》な図面《ずめん》、そしてショルトー少佐《しょうさ》が息《いき》を引《ひ》き取《と》る間際《まぎわ》のただならぬ事態《じたい》。やがて財宝《ざいほう》の隠《かく》し場所《ばしょ》が見《み》つかり、その直後《ちょくご》に発見者《はっけんしゃ》は殺《ころ》される。それもきわめておかしな状況《じょうきょう》で。犯行現場《はんこうげんば》に残《のこ》された不思議《ふしぎ》な足跡《あしあと》、珍《めずら》しい武器《ぶき》、そしてモースタン大尉《たいい》の図面《ずめん》にあったのと同《おな》じ文字《もじ》が書《か》かれた紙切《かみき》れ——まさに迷宮《めいきゅう》をさまよっている気分《きぶん》だった。この出口《でぐち》を探《さが》しあてられるのは、ホームズのような天才探偵以外《てんさいたんていいがい》には一人《ひとり》もいまい。

ピンチン・レーンはランベスの低地帯《ていちたい》に位置《いち》する路地《ろじ》で、レンガ造《づく》りの質素《しっそ》な二階建《かいだ》て住居《じゅうきょ》が並《なら》んでいた。三番地《ばんち》の家《いえ》を探《さが》しあててノックしたが、人《ひと》が出《で》てくる気配《けはい》はなかった。それでも何度《なんど》かノックし続《つづ》けると、ようやく二階《かい》のブラインド越《ご》しに蝋燭《ろうそく》の火《ひ》がともり、男《おとこ》が窓《まど》の外《そと》に顔《かお》を突《つ》きだした。

「とっとと失《う》せろ、酔《よ》っ払《ぱら》いのごろつきめが！　いつまでも騒《さわ》いでると、犬《いぬ》をけしかけるぞ。犬《いぬ》小屋《ごや》開《あ》けりゃ四十三匹《びき》いるからな」

「いや、一匹《ぴき》だけでいい。それがここへ来《き》た用事《ようじ》なんだ」

「やかましい！　この袋《ふくろ》に入《はい》ってる毒蛇《どくへび》を頭《あたま》の上《うえ》に落《お》とされたいか！」

「どうしても犬《いぬ》がいるんだ」私《わたし》は声《こえ》をはりあげた。

「ええい、しつこいやつだ！」シャーマン氏《し》も負《ま》けじと怒鳴《どな》る。

「三つ数《かぞ》えるうちに消《き》えやがれ！　さもないと毒蛇《どくへび》を食《く》らわすぞ！」

「しかし、シャーロック・ホームズが――」

私《わたし》が思《おも》わず口《くち》にした言葉《ことば》は、まるで魔法《まほう》の呪文《じゅもん》かなにかのように思《おも》えた。窓《まど》が勢《いきお》いよく閉《し》まったかと思《おも》うと、一分《ぷん》も経《た》たないうちにドアの内側《うちがわ》でかんぬきをはずす音《おと》がした。開《ひら》いたドアから現《あらわ》れたのは、針金《はりがね》のように痩《や》せた猫背《ねこぜ》の老人《ろうじん》で、首《くび》が筋張《すじば》って細《ほそ》く、青《あお》っぽいレンズの眼鏡《めがね》をかけていた。

「シャーロック・ホームズさんのご友人《ゆうじん》でしたか。それなら大歓迎《だいかんげい》ですわい。さあ、入《はい》って。そのアナグマには近《ちか》づかんでくださいよ。噛《か》みつきますから。こらこら、この腕白坊主《わんぱくぼうず》め、おとなしくせんか」

と、檻《おり》の鉄格子《てつごうし》から赤《あか》い目《め》のいたずらっぽい顔《かお》を突《つ》きだしている小動物《しょうどうぶつ》に話《はな》しかけている。

「そっちは心配《しんぱい》いりませんよ、旦那《だんな》。ヒメアシナシトカゲといって、蛇《へび》そっくりですがトカゲでしてね、牙《きば》は持《も》ってません。ゴキブリを退治《たいじ》してくれるんで、こうやって放《はな》し飼《が》いにしてあるんですよ。

さっきはとんだ失礼《しつれい》を。行儀《ぎょうぎ》の悪《わる》い若造《わかぞう》どもに、いつも手《て》を焼《や》かされてるもんですから。この路地《ろじ》に集団《しゅうだん》で入《はい》りこんで悪《わる》さばっかりするんですよ。それはそうと、シャーロック・ホームズさんはなにをご所望《しょもう》で？」

「犬《いぬ》を一匹《ぴき》借《か》りたいそうだ」

「ほほう！　トービーのことですな」

「そう、トービーという名《な》だ」

「だったら左《ひだり》から七番目《ばんめ》ですよ」

老人《ろうじん》は蝋燭《ろうそく》を手《て》によたよたと歩《ある》きだした。薄暗《うすぐら》い部屋《へや》の片隅《かたすみ》からじっとこちらをうかがってい る珍獣《ちんじゅう》たちの目《め》が、蝋燭《ろうそく》のぼんやりした光《ひかり》に反射《はんしゃ》して妖《あや》しい輝《かがや》きを放《はな》つ。頭上《ずじょう》では梁《はり》に並《なら》んでと まっている鳥《とり》たちが、人間《にんげん》の話《はな》し声《ごえ》で目《め》が覚《さ》めてしまったわいと言《い》いたげに、面倒《めんどう》そうに足《あし》の体《たい》 重《じゅう》を移《うつ》し替《か》えている。

トービーはスパニエルとラーチャーの雑種《ざっしゅ》で、色《いろ》は茶《ちゃ》と白《しろ》のぶち、毛《け》が長《なが》くて耳《みみ》がたれたみす ぼらしい感《かん》じの犬《いぬ》だった。おまけにひどくおぼつかない足取《あしど》りでよちよちと歩《ある》く。私《わたし》が剝製師《はくせいし》の 老人《ろうじん》から渡《わた》された角砂糖《かくざとう》を差《さ》しだすと、少《すこ》したためらってから食《た》べた。

そうして同盟関係《どうめいかんけい》が結《むす》ばれると、トービーはおとなしく私《わたし》のあとをついてきて、馬車《ばしゃ》の旅《たび》にも いやがらずつき合《あ》ってくれた。

ポンディシェリ荘《そう》に帰《かえ》り着《つ》いたのは、ちょうどウェストミンスター宮殿《きゅうでん》の時計塔《とけいとう》で鐘《かね》が三つ鳴《な》 らされる時刻《じこく》だった。元《もと》プロボクサーのマクマードは共犯《きょうはん》として逮捕《たいほ》され、サディアス・ショル トーと一緒《いっしょ》に警察署《けいさつしょ》へ連行《れんこう》されたとのことで、狭《せま》い門《もん》の前《まえ》には二人《ふたり》の巡査《じゅんさ》が見張《みは》りに立《た》っていた。

ホームズの指示《しじ》だと伝《つた》えると、犬《いぬ》を連《つ》れてなかへ入《はい》ることをあっさり許可《きょか》された。

ホームズは玄関《げんかん》の踏《ふ》み段《だん》に立《た》ち、両手《りょうて》をポケットに突《つ》っこんでパイプをふかしていた。

「ああ、連《つ》れてきてくれたか！　よしよし、いい子《こ》だ、トービー！」

ホームズはさらにこう続《つづ》けた。

「アセルニー・ジョーンズは引《ひ》きあげていったよ。あの御仁《ごじん》、きみが出《で》かけたあとは目覚《めざ》ましいまでの奮闘《ふんとう》ぶりでね。サディアス・ショルトーばかりか、門番《もんばん》から家政婦《かせいふ》、インド人《じん》の使用人《しようにん》まで、ごっそり逮捕《たいほ》していったよ。そんなわけで、いま邸内《ていない》には現場《げんば》で見張《みは》り番《ばん》をしている巡査部《じゅんさぶ》長《ちょう》のほかには誰《だれ》もいないから、僕《ぼく》らは自由《じゆう》に動《うご》きまわれる。犬《いぬ》はここに残《のこ》しておいて、上《うえ》へ行《い》こう」

トービーを玄関《げんかん》のテーブルにつないでから、私《わたし》たちは階段《かいだん》をのぼっていった。事件現場《じけんげんば》の様子《ようす》は、部屋《へや》の真《ま》ん中《なか》で遺体《いたい》となっている男《おとこ》に白《しろ》い布《ぬの》がかけられているのを除《のぞ》けば、さっき見《み》たときのままだった。くたびれた顔《かお》の巡査部長《じゅんさぶちょう》が、隅《すみ》っこの壁《かべ》に寄《よ》りかかっていた。

「巡査部長《じゅんさぶちょう》、カンテラをお借《か》りしますよ」とホームズは言《い》った。

「ワトスン、この紐《ひも》を僕《ぼく》の首《くび》にかけて、明《あ》かりが前《まえ》を照《て》らすようにしてくれないか？　ありがとう。さて、はだしにならないとな。靴《くつ》と靴下《くつした》はきみに預《あず》けて、あとで下《した》へ持《も》っていってもらおう。これから屋根《やね》にひとのぼりしてくる。ああ、その前《まえ》に、僕《ぼく》のハンカチをそこのクレオソートにちょっと浸《ひた》してほしいんだが。よし、それでいい。じゃ、ひとまず一緒《いっしょ》に屋根裏《やねうら》へ上《あ》がってくれ」

私《わたし》たちは天井《てんじょう》の穴《あな》をくぐり抜《ぬ》けた。ホームズはカンテラを床《ゆか》に近《ちか》づけ、厚《あつ》く積《つ》もった埃《ほこり》のなかの足跡《あしあと》をもう一度《いちど》照《て》らした。

「この足跡《あしあと》を注意深《ちゅういぶか》く見《み》てほしい。なにか気《き》がついたことはないか？」

「そうだな。子《こ》どもか、でなければ小柄《こがら》な女性《じょせい》のものだろうな」

「大《おお》きさ以外《いがい》には？　なにか特徴《とくちょう》は？」

「いや、普通《ふつう》の足跡《あしあと》とさして変《か》わらないように見《み》える」

「そんなことはない。ほら、見《み》たまえ！　ここの埃《ほこり》に右足《みぎあし》の跡《あと》が残《のこ》っているだろう？　僕《ぼく》のはだしの跡《あと》を隣《となり》に並《なら》べてみるよ。どうだい、ぱっと見《み》て、どこがちがう？」

「きみのは指《ゆび》が全部《ぜんぶ》くっついている。もとからあったやつは一本《ぽん》一本《ぽん》が離《はな》れているね」

「そのとおり。そこが重要《じゅうよう》なんだ。しっかり頭《あたま》に入《い》れておきたまえ。では、すまないが天窓《てんまど》のところへ行《い》って、木《き》の部分《ぶぶん》の臭《にお》いを嗅《か》いでみてくれないか？　僕《ぼく》はこっちにいる。クレオソートに浸《つ》けたハンカチを持《も》っているからね」

ホームズの指示《しじ》どおりにすると、鼻《はな》を近《ちか》づけるまでもなく窓枠《まどわく》からはっきりとタール臭《しゅう》がした。

「犯人《はんにん》は逃走《とうそう》するときにそこに足《あし》をかけたんだ。きみでもすぐに気《き》づいたくらいだから、トービーなら難《なん》なく嗅《か》ぎ分《わ》けるだろう。

さあ、きみはすぐに下《した》へ戻《もど》るんだ。トービーを連《つ》れて、外《そと》から見物《けんぶつ》していてくれ。これからサーカス顔負《かおま》けの華麗《かれい》な離《はな》れ業《わざ》をお目《め》にかけよう」

私《わたし》が階段《かいだん》を下《お》りて庭《にわ》へ出《で》る頃《ころ》には、ホームズは早《はや》くも屋根《やね》に上《あ》がっていた。

カンテラの光《ひかり》を放《はな》ちながら、屋根《やね》の棟《むね》づたいにそろそろと下《お》りてくる姿《すがた》は、巨大《きょだい》な蛍《ほたる》の幼虫《ようちゅう》さながらだった。煙突《えんとつ》の陰《かげ》に隠《かく》れていったん姿《すがた》が消《き》えたが、すぐにまた現《あらわ》れ、そのあともう一度《いちど》見《み》えなくなった。館《やかた》の裏手《うらて》へまわってみると、ホームズは隅《すみ》の庇《ひさし》に腰《こし》を下《お》ろしていた。

「ワトスン、関門《かんもん》にさしかかったよ。その下《した》に見《み》える黒《くろ》いものはなんだい？」

「用水桶《ようすいおけ》だ」

「蓋《ふた》は？」

「ある」

「梯子《はしご》は？」

「ない」

「ちぇっ！　かなりの難所《なんしょ》じゃないか。だがやつはここをのぼったんだ、降参《こうさん》するわけにはいかない。雨樋《あまどい》はしっかりしてるようだな。よし、下《お》りるぞ！」

足場《あしば》を探《さぐ》っているらしい音《おと》とともに、カンテラの光《ひかり》が壁面《へきめん》に沿《そ》ってじりじりと下《お》りはじめた。

やがて、その光《ひかり》がさっと跳《は》ねあがったかと思《おも》うと、ホームズが用水桶《ようすいおけ》の蓋《ふた》に足《あし》をつき、地面《じめん》にひらりと降《お》り立《た》った。

「やつがどこをどうたどったかは簡単《かんたん》にわかったよ。その場所《ばしょ》だけ瓦《かわら》がゆるんでいたからね。おまけに、あわててこんなものを落《お》としていった。きみたち医者《いしゃ》の表現《ひょうげん》を借《か》りると、僕《ぼく》の診断《しんだん》は正《ただ》しかったわけだ」

ホームズが掲《かか》げて見《み》せたのは、着色《ちゃくしょく》した草《くさ》で編《あ》んだ小《ちい》さな巾着袋《きんちゃくぶくろ》で、けばけばしいビーズ飾《かざ》りがついていた。形《かたち》や大《おお》きさから煙草《たばこ》入《い》れに見《み》えなくもないが、受《う》け取《と》って調《しら》べてみると中身《なかみ》はまったく別《べつ》の物《もの》だった。先端《せんたん》が鋭《するど》くとがったくさび状《じょう》の黒《くろ》っぽい木片《もくへん》が、半《はん》ダースほど入《はい》っていたのだ。バーソロミュー・ショルトーに刺《さ》さっていたのとよく似《に》ている。

「実《じつ》に恐《おそ》ろしい凶器《きょうき》だ。うっかり指《ゆび》を刺《さ》さないよう気《き》をつけろ。それにしても手《て》に入《はい》ってよかったよ。やつが持《も》っていたのはたぶんこれで全部《ぜんぶ》だろうから、きみも僕《ぼく》も近々《ちかぢか》こいつを打《う》ちこまれる危険《きけん》はまずない。こんなものを食《く》らわされるくらいなら、ライフル銃《じゅう》で撃《う》たれたほうがましだろう。ところでワトスン、これから六マイル（約《やく》九・六キロ）ばかり歩《ある》く元気《げんき》はあるかな？」

「あるとも」私《わたし》はきっぱりと答《こた》えた。

「その脚《あし》で本当《ほんとう》にだいじょうぶかい？」

「ああ、もちろんだ」
「よし、ではトービー、出番《でばん》だぞ！　この臭《にお》いをよく嗅《か》ぐんだ！」
ホームズがクレオソートに浸《ひた》したハンカチをトービーの鼻先《はなさき》へ持《も》っていくと、毛《け》むくじゃらの犬《いぬ》は脚《あし》をふんばって、首《くび》を小《ちい》さく傾《かし》げた。ホームズは頃合《ころあ》いを見計《みはか》らってハンカチを遠《とお》くへ放《ほう》り、首輪《くびわ》に丈夫《じょうぶ》な紐《ひも》を結《むす》びつけてから犬《いぬ》を用水桶《ようすいおけ》の前《まえ》へ引《ひ》っ張《ぱ》っていった。
トービーはキャンキャン吠《ほ》えると、尾《お》っぽを立《た》て、鼻面《はなづら》を地面《じめん》にくっつけ、ただちに臭《にお》いを追《お》いはじめた。こうして追跡劇《ついせきげき》は幕《まく》を開《あ》け、ホームズも私《わたし》も、一目散《いちもくさん》に駆《か》けていく犬《いぬ》に引《ひ》っ張《ぱ》られるようにして全速力《ぜんそくりょく》で走《はし》った。

東《ひがし》の空《そら》は少《すこ》しずつ白《しら》みかけ、視界《しかい》が広《ひろ》がってきた。後《うし》ろを振《ふ》り返《かえ》ると、四角張《しかくば》った堂々《どうどう》たる大《おお》きな建物《たてもの》が、真《ま》っ暗《くら》な窓《まど》とむきだしの高《たか》い壁《かべ》を身《み》にまとい、悲《かな》しげな様子《ようす》でそびえていた。その館《やかた》に見送《みおく》られ、私《わたし》たちは掘《ほ》り返《かえ》された穴《あな》や溝《みぞ》をよけながら、庭《にわ》を突《つ》っ切《き》っていった。

やがて敷地《しきち》の塀《へい》に行《い》きあたると、トービーはくんくんと鼻《はな》を鳴《な》らしながら塀《へい》のすぐ下《した》の影《かげ》づたいに走《はし》り、やがて隅《すみ》っこの、ブナの若木《わかぎ》で陰《かげ》になっている地点《ちてん》で立《た》ち止《ど》まった。よく見《み》ると、塀《へい》の角《かど》にレンガがいくつかはずれかけている箇所《かしょ》があり、そこにできた隙間《すきま》の下側《したがわ》がすりへって丸《まる》みを帯《お》びている。どうやら以前《いぜん》からそこに足《あし》をかけて梯子代《はしごが》わりにしていたらしい。最初《さいしょ》にホームズが塀《へい》をよじのぼり、てっぺんにまたがったまま私《わたし》からトービーを受《う》け取《と》って、向《む》こう側《がわ》へ下《お》ろした。

「義足《ぎそく》の男《おとこ》が手《て》の跡《あと》を残《のこ》していったぞ！」とホームズ。

見《み》たまえ、白《しろ》い漆喰《しっくい》にうっすらと血《ち》の跡《あと》がついている。昨日《きのう》から一度《いちど》も大雨《おおあめ》が降《ふ》らなかったのは幸運《こううん》だね！　二十八時間遅《じかんおく》れの追跡《ついせき》だが、雨《あめ》で流《なが》されずに済《す》んだから道路《どうろ》にはまだ臭《にお》いが残《のこ》っているだろう」

そうは言《い》っても、ロンドン市街《しがい》の混雑《こんざつ》ぶりを考《かんが》えると、丸《まる》一日《にち》以上《いじょう》経過《けいか》したいまも臭《にお》いが消《き》えずにいるかどうか、私《わたし》は不安《ふあん》に思《おも》った。が、それはよけいな心配《しんぱい》だったようだ。

トービーは一瞬《いっしゅん》のためらいもなく、独特《どくとく》のよたよたとした転《ころ》がるような足取《あしど》りでまっしぐらに進《すす》んでいった。鼻《はな》につんとくるタールの刺激臭《しげきしゅう》は、ほかのどんな臭《にお》いよりも強烈《きょうれつ》なのだろう。

「言《い》っておくが、ワトスン。犯人《はんにん》の一人《ひとり》がクレオソートに足《あし》を突《つ》っこんだという偶然《ぐうぜん》だけを頼《たよ》りに捜査《そうさ》しているわけじゃないよ。僕《ぼく》の頭《あたま》のなかには、犯人《はんにん》の足取《あしど》りを追《お》う方法《ほうほう》がほかにもいろいろと入《はい》っている。だが、これが一番《いちばん》の近道《ちかみち》なんだから利用《りよう》しない手《て》はないし、せっかく転《ころ》がりこんできた幸運《こううん》だ、取《と》り逃《に》がしたらもったいない。

ただ、もう少《すこ》し知識《ちしき》が必要《ひつよう》な手強《てごわ》い事件《じけん》だったはずなんだが、すっかりつまらなくなってしまったよ。こういうわかりきった手《て》がかりなど出《で》てこなければ、僕《ぼく》にとって腕《うで》の見《み》せどころだったんだがね」

「充分《じゅうぶん》に見《み》せてるよ、ホームズ。きみはさすがだね。ジェファースン・ホープの殺人事件《さつじんじけん》で披露《ひろう》した手腕《しゅわん》も圧巻《あっかん》だったが、それ以上《いじょう》に冴《さ》えてるよ。ぼくの目《め》には今回《こんかい》の事件《じけん》のほうがずっと複雑《ふくざつ》に見《み》える。たとえば義足《ぎそく》の男《おとこ》の存在《そんざい》だが、そいつの特徴《とくちょう》をよくあそこまで事細《ことこま》かに確信《かくしん》をもって説明《せつめい》できたね。根拠《こんきょ》はいったいなんだい？」

「ああ、それか！　簡単《かんたん》なことだよ。いいかい、囚人警備隊《しゅうじんけいびたい》を率《ひき》いる将校二人《しょうこうふたり》は、隠《かく》された財宝《ざいほう》にまつわる重大《じゅうだい》な秘密《ひみつ》をつかんだ。そして、ジョナサン・スモールというイギリス人《じん》が二人《ふたり》のために宝《たから》のありかを示《しめ》す見取《みと》り図《ず》を作《つく》った。

覚《おぼ》えているだろう、モースタン大尉《たいい》の持《も》ち物《もの》から出《で》てきた図面《ずめん》のことだよ。あそこにスモールの名《な》が記《しる》されていたが、それは仲間《なかま》たちを代表《だいひょう》しての署名《しょめい》だった——〝四人《にん》のしるし〟と意味《いみ》ありげに書《か》き添《そ》えてあったね。この図面《ずめん》を頼《たよ》りに二人《ふたり》の将校《しょうこう》、もしくはどちらか一人《ひとり》が財宝《ざいほう》を見《み》つけてイギリスへ持《も》ち帰《かえ》ったが、その際《さい》にどうやら果《は》たすべき約束《やくそく》を破《やぶ》ったらしい。

ここで疑問《ぎもん》がひとつ。ジョナサン・スモールはなぜ自分《じぶん》で財宝《ざいほう》を取《と》りにいかなかったのか？　図面《ずめん》が描《か》かれたのはジョナサン・スモールが囚人《しゅうじん》だった時期《じき》だ。そう、つまり、ジョナサン・スモールとその仲間《なかま》たちは服役中《ふくえきちゅう》だったせいで身動《みうご》きが取《と》れなかったんだ」

「しかし、それは単《たん》なる推測《すいそく》じゃないかな」私《わたし》は意見《いけん》を述《の》べた。

「いいや、ちがう。すべての事実《じじつ》にあてはまる唯一《ゆいいつ》の仮説《かせつ》だ。では、後日起《ごじつお》こったことにどうつながっていくか説明《せつめい》しよう。

ショルトー少佐《しょうさ》は財宝《ざいほう》を独《ひと》り占《じ》めしたまま、平和《へいわ》に暮《く》らしていた。ところが数年《すうねん》が経《た》った頃《ころ》、インドから届《とど》いた一通《つう》の手紙《てがみ》によって恐怖《きょうふ》のどん底《ぞこ》へ突《つ》き落《お》とされる。さあ、その手紙《てがみ》の内容《ないよう》とは？」

「少佐《しょうさ》がだました囚人《しゅうじん》たちが釈放《しゃくほう》されたという連絡《れんらく》だろう」

「あるいは脱走《だっそう》したかだな。こっちのほうが可能性《かのうせい》は高《たか》い。刑期《けいき》を知《し》っていたはずの少佐《しょうさ》が、釈《しゃく》放《ほう》の知《し》らせをそこまで恐《おそ》れるはずがないからね。少佐《しょうさ》は義足《ぎそく》をつけた敵《てき》から必死《ひっし》に身《み》を守《まも》ろうとした——ちなみにこの義足《ぎそく》の男《おとこ》が白人《はくじん》であることは、ショルトー少佐《しょうさ》がまちがえて銃《じゅう》を発砲《はっぽう》した相手《あいて》が白人《はくじん》の行商人《ぎょうしょうにん》だったという事実《じじつ》から明《あき》らかだ。

ここで宝《たから》の地図《ちず》に戻《もど》ろう。そこに書《か》かれていた白人《はくじん》の名《な》はひとつきりで、ほかはすべてインド人《じん》かイスラム系《けい》だった。よって、ショルトーが恐《おそ》れていた義足《ぎそく》の男《おとこ》はジョナサン・スモールと断《だん》定《てい》できる。どうだい、いまの説明《せつめい》にあいまいなところはあったかな？」

「いや、簡潔《かんけつ》でわかりやすい」

「よし、それじゃ次《つぎ》はジョナサン・スモールになった気《き》で考《かんが》えよう。

イギリスへ渡《わた》ってきたとき、スモールには二つの計画《けいかく》があった。自分《じぶん》にもらう権利《けんり》があると考《かんが》えているものを奪《うば》い返《かえ》すこと、もうひとつは自分《じぶん》を裏切《うらぎ》った男《おとこ》に復讐《ふくしゅう》することだ。

ショルトーの居場所《いばしょ》を突《つ》きとめ、さらに屋敷《やしき》の使用人《しようにん》の誰《だれ》かを味方《みかた》に引《ひ》き入《い》れたふしがある。僕《ぼく》たちは顔《かお》を合《あ》わせていないが、ラル・ラオという執事《しつじ》がいるんだ。バーンストン夫人《ふじん》によれば、善人《ぜんにん》と呼《よ》ぶにはほど遠《とお》いやつだとか。

だが、スモールは財宝《ざいほう》の隠《かく》し場所《ばしょ》をどうしても突《つ》きとめられずにいた。ショルトー少佐本人《しょうさほんにん》と、すでに死《し》んでいる忠実《ちゅうじつ》な使用人《しようにん》以外《いがい》には誰《だれ》も知《し》らない秘密《ひみつ》だったんだ。ところが、あるとき少佐《しょうさ》が重体《じゅうたい》だという知《し》らせを手《て》に入《い》れる。財宝《ざいほう》の秘密《ひみつ》まで死《し》に絶《た》えさせてなるものかと、スモールはいてもたってもいられず屋敷《やしき》に駆《か》けつけ、警備《けいび》をかいくぐって少佐《しょうさ》の部屋《へや》の外《そと》までたどり着《つ》く。ただし死《し》の床《とこ》には二人《ふたり》の息子《むすこ》が付《つ》き添《そ》っているため、窓《まど》の前《まえ》で待《ま》つしかない。

その晩《ばん》に室内《しつない》へ忍《しの》びこんで、宝《たから》のありかを示《しめ》すメモでもないかと少佐《しょうさ》の書類《しょるい》をひっかきまわしたあげく、短《みじか》い走《はし》り書《が》きの置《お》き手紙《てがみ》を残《のこ》した。それがあの紙片《しへん》だよ。

少佐《しょうさ》を殺害《さつがい》することになったら、これはただの殺人《さつじん》ではなく、四人《にん》の盟友《めいゆう》による正義《せいぎ》の裁《さば》きだというしるしを、死体《したい》に置《お》いていくつもりだったんだ。この手《て》の風変《ふうが》わりな思《おも》いつきは犯罪史《はんざいし》ではありふれていて、犯人《はんにん》の正体《しょうたい》を突《つ》きとめるうえで重要《じゅうよう》な手《て》がかりになることも少《すく》ない。ここまではのみこめたかい？」

「ああ、しっかりと」

「さて、このあとジョナサン・スモールにできることは？　ショルトーの息子《むすこ》たちの宝探《たからさが》しをこっそり監視《かんし》するしかないだろう。いったんイギリスを離《はな》れて、たまに偵察《ていさつ》に戻《もど》ってくるだけだったかもしれないが。やがて例《れい》の屋根裏部屋《やねうらべや》が発見《はっけん》されると、それを即座《そくざ》に聞《き》きつけた。ここにも使用人《しようにん》のなかにまぎれている内通者《ないつうしゃ》の匂《にお》いがするね。

しかし、建物《たてもの》の最上階《さいじょうかい》にあるバーソロミュー・ショルトーの部屋《へや》へ外《そと》から侵入《しんにゅう》するのは、義足《ぎそく》のスモールにはとうてい無理《むり》だ。そこでちょっと珍《めずら》しい仲間《なかま》を連《つ》れてくる。そいつはうまく侵入《しんにゅう》したものの、うっかり素足《すあし》をクレオソートに突《つ》っこんでしまった。そうしてトービーの出番《でばん》となり、脚《あし》を負傷《ふしょう》したもと軍医《ぐんい》までもが、一緒《いっしょ》に六マイル（約《やく》九・六キロ）の距離《きょり》を歩《ある》かされているわけだ」

「結局《けっきょく》のところ、実際《じっさい》に殺人《さつじん》を犯《おか》したのはジョナサン・スモールではなく仲間《なかま》のほうだったんだろう？」

「そのとおり。ジョナサン・スモールにとっては思《おも》いがけないことだったとみえる。室内《しつない》にはやつが足《あし》を踏《ふ》み鳴《な》らして歩《ある》きまわった跡《あと》がある。バーソロミュー・ショルトーにはなんの恨《うら》みもなかったはずだから、しばりあげて猿《さる》ぐつわをかませるくらいにしておきたかったろう。しかし、もはやどうにもできない。仲間《なかま》はすでに凶暴《きょうぼう》な本性《ほんしょう》をあらわにし、被害者《ひがいしゃ》は死《し》んだあとだ。

しかたなくジョナサン・スモールは例《れい》の紙切《かみき》れを残《のこ》し、宝《たから》の箱《はこ》をロープで地上《ちじょう》に下《お》ろしたあと自分《じぶん》も同《おな》じ要領《ようりょう》で逃《に》げた。以上《いじょう》が、現時点《げんじてん》で僕《ぼく》が解明《かいめい》できている事件《じけん》のいきさつだ。

スモールの人相風体《にんそうふうてい》について言《い》えば、当然《とうぜん》ながら中年男《ちゅうねんおとこ》で、アンダマン諸島《しょとう》のような猛暑《もうしょ》の土《と》地《ち》で刑《けい》に服《ふく》していたんだから真《ま》っ黒《くろ》に日焼《ひや》けしているにちがいない。身長《しんちょう》は歩幅《ほはば》から容易《ようい》に割《わ》りだせるし、ひげ面《づら》だということもわかっている。サディアス・ショルトーが、顔《かお》じゅうにむさ苦《くる》しいひげをもじゃもじゃ生《は》やしていたのをはっきり覚《おぼ》えていたからね。

まあ、ざっとこんなところかな」

「仲間《なかま》の男《おとこ》のことは？」

「ああ、そんなのは謎《なぞ》のうちに入《はい》らないよ。きみにもじきになにもかもわかるさ。

それより、どうだい、朝《あさ》の空気《くうき》のすがすがしいこと！　あそこに浮《う》かんでいる小《ちい》さなピンクの雲《くも》、巨大《きょだい》なフラミンゴから舞《ま》い落《お》ちた羽根《はね》みたいだと思《おも》わないか？　太陽《たいよう》の下《した》では大勢《おおぜい》の人々《ひとびと》が暮《く》らしているが、こんな奇妙《きみょう》な任務《にんむ》を背負《せお》っている者《もの》はきみと僕以外《ぼくいがい》には誰《だれ》もいないだろうな。

ところで、拳銃《けんじゅう》は持《も》ってきていないだろう？」

「ステッキがある」

「やつらのねぐらに着《つ》いたら、武器《ぶき》が必要《ひつよう》になりそうだ。スモールはきみにまかせればいいが、もう一人《ひとり》が手強《てごわ》い。物騒《ぶっそう》なまねをしたら僕《ぼく》が撃《う》つしかないな」

そう言《い》ってホームズは銃《じゅう》を取《と》りだし、弾《たま》を二発《はっ》こめてからジャケットの右《みぎ》ポケットにしまった。

私《わたし》たちはトービーに連《つ》れられるまま、郊外《こうがい》の住宅地《じゅうたくち》を抜《ぬ》け、ロンドンの中心地《ちゅうしんち》へと近《ちか》づいていった。街路《がいろ》では労働者《ろうどうしゃ》たちが仕事《しごと》に取《と》りかかっている。だらしない格好《かっこう》の女《おんな》たちが鎧戸《よろいど》を開《あ》けたり玄関先《げんかんさき》を掃除《そうじ》したりしている姿《すがた》も見《み》える。

街角《まちかど》では四角《しかく》い屋根《やね》をかぶったパブがちょうど開店《かいてん》したばかりで、朝《あさ》っぱらから一杯《いっぱい》引《ひ》っかけた客《きゃく》たちが、ひげの伸《の》びた顎《あご》を袖口《そでぐち》でぬぐいながら外《そと》へ出《で》てくる。ストレタム、さらにブリクストンを横断《おうだん》し、カンバーウェルもあとにして、いくつもの路地《ろじ》を通《とお》りながらオーヴァル競技場《きょうぎじょう》の東側《ひがしがわ》を抜《ぬ》け、ケニントン・レーンに入《はい》った。私《わたし》たちが追《お》っている犯人《はんにん》どもはおそらく人目《ひとめ》に触《ふ》れるのを警戒《けいかい》したのだろう、ジグザグの複雑《ふくざつ》な経路《けいろ》をたどっていた。表通《おもてどお》りを避《さ》けて、裏通《うらどお》りを選《えら》んでいるのがわかる。

ケニントン・レーンのはずれまで来《く》ると左《ひだり》へそれ、ボンド街《がい》を通《とお》り過《す》ぎ、マイルズ街《がい》を進《すす》んだ。ところが交差点《こうさてん》を折《お》れてナイツ・プレイスにさしかかったとたん、トービーが急《きゅう》に追跡《ついせき》をやめた。片耳《かたみみ》をぴんと立《た》て、もう一方《いっぽう》の耳《みみ》はたらし、その場《ば》で行《い》ったり来《き》たりを繰《く》り返《かえ》す。まさに犬《いぬ》が迷《まよ》っているときの姿《すがた》だ。そのうちに円《えん》を描《えが》きながらとぼとぼと歩《ある》きだし、ときおり私《わたし》たちを困《こま》ったような目《め》で見《み》あげた。

「どういうことだ、いったい？　連中《れんちゅう》が馬車《ばしゃ》や気球《ききゅう》を使《つか》ったはずはないんだが」ホームズがうなるように言《い》った。

「きっとここでしばらく立《た》ち止《ど》まっていたんだろう」と私《わたし》は言《い》った。

「おっ！　よし、だいじょうぶだ。動《うご》きだしたぞ」

ホームズの声《こえ》に安堵《あんど》がにじんだ。

トービーは再《ふたた》び追跡《ついせき》を開始《かいし》した。あたりを嗅《か》ぎまわったあと、突然勢《とつぜんいきお》いよく駆《か》けだしたのだ。それまでとは打《う》って変《か》わって、意気《いき》さかんな活力《かつりょく》みなぎる動《うご》きだった。臭《にお》いがさっきよりも強《つよ》いらしく、鼻《はな》を地面《じめん》にくっつけずにまっすぐ前《まえ》を向《む》き、首《くび》に結《ゆ》わえつけられている紐《ひも》をぐいぐい引《ひ》っ張《ぱ》りながら走《はし》っていく。

追跡劇《ついせきげき》もいよいよ大詰《おおづ》めだと思《おも》ったのだろう、ホームズは目《め》をらんらんと輝《かがや》かせていた。

私《わたし》たちはナイン・エルムズ地区《ちく》をひた走《はし》った。やがて〈白鷺亭《しろわしてい》〉のすぐ先《さき》にあるブロデリック・アンド・ネルスン社《しゃ》の大《おお》きな材木置《ざいもくお》き場《ば》まで来《く》ると、トービーはすさまじい興奮《こうふん》ぶりで脇《わき》の入《い》り口《ぐち》から飛《と》びこんだ。

敷地内《しきちない》では職人《しょくにん》たちが木挽《こび》きの作業《さぎょう》に取《と》りかかっていた。トービーはおがくずやかんなくずを踏《ふ》み越《こ》えて通路《つうろ》をまっしぐらに進《すす》み、材木《ざいもく》の山《やま》のあいだをくぐり抜《ぬ》けていった。最後《さいご》は手押《てお》し車《ぐるま》に置《お》かれたままの大樽《おおだる》にひらりと飛《と》び乗《の》って、誇《ほこ》らしげに甲高《かんだか》くわんと吠《ほ》えた。

舌《した》をだらりとたらして、樽《たる》のてっぺんに座《すわ》ったトービーは、つぶらな目《め》を輝《かがや》かせ、どんなもんだいとばかりに私《わたし》たちの顔《かお》を眺《なが》めている。見《み》ると、樽《たる》のまわりや手押《てお》し車《ぐるま》の車輪《しゃりん》には黒《くろ》い液体《えきたい》がべったりとついていて、あたりはクレオソートの強烈《きょうれつ》な臭《にお》いがぷんと立《た》ちこめていた。

ホームズと私《わたし》はあっけにとられて顔《かお》を見合《みあ》わせた。そのあとで急《きゅう》に笑《わら》いがこみあげ、二人《ふたり》して同時《どうじ》にぷっと噴《ふ》きだした。

「どうしたんだろうね？　トービーの天下無敵《てんかむてき》の嗅覚《きゅうかく》も、もはやこれまでか？」

「トービーなりにがんばってくれたよ」ホームズはトービーを樽《たる》から下《お》ろし、材木置《ざいもくお》き場《ば》の外《そと》へ連《つ》れだした。

「ロンドン全体《ぜんたい》で一日《いちにち》に運《はこ》ばれるクレオソートがいかに大量《たいりょう》かを考《かんが》えたら、僕《ぼく》らの追《お》っている臭《にお》いと混《ま》じったとしても不思議《ふしぎ》はない。トービーを責《せ》めるわけにはいかないよ」

「もとの場所《ばしょ》まで引《ひ》き返《かえ》して、やり直《なお》さないといけないだろうね」

「ああ、そうだな。トービーはナイツ・プレイスの角《かど》で迷《まよ》ってたな。きっとあそこには二つの臭《にお》いの筋《すじ》があったんだろう。まちがったほうを選《えら》んだから、ここへ来《き》てしまった。ということは、残《のこ》るもうひとつが正解《せいかい》だ」

迷《まよ》った地点《ちてん》までトービーを連《つ》れ戻《もど》すと、大《おお》きな円《えん》を描《えが》きながら臭《にお》いを念入《ねんい》りに確《たし》かめて、前回《ぜんかい》とはちがう方向《ほうこう》へ威勢《いせい》よく駆《か》けだした。

「注意《ちゅうい》しないと、さっきのクレオソートの場所《ばしょ》へ連《つ》れていかれるかもしれないぞ」私《わたし》は言《い》った。

「僕《ぼく》も同《おな》じことを考《かんが》えたよ。だが、トービーは歩道《ほどう》づたいに進《すす》んでいるだろう？　樽《たる》をのせた荷《に》車《ぐるま》なら車道《しゃどう》を通《とお》ってきたはずだ。心配《しんぱい》ない、今度《こんど》こそ本物《ほんもの》だよ」

たどっている道《みち》は、ベルモント・プレイスとプリンス街《がい》のあいだを抜《ぬ》けて、川岸《かわぎし》へと下《くだ》っていった。やがてブロード街《がい》のはずれで右《みぎ》へ曲《ま》がると、岸辺《きしべ》に造《つく》られた小《ちい》さな栈橋《さんばし》があった。トービーはそこまで私《わたし》たちを導《みちび》いていくと、鼻《はな》をくんくん鳴《な》らしながら暗《くら》い水面《すいめん》をのぞきこんだ。

「そういうことか。運《うん》が悪《わる》いな。連中《れんちゅう》はここから舟《ふね》に乗《の》ったんだ」

栈橋《さんばし》には平底舟《ひらぞこぶね》や小舟《こぶね》が何艘《なんそう》かつながれてあった。川《かわ》に浮《う》かんでいるそれらの舟《ふね》にトービーを順《じゅん》に乗《の》り移《うつ》らせ、臭《にお》いを嗅《か》いでまわらせたが、目立《めだ》った反応《はんのう》はなかった。

その栈橋《さんばし》の近《ちか》くに小《ちい》さなレンガ造《づく》りの家《いえ》が建《た》っていて、二つ目《め》の窓《まど》から木《き》の看板《かんばん》がぶら下《さ》がっていた。〝モーディカイ・スミス〟と大《おお》きく書《か》かれた名前《なまえ》の下《した》に、〝貸《か》し船《ぶね》——時間貸《じかんが》し、日貸《ひが》し〟という文字《もじ》が並《なら》んでいる。ドアの上《うえ》にあるもうひとつの看板《かんばん》によれば、蒸気船《じょうきせん》も所有《しょゆう》しているとのことだ。それを裏付《うらづ》けるように、栈橋《さんばし》には燃料《ねんりょう》を積《つ》みあげた大《おお》きな山《やま》がある。

ホームズはゆっくりとあたりを見《み》まわした。その表情《ひょうじょう》は不穏《ふおん》なほど険《けわ》しかった。

「まずいことになったな。やつらは予想以上《よそういじょう》の切《き》れ者《もの》だぞ。追《お》っ手《て》をまく準備《じゅんび》を入念《にゅうねん》にととのえてあったらしい」

ちょうどホームズが貸《か》し船屋《ぶねや》の入《い》り口《ぐち》へ近《ちか》づいていったとき、突然《とつぜん》ドアが開《ひら》いて、六歳《さい》ぐらいの髪《かみ》が縮《ちぢ》れた男《おとこ》の子《こ》が飛《と》びだしてきた。すぐあとから、まるまると太《ふと》った赤《あか》ら顔《がお》の女《おんな》が、大《おお》きなスポンジを手《て》に追《お》いかけてくる。

「ジャック、ちょっとお待《ま》ち！　ちゃんと洗《あら》わないと！」女《おんな》が大声《おおごえ》で言《い》う。

「ほら、早《はや》く戻《もど》っといで！　おまえって子《こ》はもう、ちっとも言《い》うことを聞《き》きやしない」

ホームズが、すぐさま声《こえ》をかける。

「いい子《こ》だ。薔薇色《ばらいろ》のほっぺがかわいいね。なあ、ジャック、きみはなにがほしいのかな？」

男《おとこ》の子《こ》は少《すこ》し考《かんが》えた。

「一シリングがほしい」

「それでいいのかい？　ほかにもっとほしいものは？」

利発《りはつ》な少年《しょうねん》は二度目《どめ》はしばらく考《かんが》えてから答《こた》えた。「二シリング！」

「そうか、よし、おじさんがあげよう。しっかり受《う》け取《と》れよ、ほら！　やあ、元気《げんき》のいい子《こ》ですね、スミスのおかみさん！」

「あらまあ、すみません。ほんとに腕白坊主《わんぱくぼうず》で困《こま》ります。亭主《ていしゅ》が家《いえ》をあけてるもんだから、よけい手《て》に負《お》えなくて」

「おや、ご亭主《ていしゅ》はお留守《るす》ですか……それは残念《ざんねん》だな。相談《そうだん》したいことがあったんだが」

「昨日《きのう》の朝早《あさはや》く出《で》かけたっきり、戻《もど》ってこないんですよ。実《じつ》を言《い》うと、ちょっと心配《しんぱい》になってきましてね。

あ、でも、船《ふね》のことならあたしに言《い》ってもらえれば、たぶんわかると思《おも》いますけど」

「おたくの蒸気船《じょうきせん》を借《か》りたいんだが」

「あら困《こま》った、あいにくと蒸気船《じょうきせん》は亭主《ていしゅ》が乗《の》ってったんですよ。なんだか妙《みょう》な具合《ぐあい》でしてね。せいぜいウリッジとのあいだを往復《おうふく》できるくらいの石炭《せきたん》しか積《つ》んでないんです。手漕《てこ》ぎ舟《ぶね》で出《で》かけたんなら、心配《しんぱい》なんかしないんですけどね。用事《ようじ》を頼《たの》まれてグレイヴズエンドまで行《い》ったことは何度《なんど》もありますから。向《む》こうで仕事《しごと》が忙《いそが》しければ、何日《なんにち》か帰《かえ》ってこなくたってべつに不思議《ふしぎ》じゃありません。でも蒸気船《じょうきせん》ですよ。石炭《せきたん》がなくなったらなんの役《やく》にも立《た》たないでしょうに」

「なくなっても、下流《かりゅう》のどこかの波止場《はとば》で調達《ちょうたつ》できるんじゃないかな」

「でもねえ、うちの亭主《ていしゅ》がそうするとは思《おも》えないんですよ。ほんの数袋《すうふくろ》にばか高《たか》い値段《ねだん》を吹《ふ》っかけられるって、しょっちゅう文句《もんく》を言《い》ってますから。それに、あたしはあの義足《ぎそく》の男《おとこ》がどうも気《き》に入《い》らないんです。みっともない顔《かお》をして、しゃべり方《かた》も普通《ふつう》じゃないんですよ。なんの用《よう》だか知《し》りませんけど、このへんをしつこくうろついてましたしね」

「へえ、義足《ぎそく》の男《おとこ》が？」ホームズは何食《なにく》わぬ顔《かお》で驚《おどろ》いてみせた。

「そうなんですよ。日《ひ》に焼《や》けて、顔《かお》が猿《さる》そっくり。うちの亭主《ていしゅ》を何度《なんど》も訪《たず》ねてきましてね、昨日《きのう》も夜中《よなか》にまだ寝《ね》てるところへ押《お》しかけてきたんですよ。だけど亭主《ていしゅ》のほうも蒸気船《じょうきせん》の準備《じゅんび》をしてたんで、前《まえ》もって約束《やくそく》してたんでしょうね。こっちとしちゃ、気《き》がかりでなりませんよ」

ホームズは肩《かた》をすくめて言《い》った。

「心配性《しんぱいしょう》ですね。ただの思《おも》い過《す》ごしですよ。だいたい、夜中《よなか》にやって来《き》たのは本当《ほんとう》にその義足《ぎそく》の男《おとこ》なんですか？　別人《べつじん》かもしれませんよ。おかみさんがそこまで言《い》いきる理由《りゆう》がわからないなあ」

「声《こえ》を聞《き》いて、ぴんと来《き》たんですよ。太《ふと》くて、こもった感《かん》じの独特《どくとく》の声《こえ》ですからね。その男《おとこ》が窓《まど》をたたいて言《い》ったんです。あれは三時頃《じごろ》でしたかねえ。『おい、起《お》きな、相棒《あいぼう》。出番《でばん》だぜ』って。そうしたら、亭主《ていしゅ》はジムを――長男《ちょうなん》を起《お》こして出《で》かけちまったんです。あたしにはなんにも言《い》わないで。義足《ぎそく》が石畳《いしだたみ》の上《うえ》でコツコツいうのがはっきり聞《き》こえましたよ」

「ああ、そう。義足《ぎそく》の男《おとこ》は一人《ひとり》で来《き》たのかな？」

「わかりません。でも、ほかに足音《あしおと》はしませんでしたよ」

「それにしても残念《ざんねん》だな。スミスさんの蒸気船《じょうきせん》をぜひ借《か》りたかったんだが。なかなか評判《ひょうばん》なんですよ。ええと、なんて言《い》ったかな、蒸気船《じょうきせん》の名前《なまえ》は」

「オーロラ号《ごう》ですよ、旦那《だんな》」

「そうだった！　緑《みどり》に黄色《きいろ》い線《せん》が入《はい》った、幅《はば》の広《ひろ》い、だいぶ古《ふる》びたやつですよね」

「ちがいますよ、うちのはテムズ川《がわ》じゃ珍《めずら》しいくらいすっきりした形《かたち》で、ペンキも塗《ぬ》り直《なお》したばかりのぴかぴかなんです。色《いろ》は黒《くろ》に赤《あか》い線《せん》が二本《ほん》です」

「そうか、ありがとう。ご主人《しゅじん》から早《はや》く連絡《れんらく》があるといいですね。これから川《かわ》を下《くだ》るので、オーロラ号《ごう》らしいのを見《み》つけたら、おかみさんが心配《しんぱい》していると伝《つた》えておきましょう。ええと、煙突《えんとつ》は黒《くろ》だったね？」

「黒地《くろじ》に白《しろ》い帯《おび》ですけど」

「ああ、そうか、黒《くろ》は胴体《どうたい》のほうだった。それじゃ、また、おかみさん。ワトスン、あそこに船頭《せんどう》が乗《の》った渡《わた》し船《ぶね》がいる。あれで向《む》こう岸《ぎし》へ渡《わた》ろう」

渡《わた》し船《ぶね》に乗《の》りこんで腰《こし》を下《お》ろしたあと、ホームズが言《い》った。

「ああいう人《ひと》たちの場合《ばあい》、どうってことない用《よう》だと思《おも》わせることが肝心《かんじん》なんだ。自分《じぶん》の知《し》っていることが相手《あいて》にとって重要《じゅうよう》らしいと感《かん》じたとたん、牡蠣《かき》みたいに口《くち》を固《かた》く閉《と》じてしまうからね。さっきみたいにべつにどうでもいいような態度《たいど》で話《はなし》を聞《き》けば、必要《ひつよう》な情報《じょうほう》はたいがい手《て》に入《はい》るものさ」

「おかげで目指《めざ》す方向《ほうこう》がはっきりしてきたね」私《わたし》は言《い》った。

「きみなら次《つぎ》にどうする？」

「蒸気船《じょうきせん》を雇《やと》って、オーロラ号《ごう》を追《お》いかける」

「なあ、それはとんでもなく骨《ほね》の折《お》れる仕事《しごと》だよ。波止場《はとば》はここからグリニッジまでいくつもあるのに、オーロラ号《ごう》の居場所《いばしょ》は川岸《かわぎし》のどちら側《がわ》かもわからないときている。そのうえヴォクスホール橋《ばし》から先《さき》の下流《かりゅう》は何《なん》マイルにもわたって、それこそ桟橋《さんばし》の迷路《めいろ》なんだ。僕《ぼく》ら二人《ふたり》だけで探《さが》すとしたら、数日《すうじつ》やそこらでは絶対《ぜったい》に終《お》わらない」

「だったら警察《けいさつ》に応援《おうえん》を頼《たの》もう」

「お断《ことわ》りだ。仕上《しあ》げの段階《だんかい》に入《はい》った頃《ころ》にでも、アセルニー・ジョーンズ警部《けいぶ》を呼《よ》んで手伝《てつだ》わせるとしよう。彼《かれ》は悪《わる》い人間《にんげん》ではないから、あちらの刑事《けいじ》としての面目《めんぼく》をつぶすつもりは毛頭《もうとう》ないが、ここまで来《き》たからには自力《じりき》で解決《かいけつ》に漕《こ》ぎ着《つ》けたいんだ」

「だったら新聞《しんぶん》に広告《こうこく》を出《だ》して、波止場《はとば》の管理人《かんりにん》に情報提供《じょうほうていきょう》を求《もと》めてみてはどうだろう？」

「ワトスン、それはまずいよ！　敵《てき》に手《て》の内《うち》をさらすことになる。追《お》っ手《て》が迫《せま》っていると察知《さっち》したら、やつらはただちに海外《かいがい》へ逃亡《とうぼう》するにちがいない。逆《ぎゃく》に、ひとまず安全《あんぜん》だと感《かん》じれば、急《いそ》いで行動《こうどう》を起《お》こすことはないだろう。ジョーンズが役立《やくだ》ってくれるのはそこだね。事件《じけん》に対《たい》する彼《かれ》の見解《けんかい》は必《かなら》ず新聞《しんぶん》に載《の》る。それを読《よ》んだ犯人《はんにん》どもは、警察《けいさつ》は見当違《けんとうちが》いの捜査《そうさ》をしていると思《おも》いこんで油断《ゆだん》するはずだ」

私《わたし》たちはミルバンク監獄《かんごく》に近《ちか》い川岸《かわぎし》で渡《わた》し船《ぶね》を降《お》りた。

「じゃあ、このあとどうするつもりだい？」と私《わたし》はきいた。

「この辻馬車《つじばしゃ》で家《いえ》に帰《かえ》るのさ。そして朝食《ちょうしょく》を済《す》ませたら、一時間《じかん》ほど寝《ね》る。今夜《こんや》も長旅《ながたび》が待《ま》っているだろうからね。

御者《ぎょしゃ》くん、電報《でんぽう》を打《う》ちたいんだ、途中《とちゅう》で郵便局《ゆうびんきょく》に停《と》めてくれ。トービーはこのまま預《あず》かっておこう。活躍《かつやく》の機会《きかい》がまだあるかもしれない」

馬車《ばしゃ》はグレート・ピーター街《がい》の郵便局《ゆうびんきょく》に寄《よ》り、ホームズがそこで電報《でんぽう》を打《う》った。

「誰《だれ》に宛《あ》てたと思《おも》う？」馬車《ばしゃ》が再《ふたた》び走《はし》りだすと、ホームズは言《い》った。

「ベイカー街少年団《がいしょうねんだん》を覚《おぼ》えているかい？　ジェファースン・ホープの事件《じけん》で協力《きょうりょく》してもらった小《ちい》さな探偵《たんてい》たちだよ」

「ああ、覚《おぼ》えているとも」私《わたし》は笑《わら》って答《こた》えた。「これは連中《れんちゅう》にもってこいの事件《じけん》だからね。手段《しゅだん》はほかにもあるが、まずはあの子《こ》たちにまかせよう。電報《でんぽう》は真《ま》っ黒《くろ》に汚《よご》れたウィギンズ隊長《たいちょう》に打《う》ったんだ。僕《ぼく》らが朝食《ちょうしょく》を終《お》える頃《ころ》には仲間《なかま》を引《ひ》き連《つ》れてやって来《く》るだろう」

時刻《じこく》は八時《じ》と九時《じ》のあいだだった。次《つぎ》から次《つぎ》へいろいろなことが起《お》きて、興奮続《こうふんつづ》きの一夜《いちや》を過《す》ごした私《わたし》は、気《き》が抜《ぬ》けて、くたくたに疲《つか》れていた。頭《あたま》はぼうっとしているし、体《からだ》はだるくて力《ちから》が入《はい》らない。ホームズの原動力《げんどうりょく》となっている探偵魂《たんていだましい》など持《も》ち合《あ》わせてはいないし、事件《じけん》を客観的《きゃっかんてき》にとらえることもできずにいた。

バーソロミュー・ショルトーの死《し》については、聞《き》いたところでは、良《い》い人《ひと》とは言《い》いがたかったようなので、殺人犯《さつじんはん》たちに対《たい》してさほど強《つよ》い嫌悪感《けんおかん》は湧《わ》いてこない。だが財宝《ざいほう》のことは大《おお》いに気《き》にかかる。

モースタン嬢《じょう》には、たとえ一部《いちぶ》にしろ、その財宝《ざいほう》を受《う》け取《と》る権利《けんり》がある。財宝《ざいほう》が見《み》つかれば、彼女《かのじょ》は私《わたし》の手《て》が届《とど》かない存在《そんざい》になってしまう。もちろん、そんな考《かんが》えにぐらつくような愛《あい》は愛《あい》とは呼《よ》べない。ホームズが犯人探《はんにんさが》しに情熱《じょうねつ》を傾《かたむ》けているように、私《わたし》も宝探《たからさが》しに心血《しんけつ》を注《そそ》ごうではないか。それに値《あたい》する特別《とくべつ》な理由《りゆう》があるのだから。

ベイカー街《がい》の部屋《へや》に戻《もど》って風呂《ふろ》に浸《つ》かり、服《ふく》を全部《ぜんぶ》着替《きが》えたあとは、驚《おどろ》くほど気分《きぶん》がすっきりした。居間《いま》へ下《お》りていくとテーブルには朝食《ちょうしょく》が並《なら》んでいて、ホームズがコーヒーを注《つ》いでいるところだった。

「ほら、あったよ」彼《かれ》は広《ひろ》げた新聞《しんぶん》を笑《わら》いながら指《さ》した。「行動派《こうどうは》のジョーンズと神出鬼没《しんしゅつきぼつ》の新聞記者《しんぶんきしゃ》が勝手《かって》に話《はなし》を作《つく》りあげている。だが、きみにすれば事件《じけん》のことはもうたくさんと言《い》いたいところだろう。ひとまずハムエッグを腹《はら》におさめるといい」

私《わたし》はホームズから《スタンダード》紙《し》を受《う》け取《と》って、「アッパー・ノーウッドの怪事件《かいじけん》」と見《み》出《だ》しのついた短《みじか》い記事《きじ》に目《め》を通《とお》した。

**昨夜《さくや》十二時頃《じごろ》**、アッパー・ノーウッドのポンディシェリ荘《そう》に住《す》むバーソロミュー・ショルトー氏《し》が、**自室《じしつ》で死亡《しぼう》**しているのが**発見《はっけん》**された。**現場《げんば》の状況《じょうきょう》**から**殺人《さつじん》**とみられている。**当紙《とうし》**がつかんでいる**情報《じょうほう》**では、ショルトー氏《し》の**死体《したい》**に**暴行《ぼうこう》**の**跡《あと》**は**認《みと》**められないものの、**父親《ちちおや》**から**相続《そうぞく》**した**高価《こうか》**なインドの**宝石《ほうせき》**コレクションが**紛失《ふんしつ》**しているとのことである。**第《だい》一発見者《いちはっけんしゃ》**はシャーロック・ホームズ**氏《し》**とワトスン**博士《はかせ》**で、**被害者《ひがいしゃ》**の**実弟《じってい》**であるサディアス・ショルトー氏《し》とともに当家《とうけ》を訪《おとず》れていた。

たまたまノーウッド警察署《けいさつしょ》に居合《いあ》わせたスコットランド・ヤードの名刑事《めいけいじ》アセルニー・ジョーンズ氏《し》が、通報《つうほう》から三十分以内《ぷんいない》に現場《げんば》へ駆《か》けつけた。そしてただちに捜査《そうさ》を開始《かいし》、被害者《ひがいしゃ》の弟《おとうと》サディアス・ショルトー氏《し》をはじめ、家政婦《かせいふ》バーンストン夫人《ふじん》、インド人執事《じんしつじ》ラル・ラオ、門番《もんばん》のマクマードを逮捕《たいほ》した。

また、単独《たんどく》あるいは複数《ふくすう》の犯人《はんにん》は家《いえ》の内部《ないぶ》の事情《じじょう》に詳《くわ》しいことも判明《はんめい》した。侵入経路《しんにゅうけいろ》が屋根《やね》のはねあげ戸《ど》と特定《とくてい》されたからである。通常《つうじょう》のドアや窓《まど》ではなく、建物《たてもの》の外《そと》から屋根《やね》へ上《あ》がり、遺体《いたい》が発見《はっけん》された部屋《へや》に通《つう》じる屋根裏《やねうら》へじかに忍《しの》びこんだという事実《じじつ》から、単純《たんじゅん》な物盗《ものと》りの犯行《はんこう》ではないことは明《あき》らかだ。

警察当局《けいさつとうきょく》のこうした働《はたら》きを通《とお》して、ベテラン刑事《けいじ》の重要性《じゅうようせい》がはっきりした。警察《けいさつ》の力《ちから》を地方《ちほう》に分散《ぶんさん》させて、捜査任務《そうさにんむ》にあたれば、事件《じけん》とより緊密《きんみつ》に関《かか》わり、効果的《こうかてき》な捜査《そうさ》ができるという説《せつ》を裏付《うらづ》けるものとなった。


「どうだい、すごいだろう!」ホームズがにやりと笑《わら》ってコーヒーカップを口《くち》へ運《はこ》ぶ。

「ご感想《かんそう》は、ワトスン?」

「一歩《いっぽ》まちがえば、ぼくらも逮捕《たいほ》されていたかもしれないね」

「ああ、まったくだ。安心《あんしん》するのはまだ早《はや》い。ジョーンズがまた暴《あば》れはじめたら、今度《こんど》はどうなるかわからないからね」

と、そのとき、階下《かいか》で玄関《げんかん》の呼《よ》び鈴《りん》がけたたましく鳴《な》った。続《つづ》いて下宿《げしゅく》のおかみさんのハドスン夫人《ふじん》が、うろたえた声《こえ》で泣《な》き叫《さけ》ばんばかりに誰《だれ》かを止《と》めようとしているのが聞《き》こえてきた。

「たいへんだ、ホームズ！　警察《けいさつ》がもう踏《ふ》みこんできた。二人《ふたり》とも逮捕《たいほ》されてしまう」

「ちがうよ。そうじゃないから慌《あわ》てるな。あれは警察《けいさつ》ではなくて――ベイカー街少年団《がいしょうねんだん》だ」

部屋《へや》の外《そと》で、階段《かいだん》をぱたぱたとはだしで駆《か》けあがってくる足音《あしおと》や、甲高《かんだか》い話《はな》し声《ごえ》が響《ひび》いたかと思《おも》うと、みすぼらしい格好《かっこう》をした宿無《やどな》し子《ご》たちが十人《にん》ばかり部屋《へや》に飛《と》びこんできた。

入《はい》ってくるまでは騒々《そうぞう》しかったが、私《わたし》たちの前《まえ》に来《く》るとさっと整列《せいれつ》し、指令《しれい》を待《ま》つように気《き》をつけの姿勢《しせい》になった。

一番背《いちばんせ》の高《たか》い最年長《さいねんちょう》とおぼしき少年《しょうねん》が、服《ふく》はみすぼらしいけれども、得意《とくい》げに胸《むね》を張《は》って前《まえ》へ進《すす》み出《で》た。

「電報《でんぽう》をもらったんで、すぐにみんなを集《あつ》めたよ、旦那《だんな》。手間賃《てまちん》は三シリング六ペンスで」

「いま渡《わた》す」ホームズはポケットから銀貨《ぎんか》を数枚《すうまい》取《と》りだした。

「いいか、ウィギンズ、これからはきみがみんなの報告《ほうこく》をとりまとめて、一人《ひとり》で来《く》るように。こんなふうに大勢《おおぜい》で押《お》しかけてきたら、ハドスンさんに迷惑《めいわく》がかかる。だが今日《きょう》のところは、せっかく集《あつ》まったんだから、全員《ぜんいん》にじかに指示《しじ》を伝《つた》えよう。オーロラ号《ごう》という蒸気船《じょうきせん》を探《さが》している。持《も》ち主《ぬし》はモーディカイ・スミス。船体《せんたい》は黒《くろ》で、赤《あか》い線《せん》が二本入《ほんはい》っている。煙突《えんとつ》は黒地《くろじ》に白《しろ》い帯《おび》が一本《ぽん》。テムズ川《がわ》の下流《かりゅう》のほうにいるはずだ。戻《もど》ってきたらすぐにわかるように、誰《だれ》か一人《ひとり》、ミルバンク監獄《かんごく》の対岸《たいがん》にあるスミスのところの桟橋《さんばし》を見張《みは》ってくれ。残《のこ》りの者《もの》は二手《ふたて》に分《わ》かれて、両岸《りょうぎし》をくまなく探《さが》すこと。見《み》つかったら、ただちに知《し》らせるように。わかったね？」

「はい、旦那《だんな》」ウィギンズが答《こた》えた。

「日当《にっとう》はいつもどおり。目的《もくてき》の船《ふね》を見《み》つけた子《こ》には一ギニー上乗《うわの》せする。これは一日分《にちぶん》の前払《まえばら》いだ。では、ただちに解散《かいさん》！」

ホームズから一シリングずつ手渡《てわた》されたあと、少年《しょうねん》たちはがやがやと階段《かいだん》を下《お》りていった。すぐに通《とお》りへ勢《いきお》いよく飛《と》びだしていく姿《すがた》が窓《まど》の外《そと》に見《み》えた。

「オーロラ号《ごう》が川《かわ》に浮《う》かんでさえいれば、ベイカー街少年団《がいしょうねんだん》が必《かなら》ず見《み》つけるよ」ホームズは食卓《しょくたく》を離《はな》れ、パイプに火《ひ》をつけながら言《い》った。

「あの子《こ》たちならどこへでも行《い》けて、なんでも見《み》られるし、誰《だれ》の話《はなし》だろうと立《た》ち聞《ぎ》きできる。夕方《ゆうがた》までには探《さが》しだして報告《ほうこく》してくるだろう。こっちはそれを待《ま》つしかないな。

オーロラ号《ごう》か、モーディカイ・スミスのどちらかが見《み》つからないかぎり、切《き》れた追跡《ついせき》の糸《いと》はつながらない」

「トービーに朝食《ちょうしょく》の残《のこ》りをやっておこうか。きみはこれから少《すこ》し寝《ね》るんだろう、ホームズ？」

「いや、疲《つか》れていないからやめたよ。変《か》わった体質《たいしつ》でね。暇《ひま》をもてあますと疲《つか》れてしまうが、仕事《しごと》に熱中《ねっちゅう》しているあいだは疲《つか》れ知《し》らずなんだ。さあ、麗《うるわ》しき依頼人《いらいにん》が持《も》ちこんだ今回《こんかい》の風変《ふうが》わりな事件《じけん》を、じっくりおさらいするとしよう。

僕《ぼく》らがいま抱《かか》えている事件《じけん》は簡単《かんたん》な仕事《しごと》なんだ。義足《ぎそく》の男《おとこ》というのもどこにでもいるわけじゃないし、もう一人《ひとり》のほうはもっと珍《めずら》しい、めったにお目《め》にかかれない存在《そんざい》なんだから」

「そう、知《し》りたいのはもう一人《ひとり》のほうだよ！」

「いつまでも謎《なぞ》めかしておくつもりはないが、きみなりにどういう人物《じんぶつ》か考《かんが》えてみたんだろうね、ワトスン？

いいかい、判明《はんめい》している事実《じじつ》を並《なら》べてみるんだ。小《ちい》さな足跡《あしあと》、靴《くつ》に押《お》しこまれたことのない広《ひろ》がった爪先《つまさき》、素足《すあし》、先端《せんたん》に石《いし》をくくりつけた棍棒《こんぼう》、驚異的《きょういてき》なまでの敏捷《びんしょう》さ、小《ちい》さな毒矢《どくや》。さあ、以上《いじょう》のことからなにを連想《れんそう》する？」

「ジョナサン・スモールにはインド人《じん》の仲間《なかま》がいた。そのうちの一人《ひとり》だよ」

「いや、例《れい》の奇妙《きみょう》な凶器《きょうき》を見《み》たときは僕《ぼく》もそうかと思《おも》ったが、あの特徴的《とくちょうてき》な足跡《あしあと》を目《め》にして考《かんが》えをあらためたよ。インド亜大陸《あたいりく》の住人《じゅうにん》にも小柄《こがら》な者《もの》はいるが、ああいう足跡《あしあと》の持《も》ち主《ぬし》は一人《ひとり》もいないはずだ。ヒンズー系《けい》の足《あし》は細長《ほそなが》い形《かたち》をしている。イスラム教徒《きょうと》ならサンダルを履《は》くから、親《おや》指《ゆび》だけほかの四本《ほん》とはっきり離《はな》れているだろう。

それに、あの短《みじか》い毒矢《どくや》だがね、飛《と》ばし方《かた》はひとつきりだ。吹《ふ》き矢筒《やづつ》を使《つか》うのさ。さあ、そうなると、あてはまる民族《みんぞく》はどこにいる？」

「南《みなみ》アメリカかな」私《わたし》は思《おも》いつきで言《い》ってみた。

ホームズは腕《うで》を伸《の》ばして、本棚《ほんだな》から分厚《ぶあつ》い本《ほん》を抜《ぬ》きだした。

「これは現在刊行中《げんざいかんこうちゅう》の地名辞典《ちめいじてん》の第《だい》一巻《かん》だ。最新《さいしん》の信頼《しんらい》できる情報《じょうほう》と見《み》ていい。さあ、ここにはどんな記述《きじゅつ》が載《の》っているかな？

『アンダマン諸島《しょとう》――ベンガル湾《わん》に浮《う》かぶ島々《しまじま》で、スマトラの北方《ほっぽう》三百四十マイル（約《やく》五百五十キロ）に位置《いち》する』――ああ、あった、ここだ！

『アンダマン諸島《しょとう》の先住民《せんじゅうみん》は、おそらく地球上《ちきゅうじょう》で最小《さいしょう》の種族《しゅぞく》であろう。平均身長《へいきんしんちょう》は四フィート（約《やく》百二十二センチ）に満《み》たず、これをはるかに下回《したまわ》る成人《せいじん》も数多《かずおお》く見受《みう》けられる。気性《きしょう》は荒《あら》く、強情《ごうじょう》で気難《きむずか》しいが、いったん信頼関係《しんらいかんけい》が生《う》まれれば、確固《かっこ》たる厚《あつ》い友情《ゆうじょう》を築《きず》くという傾向《けいこう》がある』

いまの部分《ぶぶん》、覚《おぼ》えておいてくれよ、ワトスン。さあ、では続《つづ》きだ。

『大《おお》きなゆがんだ頭部《とうぶ》と小《ちい》さな険《けわ》しい目《め》を持《も》っている。手足《てあし》は著《いちじる》しく小《ちい》さい。好戦的《こうせんてき》な猛々《たけだけ》しい性格《せいかく》であるため、イギリス政府《せいふ》はいまだ友好関係《ゆうこうかんけい》を確立《かくりつ》できていない。また、この種族《しゅぞく》は難破《なんぱ》して流《なが》れ着《つ》いた生存者《せいぞんしゃ》を、棍棒《こんぼう》でなぐりつけたり、毒矢《どくや》を放《はな》ったりして襲《おそ》い、祭《まつ》りのいけにえにすると伝《つた》えられている』

なかなか愛嬌《あいきょう》のある親切《しんせつ》な人《ひと》たちじゃないか、ワトスン！　こいつがやりたい放題《ほうだい》にやっていたら、さらに恐《おそ》ろしくむごたらしい事件《じけん》になっていただろう。実際《じっさい》に起《お》きたことだけでもこれだけ残忍《ざんにん》なんだ、いま頃《ごろ》ジョナサン・スモールは相棒《あいぼう》に選《えら》ぶ相手《あいて》をまちがえたと後悔《こうかい》しているにちがいない」

「どうして、よりによってそんなやつと手《て》を組《く》んだのかな」

「さあね。しかし、スモールはアンダマン諸島《しょとう》から来《き》たと断定《だんてい》していいだろうから、そこの島民《とうみん》が一緒《いっしょ》について来《き》たとしてもおかしくないさ。まあ、真相《しんそう》はおいおい明《あき》らかになるだろう。それよりワトスン、ずいぶんくたびれた顔《かお》をしているね。ソファで横《よこ》になりたまえ。僕《ぼく》が眠《ねむ》らせてあげるよ」

ホームズは部屋《へや》の隅《すみ》からヴァイオリンを取《と》ってくると、ソファに寝《ね》そべった私《わたし》のかたわらで、夢見《ゆめみ》るような美《うつく》しい旋律《せんりつ》を低《ひく》く静《しず》かに奏《かな》ではじめた——きっと彼《かれ》が自分《じぶん》で作《つく》った曲《きょく》なのだろう。ほっそりした長《なが》い腕《うで》、真剣《しんけん》な面持《おもも》ち、上下《じょうげ》に動《うご》く弓《ゆみ》をおぼろげに記憶《きおく》している。

穏《おだ》やかな音《おと》の波間《なみま》を心地《ここち》よくたゆたいながら、いつしかまどろみへといざなわれ、私《わたし》は夢《ゆめ》の国《くに》で美《うつく》しいメアリー・モースタン嬢《じょう》に優《やさ》しく見守《みまも》られていた。

# 9 断《た》たれた鎖《くさり》

すっきりした気分《きぶん》で目覚《めざ》めたのは、翌日《よくじつ》の午後《ごご》も遅《おそ》い時刻《じこく》になってからだった。ホームズは私《わたし》が眠《ねむ》りに落《お》ちる前《まえ》とまったく同《おな》じ姿勢《しせい》で座《すわ》っていた。もっともヴァイオリンは脇《わき》に置《お》いて、いまは本《ほん》を手《て》に読《よ》みふけっていたが。

私《わたし》がかすかに身動《みうご》きすると、彼《かれ》は顔《かお》を上《あ》げてこちらを見《み》た。面食《めんく》らったような沈《しず》んだ表情《ひょうじょう》をしていた。

「ぐっすり眠《ねむ》っていたね。話《はな》し声《ごえ》で起《お》きるんじゃないかと心配《しんぱい》したが」

「全然《ぜんぜん》気《き》づかなかったよ」私《わたし》は答《こた》えた。

「それじゃ、新《あたら》しい情報《じょうほう》が入《はい》ったのかい、ホームズ？」

「それが、まだなんだ。本音《ほんね》を言《い》うと、がっかりしている。いいかげんはっきりしてもいい頃《ころ》なんだが。

たったいまウィギンズが報告《ほうこく》に来《き》たところでね。例《れい》の蒸気船《じょうきせん》の行方《ゆくえ》はさっぱりわからないそうだ。事《こと》は一刻《いっこく》を争《あらそ》うというのに、ここで暗礁《あんしょう》に乗《の》りあげるとは歯《は》がゆいじゃないか」

「ぼくにできることはないか？　もう疲《つか》れはすっかりとれた。なんだったらもう一晩《ひとばん》、徹夜《てつや》の冒《ぼう》険《けん》をやってもかまわないよ」

「いや、いまは手詰《てづ》まりなんだ。ただ待《ま》つしかない。二人《ふたり》とも外出《がいしゅつ》すると、留守《るす》のあいだに報告《ほうこく》が入《はい》った場合《ばあい》、対応《たいおう》が遅《おく》れてしまうから、僕《ぼく》はここで待機《たいき》する。きみは好《す》きなようにしたまえ」

「じゃあ、ちょっとカンバーウェルまで、フォレスター夫人《ふじん》に会《あ》いにいくとするかな。ぜひ訪《たず》ねてきてくれと昨夜《さくや》言《い》われたんだ」

「フォレスター夫人《ふじん》にね」ホームズは目《め》をいたずらっぽく輝《かがや》かせて笑《わら》った。

「ああ、まあ、もちろん、モースタンさんにも。どういう事態《じたい》なのか、二人《ふたり》とも知《し》りたがっていたんだ」

「僕《ぼく》だったら詳《くわ》しいことは話《はな》さないでおくがね。女性《じょせい》というのは完全《かんぜん》には信用《しんよう》できない――どんなに立派《りっぱ》なご婦人《ふじん》であろうと」

ホームズの失礼《しつれい》な意見《いけん》は黙《だま》って聞《き》き流《なが》した。

「一、二時間《じかん》で戻《もど》るよ」私《わたし》はそれだけ言《い》った。

「いいとも！　幸運《こううん》を祈《いの》る！　ああ、そうだ、川《かわ》を渡《わた》るなら、ついでにトービーを返《かえ》してきてくれないか？　もう出番《でばん》はなさそうだから」

というわけで、私《わたし》はトービーを連《つ》れて出発《しゅっぱつ》し、シャーマン老人《ろうじん》に半《はん》ポンド金貨《きんか》を添《そ》えて犬《いぬ》を返《かえ》したあと、カンバーウェルへ向《む》かった。

フォレスター夫人宅《ふじんたく》を訪《たず》ねると、モースタン嬢《じょう》は前日《ぜんじつ》の疲《つか》れがまだ残《のこ》っている様子《ようす》だったが、私《わたし》の話《はなし》に熱心《ねっしん》に聞《き》き入《い》った。フォレスター夫人《ふじん》もかなり気《き》になるようだった。

私《わたし》は昨夜《さくや》の冒険《ぼうけん》について詳《くわ》しく聞《き》かせたが、事件《じけん》の残酷《ざんこく》な部分《ぶぶん》は除《のぞ》いた。兄《あに》のショルトー氏《し》のことは亡《な》くなったとだけ伝《つた》え、殺人《さつじん》の手口《てぐち》や遺体《いたい》の状態《じょうたい》については一言《ひとこと》も触《ふ》れなかった。それでも聞《き》き手《て》の二人《ふたり》は驚嘆《きょうたん》をあらわにした。

フォレスター夫人《ふじん》は興奮《こうふん》して言《い》った。

「ロマンたっぷり！　哀《あわ》れな乙女《おとめ》、五十万《まん》ポンドの財宝《ざいほう》、南洋《なんよう》の民族《みんぞく》、義足《ぎそく》の悪党《あくとう》。昔《むかし》ながらのドラゴンや邪悪《じゃあく》な伯爵《はくしゃく》も顔負《かおま》けの波瀾万丈《はらんばんじょう》の物語《ものがたり》ね」

「救《すく》いの手《て》を差《さ》し伸《の》べる二人《ふたり》の騎士《きし》も忘《わす》れてはいけませんわ」モースタン嬢《じょう》が目《め》を輝《かがや》かせて私《わたし》をちらりと見《み》た。

「まあ、メアリー、あなたの運命《うんめい》がかかっているのよ。大金持《おおがねも》ちになるのがどういうことか、ちょっと想像《そうぞう》してごらんなさいな。なんでも思《おも》いどおりにできるなんて、すばらしいじゃないの！」

期待《きたい》に胸《むね》をふくらませている様子《ようす》がまったくないモースタン嬢《じょう》を見《み》て、私《わたし》の心《こころ》の奥《おく》で喜《よろこ》びが小《ちい》さく波立《なみだ》った。彼女《かのじょ》は喜《よろこ》ぶどころか、さして関心《かんしん》のなさそうな態度《たいど》で顔《かお》を上《あ》げた。

「心配《しんぱい》なのはサディアス・ショルトーさんのことです。とても親切《しんせつ》な方《かた》で、ずっと潔《いさぎよ》くふるまってこられたのに、こんなひどい濡《ぬ》れ衣《ぎぬ》を着《き》せられるなんて。なんとかして疑《うたが》いを晴《は》らしてさしあげなくては」

カンバーウェルをあとにしたのは夕方《ゆうがた》だったので、ベイカー街《がい》に帰《かえ》り着《つ》いたときにはもう暗《くら》くなっていた。本《ほん》とパイプはいつもの椅子《いす》のそばにあったが、ホームズの姿《すがた》はどこにもなかった。置《お》き手紙《てがみ》はないかと探《さが》しまわってみると、それも見《み》あたらない。

「ホームズは出《で》かけたようだね」私《わたし》はブラインドを閉《し》めにきたハドスン夫人《ふじん》に言《い》った。

「いいえ、寝室《しんしつ》にお入《はい》りになったままですよ。そのことで、先生《せんせい》、ちょっと」ハドスン夫人《ふじん》は声《こえ》をひそめて、ささやくように続《つづ》けた。

「ホームズさん、体《からだ》をこわしやしないでしょうかねえ」

「なぜそんなことを？」

「どうも様子《ようす》がおかしいものですから。先生《せんせい》がお出《で》かけになったあとは、部屋《へや》のなかを行《い》ったり来《き》たり、行《い》ったり来《き》たり。床《ゆか》の足音《あしおと》がやかましいほどだったんですよ。ぶつぶつと独《ひと》り言《ごと》を言《い》っているのも聞《き》こえました。

おまけに玄関《げんかん》の呼《よ》び鈴《りん》が鳴《な》るたび、階段《かいだん》まで出《で》てきて、『ハドスンさん、いまのは？』ってききになるし。そのうちにドアをばたんと閉《し》めて寝室《しんしつ》にこもってしまいましたけれど、相変《あいか》わらずうろうろと歩《ある》きまわっている音《おと》が聞《き》こえてくるんです。あれじゃ具合《ぐあい》が悪《わる》くなってしまいますよ。

見《み》かねて、熱冷《ねつさ》ましでもお持《も》ちしましょうかと言《い》ったら、それはそれはおっかない顔《かお》でにらまれましてね。あえなく退散《たいさん》しました」

「心配《しんぱい》いりませんよ、ハドスンさん。彼《かれ》がそうなるのはいまに始《はじ》まったことじゃないですからね。ちょっと気《き》にかかることがあって、それで落《お》ち着《つ》かないんでしょう」

ハドスン夫人《ふじん》の前《まえ》ではそんなふうに受《う》け流《なが》したものの、夜中《よなか》もホームズのくぐもった足音《あしおと》がときおり聞《き》こえてきた。この状況《じょうきょう》に彼《かれ》が敏感《びんかん》な神経《しんけい》をすり減《へ》らしていることが手《て》に取《と》るようにわかったので、私《わたし》も不安《ふあん》な気持《きも》ちで長《なが》い一夜《いちや》を過《す》ごした。

翌日《よくじつ》、朝食《ちょうしょく》の席《せき》に現《あらわ》れたホームズは、顔《かお》がげっそりとして見《み》るからに疲《つか》れきっており、熱《ねつ》っぽいのか頬《ほお》が赤《あか》くなっていた。

「なあ、あんまり無理《むり》するなよ。一晩中起《ひとばんじゅうお》きてたんだろう？　歩《ある》きまわってる音《おと》が聞《き》こえたよ」

「ああ、眠《ねむ》れなくてね。いまいましい事件《じけん》だ。すっかり振《ふ》りまわされてるよ。犯人《はんにん》の正体《しょうたい》、蒸気《じょうき》船《せん》、なにもかもわかっているのに、居場所《いばしょ》の情報《じょうほう》だけが入《はい》ってこない。ほかの機関《きかん》にも調査《ちょうさ》させているし、持《も》ち札《ふだ》は一枚残《まいのこ》らず使《つか》ったんだ。なのに川《かわ》の両岸《りょうぎし》をしらみつぶしに探《さが》しても収穫《しゅうかく》はまるでなし。スミスのおかみさんのところにもまだご亭主《ていしゅ》から連絡《れんらく》はないそうだ。船底《ふなぞこ》に穴《あな》を開《あ》けて沈《しず》めてしまったんじゃないかと考《かんが》えたくなるが、その結論《けつろん》にも矛盾《むじゅん》が数々《かずかず》ある」

「ひょっとして、スミスのおかみさんが言《い》ったことは嘘《うそ》っぱちだったとか」

「その可能性《かのうせい》は除外《じょがい》していいだろう。ほかの方面《ほうめん》にもあたってみたところ、彼女《かのじょ》が教《おし》えてくれたとおりの蒸気船《じょうきせん》がたしかにあるとわかった」

「上流《じょうりゅう》へさかのぼったとは考《かんが》えられないかな？」

「僕《ぼく》もそれに気《き》づいて、捜索《そうさく》の範囲《はんい》をリッチモンドあたりまで広《ひろ》げさせたよ。今日一日待《きょういちにちま》っても見《み》つからなかったら、明日《あす》は自分《じぶん》で乗《の》りだそうかと思《おも》っている。船《ふね》というより犯人《はんにん》どもを追《お》うつもりで。だが、きっとその前《まえ》に報告《ほうこく》が来《く》るだろう。うん、そうに決《き》まっている」

ところが、報告《ほうこく》は来《こ》なかった。ウィギンズからも、別《べつ》の方面《ほうめん》からも、いっこうに。

ノーウッドの悲劇《ひげき》はほぼすべての新聞《しんぶん》で取《と》りあげられた。どの記事《きじ》も気《き》の毒《どく》なサディアス・ショルトーに対《たい》して手厳《てきび》しい書《か》き方《かた》をしていたが、新《あたら》しい情報《じょうほう》はというと、検死裁判《けんしさいばん》が明日《あす》開《ひら》かれること以外《いがい》にはひとつもなかった。

私《わたし》は夕方《ゆうがた》から歩《ある》いてカンバーウェルまで行《い》き、まだ捜査《そうさ》に進展《しんてん》がないことを二人《ふたり》の女性《じょせい》に伝《つた》えた。帰宅《きたく》すると、ホームズはすっかり気落《きお》ちしていて、なんとなく不機嫌《ふきげん》そうだった。なにを尋《たず》ねても生返事《なまへんじ》しかせず、夜《よる》のあいだずっと難解《なんかい》な化学分析《かがくぶんせき》にかかりきりで、フラスコを熱《ねっ》したり薬品《やくひん》を蒸留《じょうりゅう》したりする作業《さぎょう》を夜中《よなか》まで繰《く》り返《かえ》していた。

夜《よ》が明《あ》けようとする頃《ころ》、はっと目《め》を覚《さ》ました私《わたし》は、ベッドのかたわらを見《み》て驚《おどろ》いた。みすぼらしい船員服《せんいんふく》に厚手《あつで》のピージャケットをはおり、首《くび》には粗末《そまつ》な赤《あか》いスカーフを巻《ま》いたホームズが、そこに立《た》っているではないか。

「川《かわ》の下流《かりゅう》へ行《い》ってくるよ、ワトスン。さんざん考《かんが》えたんだが、結局《けっきょく》のところ方法《ほうほう》はひとつしか見《み》つからなかった。とにかく、やってみるだけの価値《かち》はあるさ」

「じゃ、一緒《いっしょ》に行《い》っていいだろう？」私《わたし》は言《い》った。

「いや、僕《ぼく》の代理《だいり》としてここに残《のこ》ってもらったほうがありがたい。僕《ぼく》も出《で》かけたくはないんだ。昨日《きのう》のウィギンズはしょげ返《かえ》っていたが、今日《きょう》こそは報告《ほうこく》が入《はい》ってきそうだからね。

僕宛《ぼくあて》に届《とど》いた手紙《てがみ》や電報《でんぽう》は全部開《ぜんぶあ》けてほしい。新事実《しんじじつ》が出《で》てきたら、きみの判断《はんだん》で行動《こうどう》してくれてかまわない。頼《たの》んだよ、いいかい？」

「ああ、もちろん」

「ただ、僕《ぼく》とは連絡《れんらく》がつかなくなる。自分《じぶん》でも詳《くわ》しい行《い》き先《さき》はまだわからないから、電報《でんぽう》を送《おく》ってもらうわけにはいかないんでね。まあ、運《うん》が良《よ》ければそれほど長《なが》くかからずに戻《もど》ってこられるだろう。必《かなら》ずなにか新《あたら》しい情報《じょうほう》を持《も》ち帰《かえ》るよ」

朝食《ちょうしょく》の時刻《じこく》になっても連絡《れんらく》は来《こ》なかった。だが《スタンダード》紙《し》を広《ひろ》げると、事件《じけん》について触《ふ》れている最新《さいしん》の記事《きじ》が出《で》ていた。

**アッパー・ノーウッドの悲劇《ひげき》は、新《あら》たな証拠《しょうこ》によって、サディアス・ショルトー氏《し》が犯行《はんこう》に関《かか》わった可能性《かのうせい》はきわめて低《ひく》いことが判明《はんめい》した。同氏《どうし》は昨夜《さくや》、家政婦《かせいふ》のバーンストン夫人《ふじん》ともども釈放《しゃくほう》された。しかしながら、すでに警察当局《けいさつとうきょく》は真犯人《しんはんにん》につながる重要《じゅうよう》な手《て》がかりをつかんでいるとみられ、アセルニー・ジョーンズ警部《けいぶ》が捜査《そうさ》にあたっている。真犯人逮捕《しんはんにんたいほ》も時間《じかん》の問題《もんだい》であろう。**

「とりあえずは一安心《ひとあんしん》だ」と私《わたし》は思《おも》った。
「これで友人《ゆうじん》のショルトーさんは助《たす》かった。それにしても、重要《じゅうよう》な手《て》がかりとはいったいなんだ？　警察《けいさつ》がへまをしたときに使《つか》う決《き》まり文句《もんく》にも思《おも》えるが」
新聞《しんぶん》をテーブルにひょいと置《お》いた瞬間《しゅんかん》、尋《たず》ね人欄《びとらん》のある広告《こうこく》が目《め》に留《と》まった。次《つぎ》のような内容《ないよう》である。

**さがしています——船頭《せんどう》モーディカイ・スミスとその息子《むすこ》ジム。今週火曜日午前三時《こんしゅうかようびごぜんじ》頃《ごろ》、蒸気船《じょうきせん》オーロラ号《ごう》にて自宅前《じたくまえ》のスミス桟橋《さんばし》から出航《しゅっこう》。同船《どうせん》は黒地《くろじ》に赤《あか》い線《せん》二本《ほん》、煙突《えんとつ》は黒地《くろじ》に白《しろ》い帯《おび》一本《ぽん》。スミス親子及《おやこおよ》びオーロラ号《ごう》の行方《ゆくえ》に関《かん》する情報《じょうほう》をお持《も》ちの方《かた》はスミス桟橋《さんばし》のスミス夫人《ふじん》、またはベイカー街《がい》二二一番地《ばんち》Bへお知《し》らせください。謝礼《しゃれい》五ポンド差《さ》しあげます。**

これはまちがいなくホームズが出《だ》したものだ。その証拠《しょうこ》に、情報《じょうほう》の持《も》ちこみ先《さき》のひとつがベイカー街《がい》の住所《じゅうしょ》になっている。なかなかうまい方法《ほうほう》だな、と感心《かんしん》させられた。帰《かえ》ってこない夫《おっと》を妻《つま》が心配《しんぱい》するのは当然《とうぜん》だから、不審《ふしん》に思《おも》ったり警戒《けいかい》したりするようなことはまずないだろう。

その日《ひ》は長《なが》い一日《いちにち》になった。玄関《げんかん》にノックの音《おと》がするたび、または外《そと》の通《とお》りに鋭《するど》い足音《あしおと》が響《ひび》くたび、ホームズが帰《かえ》ってきたのか、あるいは広告《こうこく》を見《み》た者《もの》が訪《たず》ねてきたのか、と反射的《はんしゃてき》に身《み》がまえてしまう。本《ほん》を読《よ》もうとしても、今回《こんかい》の不思議《ふしぎ》な冒険《ぼうけん》や、目下《もっか》われわれが足取《あしど》りを追《お》っているちぐはぐな二人組《ににんぐみ》の悪党《あくとう》どものことが頭《あたま》にちらついて、ついこんなことを思《おも》いめぐらしてしまう。

もしや、ホームズの推理《すいり》は根本的《こんぽんてき》にどこかまちがっているのだろうか？　いかにすばらしい頭脳《ずのう》と洞察力《どうさつりょく》をそなえたホームズといえども、欠陥《けっかん》のある土台《どだい》をもとに、見当違《けんとうちが》いの推論《すいろん》を組《く》み立《た》ててしまう可能性《かのうせい》は否定《ひてい》できないのでは？

これまで彼《かれ》がしくじるところは一度《いちど》も見《み》たことがないが、どんなにすぐれた理論家《りろんか》でも、たまには判断《はんだん》を誤《あやま》ることもあろう。本来《ほんらい》ならホームズにとって朝飯前《あさめしまえ》の単純《たんじゅん》な問題《もんだい》であるにもかかわらず、考《かんが》えすぎたせいでまちがった結論《けつろん》を引《ひ》きだしてしまったのかもしれない。

午後《ごご》三時《じ》、呼《よ》び鈴《りん》がけたたましく鳴《な》り響《ひび》き、玄関《げんかん》から横柄《おうへい》な口調《くちょう》の声《こえ》が聞《き》こえてきた。意外《いがい》にも、現《あらわ》れたのは、アセルニー・ジョーンズ警部《けいぶ》だった。しかし、ポンディシェリ荘《そう》で自信満々《じしんまんまん》で捜査《そうさ》に乗《の》りだしたときの無愛想《ぶあいそう》で高慢《こうまん》な人物《じんぶつ》とは打《う》って変《か》わり、落《お》ちこんだ表情《ひょうじょう》である。見《み》るからにいじけた感《かん》じで、面目《めんぼく》なさそうな態度《たいど》といってもいいほどだ。

「こんにちは、先生《せんせい》。お邪魔《じゃま》してすみません。シャーロック・ホームズさんはお出《で》かけだそうで」

「ええ、いつ戻《もど》るかはわかりません。ここでお待《ま》ちになるでしょう？　よろしかったらおかけになってください」

「それはご親切《しんせつ》に。では待《ま》たせていただきます……例《れい》のノーウッドの事件《じけん》に関《かん》するわたしの推理《すいり》は、先生《せんせい》もご存《ぞん》じでしたね？」

「ええ、じかに聞《き》かせてもらいましたので」

「ところが、もういっぺん考《かんが》え直《なお》さざるをえない状況《じょうきょう》になりましてな。ショルトー氏《し》のまわりに隙間《すきま》なく網《あみ》を張《は》りめぐらしていたところが、真《ま》ん中《なか》の穴《あな》からするりと逃《に》げられてしまったような気分《きぶん》ですよ。

彼《かれ》には鉄壁《てっぺき》のアリバイがあるとわかりましてね。兄《あに》の部屋《へや》から出《で》たあとの彼《かれ》を、つねに必《かなら》ず誰《だれ》かが見《み》ているんです。屋根《やね》によじのぼって、天窓《てんまど》のはねあげ戸《ど》から侵入《しんにゅう》した人物《じんぶつ》は、ショルトー氏《し》ではありえんわけです。これはきわめて難解《なんかい》な事件《じけん》だ。このままじゃわたしは刑事《けいじ》としての信用《しんよう》を失《うしな》いかねない。

そんなわけで、少《すこ》しだけ力《ちから》をお貸《か》しいただけると大変《たいへん》ありがたいのですが」

「わかります。誰《だれ》しも人《ひと》の助《たす》けが必要《ひつよう》になることはありますからね」と私《わたし》は言《い》った。

「ご友人《ゆうじん》のシャーロック・ホームズさんは非常《ひじょう》に優秀《ゆうしゅう》でいらっしゃる」ジョーンズはかすれ気味《ぎみ》の、秘密《ひみつ》を打《う》ち明《あ》けるような声《こえ》で話《はなし》を続《つづ》けた。

「まさに向《む》かうところ敵《てき》なしですな。お若《わか》いながら事件《じけん》を多数手《たすうて》がけてこられ、しかも真相究明《しんそうきゅうめい》に行《い》き着《つ》けなかったことはただの一度《いちど》もないときている。手法《しゅほう》がいつも変則的《へんそくてき》で、なにかにつけ理論《りろん》に頼《たよ》るのは玉《たま》に瑕《きず》だが、総合的《そうごうてき》に評価《ひょうか》するなら、警察《けいさつ》に入《はい》っていれば将来有望《しょうらいゆうぼう》な刑事《けいじ》になっていたことでしょう。この点《てん》についてはわたしが自信《じしん》を持《も》って請《う》け合《あ》います。

実《じつ》は、今日《きょう》のお昼《ひる》にホームズさんから電報《でんぽう》が来《き》ましてね。その内容《ないよう》を見《み》るに、ショルトー事件《じけん》の手《て》がかりをなにかつかんだらしい。お目《め》にかけましょう」

ジョーンズはポケットから電報《でんぽう》を取《と》りだすと、私《わたし》に手渡《てわた》した。正午《しょうご》にポプラ区《く》から発信《はっしん》したものだった。


**ベイカー街《がい》へおいで願《ねが》う。小生不在《しょうせいふざい》ならば帰《かえ》るまでお待《ま》ちを。ショルトー事件《じけん》の犯人《はんにん》一味《いちみ》を追跡中《ついせきちゅう》、目標《もくひょう》は間近《まぢか》。最後《さいご》の仕上《しあ》げに立《た》ち会《あ》いたければ今夜同行《こんやどうこう》されたし。**

「風向《かざむ》きがよくなったようだ。手《て》がかりをもう一度《いちど》探《さが》しあてたんだろう」私《わたし》は言《い》った。

「ほう、ということは、ホームズさんもいったんは振《ふ》り切《き》られたわけですね」ジョーンズの口調《くちょう》にはあからさまな満足感《まんぞくかん》がこもっていた。

「ま、警察《けいさつ》の人間《にんげん》も、どんな腕利《うでき》きであろうとたまには犯人《はんにん》を見失《みうしな》うことがあります。あてがはずれて、この電報《でんぽう》は誤報《ごほう》だったということになるかもしれんが、警察官《けいさつかん》たるもの、チャンスを逃《のが》すことは断《だん》じて許《ゆる》されませんからな。おや、誰《だれ》か来《き》たようだ。きっとホームズさんでしょう」

ドアの向《む》こうで、階段《かいだん》をのぼってくる重《おも》い足音《あしおと》が響《ひび》いた。ぜいぜいと息《いき》をあえがせ、ひと呼吸《こきゅう》ごとに苦《くる》しげにうめく男《おとこ》の低《ひく》い声《こえ》も聞《き》こえてくる。途中《とちゅう》で一度《ど》か二度《ど》休《やす》んでからようやく階段《かいだん》を上《あ》がりきり、私《わたし》たちのいる部屋《へや》にたどり着《つ》いた。

ドアを開《あ》けて入《はい》ってきたのは、だいぶ歳《とし》をとった男《おとこ》だった。船乗《ふなの》りの服装《ふくそう》に身《み》を包《つつ》み、古《ふる》ぼけた分厚《ぶあつ》いピージャケットのボタンを首《くび》もとまで

かけていた。すっかり腰《こし》が曲《ま》がり、膝《ひざ》は震《ふる》えてよぼよぼ、呼吸《こきゅう》も喘息《ぜんそく》かと思《おも》うほど苦《くる》しげだ。棍棒《こんぼう》のように太《ふと》いオークの杖《つえ》にすがって、肩《かた》で大《おお》きく息《いき》をしながら、苦労《くろう》して肺《はい》に空気《くうき》を送《おく》りこんでいる。首《くび》に巻《ま》いた派手《はで》な色《いろ》のスカーフに顎《あご》をうずめているので、顔《かお》はよくわからない。こちらから見《み》えるのは鋭《するど》いまなざしの黒《くろ》っぽい目《め》と、まぶたにおおいかぶさったふさふさの白《しろ》い眉《まゆ》毛《げ》、それから長《なが》く伸《の》びた灰色《はいいろ》の頬《ほお》ひげだけだった。その身《み》なりから推測《すいそく》するに、昔《むかし》は立派《りっぱ》な船長《せんちょう》、いまは落《お》ちぶれて長《なが》らく貧乏生活《びんぼうせいかつ》を送《おく》っているのだろう。

来訪者《らいほうしゃ》は老人《ろうじん》にふさわしいひとつひとつ確《たし》かめるような目《め》つきで室内《しつない》をゆっくりと見《み》まわした。

「シャーロック・ホームズさんはいるのか？」老人《ろうじん》は口《くち》を開《ひら》いた。

「いいえ。私《わたし》が代理《だいり》の者《もの》です。伝言《でんごん》があればうけたまわりましょう」

「本人《ほんにん》とじかに話《はな》したい」

「ですから、お話《はなし》は私《わたし》が代《か》わりにうかがいます。モーディカイ・スミスの船《ふね》の件《けん》ですか？」

「そうだ。船《ふね》がどこにいるか知《し》っとるぞ。ホームズさんが追《お》ってる連中《れんちゅう》の居場所《いばしょ》もな。それだけじゃない、財宝《ざいほう》のありかだってわかってる。このわしはなんでも知《し》っとるんだ」

「だったら話《はな》したらどうです？　私《わたし》からホームズに伝《つた》えておきますよ」

「本人《ほんにん》とじかに話《はな》したい」老人《ろうじん》は、怒《おこ》りっぽくがんこな顔《かお》つきで言《い》い張《は》る。

「では、ホームズが戻《もど》るまでお待《ま》ちいただくしかない」

「お断《ことわ》りだね。一日中《いちにちじゅう》つきあわされるなんざ、まっぴらごめんだ」

老人《ろうじん》は脚《あし》をひきずりながら出口《でぐち》へ向《む》かったが、アセルニー・ジョーンズがその前《まえ》に立《た》ちふさがった。

「あんた、ちょっと待《ま》ちなさい。有力《ゆうりょく》な情報《じょうほう》を持《も》っているんだったら、このまま黙《だま》って帰《かえ》すわけにはいきませんな」

通《とお》せんぼされた老人《ろうじん》は怒《いか》りをあらわにした。

「こんなひどい扱《あつか》いがどこにある！」杖《つえ》で床《ゆか》をどんどん突《つ》きながら怒《ど》鳴《な》った。

「わしは紳士《しんし》に会《あ》いに来《き》たつもりだったんだがね。ましてやあんたがたとは初対面《しょたいめん》だ。見《み》ず知《し》らずの相手《あいて》を無理《むり》やりふんづかまえるとは、ずいぶんご立派《りっぱ》なやり方《かた》じゃないか」

「悪《わる》いようにはしませんから」私《わたし》はなだめにかかった。

「さあ、こちらのソファにおかけなさい。長《なが》くはお待《ま》たせしませんよ」

老人《ろうじん》はぶすっとした顔《かお》で戻《もど》ってくると、ソファに腰《こし》を下《お》ろして両手《りょうて》で頬杖《ほおづえ》をついた。ジョーンズと私《わたし》はまた雑談《ざつだん》を始《はじ》めたが、そこへだしぬけにホームズの声《こえ》が割《わ》りこんだ。

「僕《ぼく》も話《はなし》に入《い》れてほしいんだがなあ」

ジョーンズも私《わたし》も、椅子《いす》から飛《と》びあがらんばかりに驚《おどろ》いた。すぐそばに座《すわ》っているのは、無《む》言《ごん》でいたずらっぽい表情《ひょうじょう》を浮《う》かべているホームズだった。

「ホームズ！　帰《かえ》ってたのか！　おや、じいさんはどこへ行《い》った？」

「ここにいるよ」ホームズが白髪《しらが》をひとふさ持《も》ちあげて見《み》せた。

「ほら、これがそうだ。かつら、頰《ほお》ひげ、眉毛《まゆげ》。変装《へんそう》にはもともと自信《じしん》があったが、まさかここまでうまくいくとは予想外《よそうがい》だったね」

「まいったな、こりゃ、ホームズさんも人《ひと》が悪《わる》い！　名役者《めいやくしゃ》になれるくらいですよ！　咳《せき》のしかたはどん底暮《ぞこぐ》らしの老人《ろうじん》そのものだったし、膝《ひざ》をがくがくさせて歩《ある》く格好《かっこう》なんか、週給《しゅうきゅう》十ポンドは稼《かせ》げそうなすばらしい名演技《めいえんぎ》だった。

しかしね、その鋭《するど》い眼光《がんこう》でホームズさんじゃないかなと思《おも》いましたよ。わたしらだって、そうやすやすとだまされやしません」

「今日一日《きょういちにち》、ずっとこれで動《うご》きまわっていたんですよ。僕《ぼく》の顔《かお》は犯罪者《はんざいしゃ》どもにだいぶ知《し》れ渡《わた》ってきましたからね。ここにいる友人《ゆうじん》が僕《ぼく》の手《て》がけた事件《じけん》を本《ほん》に書《か》くようになったので、なおさら。だから裏情報《うらじょうほう》を探《さぐ》りだすには、これくらいの変装《へんそう》はしないとうまくいかない。電報《でんぽう》は届《とど》きましたね？」

「ええ、それでここへ来《き》たんです」

「そちらの捜査《そうさ》はどこまで進《すす》んでいます？」

「すべてが水《みず》の泡《あわ》です。被疑者《ひぎしゃ》のうち二名《めい》は釈放《しゃくほう》せざるをえませんでしたし、残《のこ》る二名《めい》についても証拠《しょうこ》をいっこうにつかめません」

「心配《しんぱい》は無用《むよう》です。代《か》わりの二人《ふたり》をすぐにつかまえてあげますよ。ただしそれには僕《ぼく》の指示《しじ》にしたがってもらう必要《ひつよう》があります。手柄《てがら》はあなたに差《さ》しあげますから、僕《ぼく》が決《き》めたとおりに行動《こうどう》してください。よろしいですね？」

「もちろんですとも。犯人逮捕《はんにんたいほ》にお力添《ちからぞ》えいただけるのなら」

「けっこう。では、まず高速《こうそく》の警察船《けいさつせん》——蒸気船《じょうきせん》がいります。午後《ごご》七時《じ》にウェストミンスター桟《さん》橋《ばし》に待機《たいき》させてください」

「お安《やす》いご用《よう》です。あのへんにはいつもいるはずですが、念《ねん》のため、のちほど通《とお》りの向《む》かいにある電話《でんわ》から指示《しじ》しておきましょう」

「それから、犯人《はんにん》が抵抗《ていこう》した場合《ばあい》にそなえて屈強《くっきょう》な警官《けいかん》を二名《めい》」

「蒸気船《じょうきせん》にはつねに二、三人乗《にんの》っています。ほかには？」

「犯人《はんにん》を逮捕《たいほ》すれば、財宝《ざいほう》を奪《うば》い返《かえ》せます。そのときはここにいるワトスン君《くん》に、財宝《ざいほう》の半分《はんぶん》を受《う》け取《と》る正当《せいとう》な権利《けんり》があるお嬢《じょう》さんのもとへ届《とど》けさせてやりたいのです。最初《さいしょ》に箱《はこ》を開《あ》ける役目《やくめ》は彼女《かのじょ》にお願《ねが》いしようじゃないか、なあ、ワトスン？」

「願《ねが》ってもないはからいだ」

「それは異例《いれい》の措置《そち》ですな」ジョーンズは困《こま》った顔《かお》をした。

「しかしまあ、事件《じけん》そのものが異例《いれい》なわけですから、その程度《ていど》のことには目《め》をつぶるとしますか。終《お》わったら速《すみ》やかに引《ひ》き渡《わた》していただきますぞ。公式《こうしき》の捜査《そうさ》が済《す》むまで当局《とうきょく》で預《あず》からせてもらわないと」

「ええ、かまいませんよ。そのへんの段取《だんど》りはわけないでしょう。ほかにもうひとつ注文《ちゅうもん》が。今《こん》回《かい》の事件《じけん》について、ジョナサン・スモール本人《ほんにん》の口《くち》から聞《き》きだしたいことが二、三ありましてね。自分《じぶん》が扱《あつか》った事件《じけん》は隅々《すみずみ》まで明《あき》らかにしないと気《き》が済《す》まないんですよ。この部屋《へや》でも、ほかのどこでもいい、非公式《ひこうしき》にスモールと話《はなし》をさせてください。かまわないでしょう？」

「しかたない、実際《じっさい》の指揮官《しきかん》はあなたですからな。わたしは、ジョナサン・スモールなる人物《じんぶつ》が実在《じつざい》するのかどうかさえはっきりとは知《し》らんが、そいつをつかまえて話《はなし》を聞《き》きたいというホームズさんの要望《ようぼう》を断《ことわ》る理由《りゆう》は、特《とく》に見《み》つかりませんな」

「承諾《しょうだく》なさるわけですね？」

「ええ、しますよ。ほかにもまだありますか？」

「ひとつだけ。ぜひとも僕《ぼく》らと夕食《ゆうしょく》を一緒《いっしょ》にしましょう。三十分《ぷん》もあれば支度《したく》できます。牡蠣《かき》と雷鳥《らいちょう》がひとつがい、それからとっておきの上等《じょうとう》な白《しろ》ワインがあるんですよ。ワトスン、きみはまだ僕《ぼく》の料理《りょうり》の腕前《うでまえ》を知《し》らないだろう？」

# 10 島《しま》の男《おとこ》の最期《さいご》

楽《たの》しい夕食《ゆうしょく》となった。ホームズは気《き》が向《む》けばよくしゃべる男《おとこ》だが、その晩《ばん》はすこぶる口《くち》がなめらかだった。神経《しんけい》が高《たか》ぶっている様子《ようす》は危《あぶ》なっかしいほどだ。

中世《ちゅうせい》の宗教劇《しゅうきょうげき》、中世《ちゅうせい》の陶器《とうき》、ストラディヴァリウスのヴァイオリン、セイロン（スリランカの旧称《きゅうしょう》）の仏教《ぶっきょう》、さらには未来《みらい》の軍艦《ぐんかん》にいたるまで、さまざまな事柄《ことがら》を研究家《けんきゅうか》そこのけの専門知識《せんもんちしき》をまじえて語《かた》り聞《き》かせてくれた。その底抜《そこぬ》けの朗《ほが》らかさは、ずっと続《つづ》いていた憂鬱《ゆううつ》な気分《きぶん》の反動《はんどう》だったのだろう。

アセルニー・ジョーンズのほうも、くつろいでいるときは気《き》さくな人物《じんぶつ》だとわかり、なかなかのグルメぶりを存分《ぞんぶん》に発揮《はっき》していた。

かくいう私《わたし》も、事件《じけん》はいよいよ終盤《しゅうばん》にさしかかったのだと思《おも》うと気持《きも》ちが高《たか》ぶり、ホームズの陽気《ようき》さが伝染《でんせん》したようになった。

もっとも、三人《にん》が同《おな》じ食卓《しょくたく》を囲《かこ》むきっかけとなった事件《じけん》のことは、誰《だれ》も話題《わだい》に持《も》ちださなかったが。

食事《しょくじ》が終《お》わり、テーブルの上《うえ》が片付《かたづ》けられたところで、ホームズは懐中時計《かいちゅうどけい》をちらりと見《み》てから三つのグラスにポートワインを注《つ》いだ。

「今夜《こんや》のささやかな探検《たんけん》の成功《せいこう》を祈《いの》って、乾杯《かんぱい》！　さあ、いざ出発《しゅっぱつ》の時《とき》だ。ワトスン、銃《じゅう》は持《も》っているね？」

「軍隊時代《ぐんたいじだい》のリヴォルヴァーが机《つくえ》の引《ひ》き出《だ》しにある」

「では持《も》っていくといい。備《そな》えあれば憂《うれ》いなしだからね。馬車《ばしゃ》が玄関前《げんかんまえ》に来《く》るはずだ。六時半《じはん》と伝《つた》えておいた」

われわれがウェストミンスター桟橋《さんばし》に到着《とうちゃく》したのは七時少《じすこ》し過《す》ぎだった。警察《けいさつ》の蒸気船《じょうきせん》はすでにそこで待機《たいき》していた。ホームズは険《けわ》しい目《め》でそれを見《み》つめた。

「警察《けいさつ》の船《ふね》だとわかるような目印《めじるし》がなにかついていますか？」

「ええ、舷側《げんそく》にある緑《みどり》のライトがそうです」

「では取《と》りはずしてください」

それが済《す》むと、全員《ぜんいん》が蒸気船《じょうきせん》に乗《の》りこんで、もやい綱《づな》が解《と》かれた。ジョーンズ、ホームズ、私《わたし》の三人《にん》は船尾《せんび》に腰《こし》を下《お》ろした。船首《せんしゅ》には舵手《だしゅ》一名《めい》と機関手《きかんしゅ》一名《めい》のほかに、屈強《くっきょう》な警官《けいかん》二名《めい》が加《くわ》わった。

「行《い》き先《さき》は？」ジョーンズがきいた。

「ロンドン塔《とう》です。ジェイコブスン造船所《ぞうせんじょ》の対岸《たいがん》でとめるよう指示《しじ》してください」

私《わたし》たちを乗《の》せた船《ふね》は、文句《もんく》なしの高速艇《こうそくてい》だった。荷物《にもつ》を積《つ》んだ長《なが》いはしけが、止《と》まって見《み》えるほどぐんぐん通《とお》り過《す》ぎていく。他《ほか》の蒸気船《じょうきせん》に追《お》いついたかと思《おも》ったら、またたく間《ま》に抜《ぬ》き去《さ》ったのを見《み》て、ホームズは満足《まんぞく》げな笑《え》みを浮《う》かべた。

「川《かわ》に浮《う》かんでいるものなら、なんでもつかまえられるくらいでないとね、ジョーンズ警部《けいぶ》」

「さすがにそこまでは無理《むり》ですが、これより速《はや》いのはめったにないでしょうな」

「これからつかまえに行《い》くのはオーロラ号《ごう》という船《ふね》なんだが、これが名《な》うての快速艇《かいそくてい》でね。ワトスン、いまどういう状況《じょうきょう》か話《はな》しておこう。僕《ぼく》がちっぽけな原因《げんいん》で足止《あしど》めを食《く》らって、いらいらしていたときがあったろう？」

「ああ」

「そこで、いったん頭《あたま》を休《やす》ませるため化学分析《かがくぶんせき》に専念《せんねん》した。〝気分転換《きぶんてんかん》は最良《さいりょう》の休息《きゅうそく》なり〟。実際《じっさい》にそのとおりだったよ。あのとき取《と》り組《く》んでいた炭化水素《たんかすいそ》の溶解《ようかい》に成功《せいこう》すると、再《ふたた》びショルトーの問題《もんだい》に戻《もど》って整理《せいり》してみた。

ベイカー街少年団《がいしょうねんだん》にくまなく捜索《そうさく》させたにもかかわらず、問題《もんだい》の蒸気船《じょうきせん》は影《かげ》も形《かたち》も見《み》えなかった。桟橋《さんばし》や波止場《はとば》にはいないし、スミスさんのところへ戻《もど》ってもいない。こうなると、考《かんが》えられるのは証拠隠滅《しょうこいんめつ》のために船底《ふなぞこ》に穴《あな》を開《あ》けて沈《しず》めたという仮説《かせつ》くらいだが、その可能性《かのうせい》はきわめて低《ひく》いだろうね。ジョナサン・スモールはたしかに悪知恵《わるぢえ》は働《はたら》くが、巧妙《こうみょう》な策略《さくりゃく》をめぐらすような秀才《しゅうさい》とはちがう。高等戦術《こうとうせんじゅつ》は高等教育《こうとうきょういく》から生《う》まれるのがつねなんだ。

僕《ぼく》はもう一度《いちど》よく考《かんが》えて、スモールがしばらくロンドンにいたはずだという点《てん》に目《め》をつけた。やつが継続的《けいぞくてき》にポンディシェリ荘《そう》を見張《みは》っていたことに関《かん》しては、すでに確証《かくしょう》があるからね。ロンドンにねぐらがあったとすれば、そこを引《ひ》き払《はら》うときはいきなりというわけにはいかない。いろいろと用事《ようじ》を片付《かたづ》けるのに少《すく》なくとも丸一日《まるいちにち》はかかるだろう。確率《かくりつ》からいくと、当然《とうぜん》そうなる」

「根拠《こんきょ》としてはやや弱《よわ》いように感《かん》じるんだが……。後始末《あとしまつ》を全部《ぜんぶ》つけて、きちんと引《ひ》き払《はら》ってから出《で》るほうが理《り》にかなっているんじゃないか？」

「いや、そうは思《おも》わないな。なくてはならない貴重《きちょう》な隠《かく》れ家《が》だ、もう絶対《ぜったい》に必要《ひつよう》ないとわかるまでは決《けっ》して手放《てばな》さないだろう。しかし、ふとしたきっかけで、別《べつ》の可能性《かのうせい》も思《おも》い浮《う》かんだ。ジョナサン・スモールはそれなりに頭《あたま》の切《き》れるやつだから、相棒《あいぼう》の珍《めずら》しい外見《がいけん》はどんなに隠《かく》そうとしても人々《ひとびと》の噂《うわさ》になって、ノーウッドの惨劇《さんげき》と結《むす》びつけられかねないと気《き》づいたはずだ。そこで、夜陰《やいん》に乗《じょう》じてねぐらを抜《ぬ》けだし、夜《よ》が明《あ》ける前《まえ》に戻《もど》るつもりだったろう。

　これをスミスのおかみさんから聞《き》いた話《はなし》と照《て》らし合《あ》わせてみると、やつらがオーロラ号《ごう》に乗《の》ったのは午前《ごぜん》三時過《じす》ぎのことだった。夜明《よあ》けはもう近《ちか》い。あと一時間《じかん》かそこらで街《まち》の人々《ひとびと》も起《お》きだしてくる。だから二人《ふたり》はそう遠《とお》くまでは行《い》っていないと僕《ぼく》は踏《ふ》んだ。

　スミスに口止《くちど》め料《りょう》をたっぷり払《はら》って、高飛《たかと》びのために蒸気船《じょうきせん》を確保《かくほ》しておき、財宝《ざいほう》の箱《はこ》を持《も》ってねぐらへ急《いそ》いで戻《もど》る。そして二晩《ふたばん》くらいは鳴《な》りを潜《ひそ》めて新聞記事《しんぶんきじ》で捜査《そうさ》の状況《じょうきょう》を追《お》い、自分《じぶん》たちが疑《うたが》われていないかどうか確認《かくにん》する。そのあとで暗闇《くらやみ》にまぎれてねぐらを発《た》ち、グレイヴズエンドかダウンズあたりで大型船《おおがたせん》に乗《の》りこむつもりなんだろう。アメリカ、もしくはどこかの植民地《しょくみんち》へ渡航《とこう》する準備《じゅんび》を、あらかじめととのえてあるにちがいない」

「そうなると、オーロラ号《ごう》はいまどこに？　まさか隠《かく》れ家《が》へ持《も》ち帰《かえ》るわけにはいかないだろうからね」

「そのとおり。だが、あまり離《はな》れていない場所《ばしょ》に、人目《ひとめ》につかないよう待機《たいき》させておかねばならなかったはずだ。そこでスモールになったつもりで考《かんが》えてみた。

　蒸気船《じょうきせん》をスミスのところへ返《かえ》す、あるいは波止場《はとば》に留《と》めておくというのでは、警察《けいさつ》が捜索《そうさく》を開《かい》始《し》すればたちどころに見《み》つかってしまう。それを見越《みこ》したうえで、使《つか》いたいときにすぐ使《つか》える状《じょう》態《たい》で隠《かく》しておくにはどうすればいいか？

　この問題《もんだい》をスモールの思考能力《しこうのうりょく》で考《かんが》えたら、出《で》てきた答《こた》えはひとつだけだったよ。簡単《かんたん》な模様《もよう》替《が》えを依頼《いらい》して、蒸気船《じょうきせん》をどこかの造船所《ぞうせんじょ》か修理工場《しゅうりこうじょう》に預《あず》けてしまうんだ。そこの作業台《さぎょうだい》や船《ふな》だまりに入《はい》っていれば、見《み》つかりにくいし、必要《ひつよう》になったときは二、三時間前《じかんまえ》に連絡《れんらく》すれば使《つか》える」

「なるほど、そんな簡単《かんたん》な話《はなし》だったのか」

「簡単《かんたん》なことほど、見過《みす》ごされやすいものなんだ。

　とにかく、僕《ぼく》はその考《かんが》えにもとづいて行動《こうどう》することにした。怪《あや》しまれないよう船乗《ふなの》りに変装《へんそう》して、下流《かりゅう》の造船所《ぞうせんじょ》を片《かた》っ端《ぱし》から訪《たず》ね歩《ある》いた。十五回連続《かいれんぞく》で空《から》くじを引《ひ》かされたが、十六箇所目《かしょめ》のジェイコブスン造船所《ぞうせんじょ》でようやく当《あ》たりが出《で》た。二日前《ふつかまえ》からオーロラ号《ごう》を預《あず》かっていたんだ。義《ぎ》足《そく》の男《おとこ》が簡単《かんたん》な舵《かじ》の修理《しゅうり》を依頼《いらい》していったそうでね。

『ところがあんた、舵《かじ》はどっこも壊《こわ》れてないんだよ。ほれ、あそこにある赤《あか》い縞《しま》のやつさ』

　造船所《ぞうせんじょ》の職長《しょくちょう》がちょうどそう話《はな》していたときだった。なんとそこへ、例《れい》の行方《ゆくえ》知《し》れずの船長《せんちょう》、モーディカイ・スミスがへべれけに酔《よ》っぱらって現《あらわ》れたんだ。もちろん、こっちはやつの顔《かお》をまったく知《し》らなかったんだが、向《む》こうから大声《おおごえ》で名乗《なの》ってくれたよ。ごていねいに蒸気船《じょうきせん》の名称《めいしょう》まで添《そ》えてね。

『いいか、オーロラ号《ごう》は今夜《こんや》八時《じ》に引《ひ》き渡《わた》してくれ。八時《じ》きっかりだぞ、遅《おく》れるな。お客《きゃく》さんを二人《ふたり》乗《の》せるんだ、待《ま》たせるわけにゃいかねえ』

そのお客《きゃく》さんたちに手間賃《てまちん》をたっぷりはずんでもらったんだろう、スミスは作業員《さぎょういん》たちに気前《きまえ》よくシリング銀貨《ぎんか》をばらまいていたよ。造船所《ぞうせんじょ》からスミスのあとをつけたが、しばらく行《い》くと酒場《さかば》から離《はな》れなくなってしまった。

しかたなく造船所《ぞうせんじょ》へ引《ひ》き返《かえ》すと、途中《とちゅう》でベイカー街少年団《がいしょうねんだん》の一人《ひとり》とばったり会《あ》ったので、オーロラ号《ごう》の見張《みは》りにつかせておいた。その子《こ》は岸辺《きしべ》に立《た》って、オーロラ号《ごう》が動《うご》きだしたらハンカチを振《ふ》って合図《あいず》してくれることになっている。われわれは岸《きし》から離《はな》れた場所《ばしょ》で待《ま》とう」

「実《じっ》に巧妙《こうみょう》な作戦《さくせん》ですな。まあ、相手《あいて》が本当《ほんとう》に犯人《はんにん》かどうかは別《べつ》として。しかし、わたしだったら、ジェイコブスン造船所《ぞうせんじょ》に警官隊《けいかんたい》を送《おく》りこんでおいて、連中《れんちゅう》が現《あらわ》れたところを一網打尽《いちもうだじん》にしますがね」ジョーンズが言《い》った。

「それではうまくいきっこない。スモールというのはかなり抜《ぬ》け目《め》のない男《おとこ》だから、あらかじめ誰《だれ》かを偵察《ていさつ》に出《だ》すくらいのことは当然考《とうぜんかんが》えつく。怪《あや》しい匂《にお》いを少《すこ》しでも嗅《か》ぎ取《と》ったら、あと一週間《しゅうかん》は用心《ようじん》してねぐらに閉《と》じこもってしまうだろう」

「だが、モーディカイ・スミスの尾行《びこう》を続《つづ》けていれば、二人組《ににんぐみ》の隠《かく》れ家《が》へ案内《あんない》してくれたかもしれないね」私《わたし》は言《い》った。

「いいや、無駄《むだ》な一日《いちにち》を過《す》ごすことになるだけさ。僕《ぼく》に言《い》わせれば、スミスが連中《れんちゅう》の居場所《いばしょ》を知《し》っている可能性《かのうせい》は万《まん》に一《ひと》つもないね。たっぷり酒《さけ》が飲《の》めて、金《かね》があるあいだは、よけいな詮索《せんさく》などする必要《ひつよう》はないだろう？　用《よう》があるときは、連中《れんちゅう》のほうからスミスに使《つか》いを出《だ》せば事足《ことた》りる。いいかい、僕《ぼく》は可能《かのう》な方法《ほうほう》を残《のこ》らず検討《けんとう》して、ふるいにかけたんだ。これが最善策《さいぜんさく》だよ」

私《わたし》たちの蒸気船《じょうきせん》はテムズ川《がわ》に架《か》かる橋《はし》をいくつもくぐり抜《ぬ》け、快調《かいちょう》に突《つ》き進《すす》んでいた。シティを過《す》ぎるあたりで、セント・ポール大聖堂《だいせいどう》のてっぺんにある十字架《じゅうじか》が夕陽《ゆうひ》を浴《あ》びて黄金《おうごん》に輝《かがや》き、ロンドン塔《とう》にさしかかる頃《ころ》にはすでにたそがれが訪《おとず》れていた。

「あれがジェイコブスン造船所《ぞうせんじょ》です」そう言《い》ってホームズは、サリー州側《しゅうがわ》の川岸《かわぎし》を指《ゆび》さした。「はしけの列《れつ》に隠《かく》れて、ゆっくりのぼったりくだったりしてください」

ホームズはポケットから夜間用《やかんよう》の双眼鏡《そうがんきょう》を取《と》りだすと、しばらく岸辺《きしべ》を眺《なが》めていた。

「頼《たの》んでおいた見張《みは》りがいる。ハンカチの合図《あいず》はまだないようだ」

「もう少《すこ》し下流《かりゅう》で待《ま》ってはどうです？」ジョーンズが意気込《いきご》んで言《い》った。

「いや、先入観《せんにゅうかん》にとらわれて物事《ものごと》を判断《はんだん》してはいけない。たしかに連中《れんちゅう》が下流《かりゅう》へ向《む》かう可能性《かのうせい》は大《おお》きいが、絶対《ぜったい》にそうとは言《い》いきれない。この地点《ちてん》なら造船所《ぞうせんじょ》の入《い》り口《ぐち》がよく見《み》えるうえ、向《む》こうからはこっちが見《み》えにくい。晴《は》れた晩《ばん》だから見通《みとお》しがきくし、明《あ》かりも充分《じゅうぶん》だ。いまの場所《ばしょ》を動《うご》かないほうがいい。

ほら、あそこのガス灯《とう》の下《した》を人《ひと》が大勢《おおぜい》ぞろぞろ歩《ある》いていくのが見《み》える」

「造船所《ぞうせんじょ》の作業員《さぎょういん》たちが帰《かえ》るところですな」

「薄汚《うすよご》れた格好《かっこう》をしていても、あの一人一人《ひとりひとり》が内面《ないめん》に小《ちい》さな不滅《ふめつ》の火花《ひばな》を秘《ひ》めているのかもしれない。外見《がいけん》からはわからないが、本質的《ほんしつてき》な可能性《かのうせい》は誰《だれ》にも否定《ひてい》できないものだ。まさに不思議《ふしぎ》な存在《そんざい》だよ、人間《にんげん》というのは！」

「誰《だれ》かが言《い》っていたな、〝人間《にんげん》とは動物《どうぶつ》に宿《やど》った魂《たましい》だ〟と」私《わたし》は言葉《ことば》をはさんだ。

「ウィンウッド・リードがそれについてうまいことを言《い》っている。〝個々《ここ》の人間《にんげん》は解《と》きがたき謎《なぞ》だが、集団《しゅうだん》としての人間《にんげん》は確率《かくりつ》という定《さだ》まった数値《すうち》になる〟とね。たとえば、ある一人《ひとり》の行動《こうどう》は予測《よそく》できなくても、まとまった数《かず》の人間《にんげん》の平均的《へいきんてき》な行動《こうどう》は正確《せいかく》に予測《よそく》できる。個人《こじん》は変化《へんか》するが、集団《しゅうだん》は不変《ふへん》であるという考《かんが》え方《かた》だね。

それより、あそこに見《み》えるのはハンカチか？　向《む》こう岸《ぎし》で白《しろ》いものがひらひらしているぞ」

「まちがいない、きみが立《た》てた見張《みは》りだよ。ぼくにもよく見《み》える」私《わたし》はきっぱりと言《い》った。

すぐさまホームズが叫《さけ》ぶ。

「さあ、オーロラ号《ごう》のお出《で》ましだ！　かなり飛《と》ばしているじゃないか！　機関手《きかんしゅ》、こっちも全速《ぜんそく》前進《ぜんしん》だ。あの黄色《きいろ》いライトの蒸気船《じょうきせん》を追《お》ってくれ。逃《に》がしてなるものか！」

オーロラ号《ごう》はいつの間《ま》にか造船所《ぞうせんじょ》の出口《でぐち》をくぐって、二、三隻《せき》の小型船《こがたせん》のあいだを通《とお》り抜《ぬ》けていたため、こっちが気《き》づいたときにはすでにだいぶ速度《そくど》を上《あ》げていた。川岸《かわぎし》に近《ちか》いところを下流《かりゅう》に向《む》かってすさまじい速度《そくど》で進《すす》んでいく。ジョーンズは険《けわ》しい表情《ひょうじょう》でオーロラ号《ごう》を見《み》つめ、不安《ふあん》げに言《い》った。

「ものすごい速度《そくど》だな。追《お》いつけるだろうか」

ホームズは歯《は》を食《く》いしばって叫《さけ》んだ。

「追《お》いつくしかない！　石炭《せきたん》をどんどんくべろ！　全速力《ぜんそくりょく》だ！　この船《ふね》を燃《も》やしてでも、絶対《ぜったい》にやつらをつかまえるんだ！」

オーロラ号《ごう》からは、大《おお》きく引《ひ》き離《はな》されていた。ボイラーは雄叫《おたけ》びをあげ、エンジンは巨大《きょだい》な鉄《てつ》の心臓《しんぞう》さながらに金属音《きんぞくおん》を響《ひび》かせている。舳先《へさき》が静《しず》かな川面《かわも》を切《き》り裂《さ》き、両脇《りょうわき》へ波《なみ》を巻《ま》きあげていく。エンジンが動悸《どうき》を打《う》つたび、船体《せんたい》は生《い》き物《もの》のように跳《は》ねては震《ふる》えた。

船首《せんしゅ》についている大《おお》きな黄色《きいろ》いライトから射《さ》す光《ひかり》が、ちらつきながら前方《ぜんぽう》に伸《の》びている。ちょうど正面《しょうめん》に黒《くろ》い影《かげ》がおぼろに浮《う》かびあがり、オーロラ号《ごう》を視界《しかい》にとらえた。後方《こうほう》の水面《すいめん》に渦巻《うずま》く白《しろ》い泡《あわ》が、その速《はや》さを物語《ものがた》る。

私《わたし》たちの船《ふね》も、まわりのはしけや蒸気船《じょうきせん》や商船《しょうせん》を右《みぎ》に左《ひだり》にかわし、あるときは追突寸前《ついとつすんぜん》で脇《わき》によけ、次々《つぎつぎ》に抜《ぬ》き去《さ》っていった。暗《くら》がりから怒鳴《どな》り声《ごえ》を浴《あ》びせられるなか、オーロラ号《ごう》から引《ひ》き離《はな》されまいと激《はげ》しく追《お》いすがった。

「石炭《せきたん》を燃《も》やせ、どんどん燃《も》やせ！　蒸気《じょうき》をありったけ送《おく》りこめ！」

機関室《きかんしつ》を見下《みお》ろして大声《おおごえ》で檄《げき》を飛《と》ばすホームズの顔《かお》を、暴《あば》れ狂《くる》う炎《ほのお》が真《ま》っ赤《か》に染《そ》め、鷲《わし》のような鋭《するど》い表情《ひょうじょう》を照《て》らしだした。

「少《すこ》し追《お》いついたようだ」

ジョーンズがオーロラ号《ごう》から視線《しせん》をそらさず言《い》った。

「うむ、あと二、三分《ぷん》で追《お》いつけそうだぞ」私《わたし》は相槌《あいづち》を打《う》った。

ところがちょうどそのとき、なんという不運《ふうん》か、三艘《そう》のはしけを曳《ひ》くタグボートがオーロラ号《ごう》と私《わたし》たちのあいだにのろのろと割《わ》りこんできた。

あわてて舵《かじ》をいっぱいに切《き》って、かろうじて衝突《しょうとつ》だけは免《まぬか》れたが、舵《かじ》を戻《もど》して体勢《たいせい》を立《た》て直《なお》す頃《ころ》にはオーロラ号《ごう》との差《さ》はたっぷり二百ヤード（約《やく》百八十メートル）は開《ひら》いていた。それでも標《ひょう》的《てき》は視界《しかい》から逃《に》がさなかった。

くすんだたそがれの薄明《うすあ》かりは、雲《くも》ひとつない星《ほし》のまたたく夜空《よぞら》に変《か》わろうとしている。こちらのボイラーは限界《げんかい》、もろい船体《せんたい》は甲高《かんだか》い音《おと》できしんでいる。プール水域《すいいき》を矢《や》のごとく通過《つうか》し、ウェスト・インディア・ドックスをあとにして、デットフォード・リーチの長《なが》い水域《すいいき》を南《みなみ》へくだってから、アイル・オブ・ドッグズを回《まわ》りこんだところで針路《しんろ》を北《きた》へ変《か》えた。

前方《ぜんぽう》のぼやけた船影《せんえい》はようやくオーロラ号《ごう》の姿《すがた》に変《か》わった。ジョーンズがサーチライトを向《む》けると、オーロラ号《ごう》の甲板《かんぱん》にいる人影《ひとかげ》まで見分《みわ》けられるようになった。

一人《ひとり》は船尾《せんび》に腰掛《こしか》け、膝《ひざ》のあいだに置《お》いたなにやら黒《くろ》い物体《ぶったい》にかがみこんでいる。そのかたわらにニューファウンドランド犬《けん》のような黒《くろ》っぽいかたまりがうずくまっている。舵《かじ》を操《あやつ》っているのはスミスのせがれだ。親父《おやじ》のほうは上半身裸《じょうはんしんはだか》で、必死《ひっし》になって石炭《せきたん》をくべている。その姿《すがた》が、ぼうぼう燃《も》える赤《あか》い炎《ほのお》に照《て》らしだされている。

初《はじ》めのうちは本当《ほんとう》に追跡《ついせき》されているのかどうか半信半疑《はんしんはんぎ》だったとしても、延々《えんえん》とついてくる私《わたし》たちを見《み》れば、もはや疑《うたが》いはみじんも抱《いだ》いていないだろう。グリニッジにさしかかったとき、二艇《てい》のあいだの距離《きょり》はおよそ三百ペース（約《やく》二百三十メートル）だった。ブラックウォールではその差《さ》は二百五十ペース（約《やく》百九十メートル）足《た》らずに縮《ちぢ》まった。

これまで波瀾《はらん》ばかりの人生《じんせい》を歩《あゆ》んできた私《わたし》は、さまざまな土地《とち》で数多《かずおお》くの動物《どうぶつ》を狩《か》ったが、こうしてテムズ川《がわ》を駆《か》け抜《ぬ》けながらの追跡劇《ついせきげき》ほど荒々《あらあら》しい興奮《こうふん》を呼《よ》び覚《さ》ますものはなかった。一ヤード、また一ヤードと、獲物《えもの》にじりじり迫《せま》っていく。

船尾《せんび》の男《おとこ》は相変《あいか》わらず甲板《かんぱん》にしゃがみこんでいるが、両腕《りょううで》をせわしげに動《うご》かしながら、ときおり顔《かお》を上《あ》げてこちらとの距離《きょり》を見積《みつ》もっている。われわれはオーロラ号《ごう》との差《さ》をさらに詰《つ》めた。

ジョーンズが大声《おおごえ》で相手《あいて》に停船《ていせん》を命《めい》じた。もう四艇身《ていしん》も離《はな》れていなかったが、双方《そうほう》とも猛烈《もうれつ》な速度《そくど》で飛《と》ばしている。

片側《かたがわ》にバーキング湿地帯《しっちたい》が広《ひろ》がり、反対側《はんたいがわ》にはさびしいプラムステッド沼沢地《しょうたくち》が横《よこ》たわる、見《み》通《とお》しのよい水域《すいいき》に出《で》た。

ジョーンズの停船命令《ていせんめいれい》に、船尾《せんび》の男《おとこ》は勢《いきお》いよく立《た》ちあがると、こちらに向《む》かって両手《りょうて》の拳《こぶし》を振《ふ》りかざしながら、甲走《かんばし》ったしわがれ声《ごえ》で激《はげ》しくののしった。がっしりした体格《たいかく》の、腕《うで》っぷしが強《つよ》そうな男《おとこ》だ。両脚《りょうあし》を広《ひろ》げて踏《ふ》ん張《ば》っているので、右《みぎ》の腿《もも》から下《した》が木《き》の義足《ぎそく》だとわかる。

すると、甲板上《かんぱんじょう》でうずくまっていた黒《くろ》いかたまりが動《うご》きだし、むくりと起《お》きあがった。それはごく小《ちい》さな——それまで見《み》たこともないほど小《ちい》さな、色《いろ》の黒《くろ》い男《おとこ》だった。頭《あたま》はいびつで異様《いよう》に大《おお》きく、ぼさぼさの縮《ちぢ》れ毛《げ》がもつれながら垂《た》れている。

ホームズはすでに銃《じゅう》をかまえていた。私《わたし》もこの不気味《ぶきみ》な男《おとこ》を見《み》て、すぐさまリヴォルヴァーを抜《ぬ》いた。

そいつは黒《くろ》っぽいアルスター外套《がいとう》か毛布《もうふ》のようなものにくるまっているため、のぞいているのは顔《かお》だけだったが、恐《おそ》ろしくてたまらなかった。野獣《やじゅう》のように、小《ちい》さな目《め》をぎらつかせ、分厚《ぶあつ》い唇《くちびる》をゆがめて歯《は》をむきだしている。

「あいつの手《て》が上《あ》がったら、撃《う》て」

ホームズが静《しず》かに言《い》い渡《わた》す。

このときにはもうオーロラ号《ごう》との差《さ》はわずか一艇身足《ていしんた》らずで、腕《うで》を伸《の》ばせば届《とど》きそうな距離《きょり》だった。こちらのライトに照《て》らしだされた二人組《ににんぐみ》の姿《すがた》は、いまもまぶたに焼《や》きついている。白人《はくじん》は仁王立《におうだ》ちになって金切《かなき》り声《ごえ》でわめきちらし、魔物《まもの》めいた小男《こおとこ》は私《わたし》たちに向《む》かって怒《いか》りもあらわに黄《き》ばんだ鋭《するど》い歯《は》をむき出《だ》していた。

小男《こおとこ》が定規《じょうぎ》に似《に》た短《みじか》い筒状《つつじょう》の棒《ぼう》をすばやく取《と》りだした。男《おとこ》がその棒《ぼう》を口《くち》にあてがった瞬間《しゅんかん》、ホームズと私《わたし》の拳銃《けんじゅう》は同時《どうじ》に火《ひ》を噴《ふ》いた。

男《おとこ》はもんどりうって両腕《りょううで》を宙《ちゅう》に投《な》げだすと、喉《のど》からしぼり出《だ》すようなうめき声《ごえ》をひとつ発《はっ》し、横《よこ》ざまに川《かわ》へ落《お》ちた。

白《しろ》く渦巻《うずま》く水面《すいめん》に、あの毒々《どくどく》しいまでの敵意《てきい》を含《ふく》んだ目《め》がちらりと見《み》えた。

と、そのとき、義足《ぎそく》の男《おとこ》が舵《かじ》に飛《と》びついて下手舵《しもてかじ》をいっぱいにとり、オーロラ号《ごう》は南岸《なんがん》に向《む》かってまっしぐらに進《すす》み始《はじ》めた。私《わたし》たちの蒸気船《じょうきせん》は相手《あいて》の船尾《せんび》に危《あや》うく追突《ついとつ》しかけたが、二、三フィート（約《やく》六十〜九十センチ）手前《てまえ》でかろうじてよけ、すぐに方向転換《ほうこうてんかん》して追《お》いかけた。すでにオーロラ号《ごう》は岸《きし》に近《ちか》づいていた。

あたりは荒涼《こうりょう》とした場所《ばしょ》で、枯《か》れかけた草《くさ》むらやよどんだ水《みず》たまりが点々《てんてん》とある沼地《ぬまち》が、月明《つきあ》かりの下《した》に果《は》てしなく広《ひろ》がっている。オーロラ号《ごう》はにぶい音《おと》とともにぬかるんだ浅瀬《あさせ》に乗《の》りあげて、船首《せんしゅ》が宙《ちゅう》に浮《う》き、船尾《せんび》は水中《すいちゅう》に沈《しず》んだ。

逃亡者《とうぼうしゃ》はすばやく飛《と》び降《お》りたが、たちまち義足《ぎそく》が根元《ねもと》まで泥《どろ》に埋《う》まった。どんなにもがいてもいっこうに抜《ぬ》けず、前《まえ》にも後《うし》ろにも進《すす》めない。腹立《はらだ》たしげにわめき散《ち》らし、もう一方《いっぽう》の足《あし》で泥《どろ》を激《はげ》しく蹴《け》りつけたが、そうやって暴《あば》れれば暴《あば》れるほど、義足《ぎそく》はぬかるみに深《ふか》く沈《しず》んでいった。

私《わたし》たちは船《ふね》をそばに近《ちか》づけた。身動《みうご》きの出来《でき》ない男《おとこ》の脇《わき》にロープを通《とお》すと、力《ちから》いっぱいたぐり寄《よ》せ、凶暴《きょうぼう》な魚《さかな》でも捕獲《ほかく》するかのように船側《せんそく》から引《ひ》っ張《ぱ》りあげた。スミス家《け》の父《ちち》と息子《むすこ》は自分《じぶん》たちの蒸気船《じょうきせん》にむっつりと座《すわ》っていたが、命《めい》じられると、おとなしく警察艇《けいさつてい》に乗《の》り移《うつ》ってきた。

オーロラ号《ごう》を浅瀬《あさせ》から下《お》ろし、こちらの船尾《せんび》にしっかりと結《むす》びつけた。見《み》ると、甲板《かんぱん》にインドの細工《さいく》がほどこされた頑丈《がんじょう》な鉄《てつ》の箱《はこ》が鎮座《ちんざ》していた。これがショルトー家《け》の不吉《ふきつ》な財宝《ざいほう》をおさめた箱《はこ》にちがいない。鍵《かぎ》は見《み》あたらなかった。かなりの重《おも》さがあるので、こちらの狭《せま》いキャビンへ慎重《しんちょう》に運《はこ》び入《い》れた。

上流《じょうりゅう》に向《む》かって川《かわ》をゆっくりとさかのぼっていく途中《とちゅう》、サーチライトを照《て》らしてあたりをくまなく探《さが》したが、あの小柄《こがら》な男《おとこ》はどこにも見《み》つからなかった。イギリスにまでやって来《き》た珍《めずら》しい客《きゃく》の亡骸《なきがら》は、いまもテムズ川《がわ》の暗《くら》い底《そこ》のどこかで泥《どろ》に埋《う》もれている。

「見《み》たまえ、これを」ホームズは昇降口《しょうこうぐち》の木《き》のはねあげ戸《ど》を指差《ゆびさ》した。「早撃《はやう》ちの腕《うで》をもっと磨《みが》かないといけないな。危《あぶ》ないところだったようだ」

私《わたし》たちがさっき立《た》っていた場所《ばしょ》のすぐ後《うし》ろに、見《み》まがいようのないあの毒矢《どくや》が突《つ》き刺《さ》さっていた。こちらが発砲《はっぽう》したのと同時《どうじ》に、私《わたし》たちのあいだをかすめて飛《と》んでいったのだろう。ホームズはにやりと笑《わら》い、いつもどおりのんきに肩《かた》をすくめて見《み》せたが、私《わたし》は正直《しょうじき》言《い》って恐《おそ》ろしさにぞっとした。

その晩《ばん》の私《わたし》たちは、まさしく死《し》と隣《とな》り合《あ》わせだったのだと思《おも》い知《し》らされたからである。

## 11 アグラの財宝《ざいほう》

私《わたし》たちが捕《と》らえた男《おとこ》は、キャビンで鉄《てつ》の箱《はこ》を前《まえ》に座《すわ》っていた。その箱《はこ》を手《て》に入《い》れるために、男《おとこ》は長年苦労《ながねんくろう》を重《かさ》ねてきたのだった。

日《ひ》に焼《や》けた肌《はだ》、命知《いのちし》らずの荒々《あらあら》しい目《め》つき、しわだらけの赤銅色《しゃくどういろ》の顔《かお》。がっしりと張《は》ったひげもじゃの顎《あご》が、簡単《かんたん》にはあきらめない不屈《ふくつ》の精神《せいしん》を感《かん》じさせる。歳《とし》は五十くらいだろう。黒《くろ》い縮《ちぢ》れた髪《かみ》に白《しろ》いものがだいぶまじっている。

先《さき》ほど目《ま》の当《あ》たりにしたように、太《ふと》い眉《まゆ》と気《き》の強《つよ》そうな顎《あご》は怒《いか》りに駆《か》られれば恐《おそ》ろしい形相《ぎょうそう》に変《か》わるが、こうして落《お》ち着《つ》いているときは決《けっ》して悪《わる》い人相《にんそう》ではない。手錠《てじょう》をかけられた両手《りょうて》を膝《ひざ》の上《うえ》に置《お》き、深《ふか》くうなだれながらも、鋭《するど》い光《ひかり》を帯《お》びた目《め》はおのれの悪行《あくぎょう》の引《ひ》き金《がね》となった箱《はこ》を見《み》つめている。

感情《かんじょう》を押《お》し殺《ころ》したようなこわばった顔《かお》つきからは、怒《いか》りよりも悲《かな》しみが強《つよ》く伝《つた》わってきた。けれども顔《かお》を上《あ》げて私《わたし》と目《め》が合《あ》った瞬間《しゅんかん》、そのまなざしに人《ひと》なつっこい色《いろ》がちらりとよぎったような気《き》がした。

ホームズが話《はな》しかけた。

「それにしても、ジョナサン・スモール。こんなことになって残念《ざんねん》だよ」

「ああ、おれもだ、旦那《だんな》」男《おとこ》は明《あか》るく言《い》ってのけた。「だが縛《しば》り首《くび》になんかされちゃかなわんね。神《かみ》かけて誓《ちか》うが、ショルトーをあやめたのはおれじゃない。あの悪鬼《あっき》みてえなトンガが勝手《かって》に毒矢《どくや》を射《う》ちこみやがったんだ。おれのあずかり知《し》らぬことなんだ。

あんときは悲《かな》しくて、親兄弟《おやきょうだい》を殺《ころ》されたも同然《どうぜん》だったよ。あの野郎《やろう》をロープで思《おも》いきりぶったたいてやった。まったく、取《と》り返《かえ》しのつかねえことをしてくれやがって。おれにはどうにもできませんよ」

「おまえが壁《かべ》をロープでのぼっているあいだ、小《ちい》さくて非力《ひりき》な相棒《あいぼう》が脅《おど》し文句《もんく》だけでショルトーさんをおとなしくさせておけるわけがないのは、わかりきったことだろう。にもかかわらず、なぜ放《ほう》っておいた？」

「旦那《だんな》はその場《ば》にいたみたいなことを言《い》いなさるね。おれは部屋《へや》が無人《むじん》だと思《おも》ってたんですよ。あの家《いえ》のことは隅々《すみずみ》まで知《し》ってた。普段《ふだん》はちょうどショルトーが夕食《ゆうしょく》に下《お》りていく時刻《じこく》だったんだ。こうなったら洗《あら》いざらいしゃべっちまいます。釈明《しゃくめい》するにはありのままの事実《じじつ》を伝《つた》えるしかないでしょうから。

はっきり言《い》って、相手《あいて》がショルトーの親父《おやじ》の老《お》いぼれ少佐《しょうさ》だったら、死刑《しけい》になろうが迷《まよ》わずこの手《て》で刺《さ》し殺《ころ》してた。だがなんの関係《かんけい》もない息子《むすこ》のショルトーを始末《しまつ》したと疑《うたが》われるのは、まっぴらごめんだ」

「おまえの身柄《みがら》を預《あず》かるのは、スコットランド・ヤードのアセルニー・ジョーンズ警部《けいぶ》だ。彼《かれ》がこれからおまえを僕《ぼく》の家《いえ》へ連《つ》れていく。真相《しんそう》はそこでじっくり聞《き》かせてもらうから、隠《かく》さずに本当《ほんとう》のことを話《はな》すんだ。そうすれば、こっちも力《ちから》になれるかもしれない。

あの毒《どく》は回《まわ》りが速《はや》く、おまえが部屋《へや》にたどり着《つ》いたときにはショルトーはすでに死《し》んでいたことを証明《しょうめい》してやれるだろう」

「実際《じっさい》にそのとおりだったんですよ、旦那《だんな》。ロープをよじのぼって屋根《やね》の天窓《てんまど》をくぐり抜《ぬ》けたら、顔《かお》をこっちに向《む》けてにたっと笑《わら》ってるショルトーと鉢合《はちあ》わせ。あんときほど肝《きも》をつぶしたことはないですよ。

トンガのやつ、半殺《はんごろ》しにしてやるつもりだったが、さっさと逃《に》げちまいやがって。おまけに、現場《げんば》に棍棒《こんぼう》と毒矢《どくや》を忘《わす》れてきたなどとぬかしおって。あそこから旦那《だんな》に足取《あしど》りをたどられるはめになったんでしょうな。

といっても、ここまで追《お》いつめられるとは思《おも》ってもみませんでしたがね。いや、恨《うら》むつもりはこれっぽっちもないんです。ただ不思議《ふしぎ》なだけで」

ジョナサン・スモールは苦々《にがにが》しげに笑《わら》って続《つづ》けた。

「だってそうでしょう、旦那《だんな》。五十万《まん》ポンドの財宝《ざいほう》の正当《せいとう》な所有者《しょゆうしゃ》であるこのおれが、一生《いっしょう》の半分《はんぶん》は流刑地《るけいち》のアンダマン諸島《しょとう》で防波堤《ぼうはてい》を造《つく》らされ、残《のこ》る後半《こうはん》はダートムア刑務所《けいむしょ》で下水溝《げすいこう》を掘《ほ》らされるんですからね。

いま思《おも》えば、商人《しょうにん》のアクメットと偶然《ぐうぜん》出会《であ》って、〈アグラの財宝《ざいほう》〉に関《かか》わったのが運《うん》の尽《つ》きだった。あの財宝《ざいほう》の持《も》ち主《ぬし》には必《かなら》ず災《わざわ》いが降《ふ》りかかる。アクメットは殺《ころ》されたし、ショルトー少佐《しょうさ》は恐怖《きょうふ》と罪《つみ》の意識《いしき》におびやかされ続《つづ》けた。おれもこれで一生刑務所暮《いっしょうけいむしょぐ》らしだ」

そのとき、アセルニー・ジョーンズが入《い》り口《ぐち》から大《おお》きな顔《かお》とがっしりした肩《かた》だけ突《つ》っこんできた。

「ほほう、仲良《なかよ》くやっとりますな。せっかくですから、お互《たが》いの成功《せいこう》を大《おお》いに祝《いわ》おうじゃありませんか。

片割《かたわ》れの男《おとこ》を生《い》け捕《ど》りにできなかったのは残念《ざんねん》ですが、ま、やむをえんでしょう。

今回《こんかい》の作戦《さくせん》がきわどいところでなんとか成功《せいこう》したってことは、ホームズさんもよくおわかりのはずだ。なにしろ、追《お》いつくのが精一杯《せいいっぱい》の状況《じょうきょう》でしたからね」

「終《お》わりよければすべてよし、だ。それにしても、オーロラ号《ごう》の速《はや》さには驚《おどろ》いたな」

「スミスによれば、あれはテムズ川《がわ》でも群《ぐん》を抜《ぬ》く高速艇《こうそくてい》だそうで。手伝《てつだ》いの機関手《きかんしゅ》があと一人《ひとり》いれば、絶対《ぜったい》に追《お》いつかれなかったと悔《くや》しがってましたよ。それから、ノーウッドの事件《じけん》のことはなにも知《し》らないの一点張《いってんば》りです」

スモールが横《よこ》から口《くち》を出《だ》した。

「そうさ、スミスはなにも知《し》らんよ。速《はや》いと評判《ひょうばん》だから、やつの船《ふね》を選《えら》んだまでで、詳《くわ》しい事情《じじょう》はひとかけらも話《はな》しちゃいない。もちろん金《かね》はたんと払《はら》ってやった。グレイヴズエンドでうまいことブラジル行《い》きのエスメラルダ号《ごう》に乗船《じょうせん》できたら、あらためて礼《れい》をたっぷりさせてもらうつもりだったしな」

「そうか。スミスが巻《ま》き添《ぞ》えを食《く》わんよう、取《と》りはからってやろう。われわれ警察《けいさつ》は犯人《はんにん》を逮捕《たいほ》することにかけては迅速《じんそく》だが、処罰《しょばつ》にあたっては慎重《しんちょう》でね」

威張《いば》りやのジョーンズが、手際《てぎわ》よく犯人逮捕《はんにんたいほ》できたことで気《き》を良《よ》くしたのか、さっそく偉《えら》そうな口《くち》をききはじめた。ホームズもジョーンズを見《み》て、微笑《びしょう》を浮《う》かべた。

「間《ま》もなくヴォクスホール橋《ばし》に着《つ》きます。ワトスン先生《せんせい》は宝《たから》の箱《はこ》を持《も》って岸《きし》に上《あ》がってください。言《い》うまでもないでしょうが、これはわたしにとって重大《じゅうだい》な責任《せきにん》をともなう特別《とくべつ》なはからいです。きわめて異例《いれい》ですが、約束《やくそく》は約束《やくそく》です。その代《か》わり、非常《ひじょう》に高価《こうか》なものをお預《あず》けするわけですから、当然《とうぜん》の義務《ぎむ》として巡査《じゅんさ》を一名同行《めいどうこう》させます。馬車《ばしゃ》で行《い》かれるんでしょうな?」

「ええ、そのつもりです」

「しかし困《こま》ったな。事前《じぜん》に箱《はこ》に入《はい》っている宝物《たからもの》の目録《もくろく》を作《つく》っておきたいんだが、あいにくと鍵《かぎ》がない。これじゃ蓋《ふた》を壊《こわ》して、こじ開《あ》けねばならん。おい、鍵《かぎ》をどこへやった?」

「川底《かわぞこ》に沈《しず》んでるよ」

スモールはぶっきらぼうに答《こた》えた。

「ふん、よけいなことを! さんざん手《て》こずらせたあげく、最後《さいご》までふざけたまねをしおって。もうたくさんだ。ワトスン先生《せんせい》、くれぐれもご用心《ようじん》を。用《よう》が済《す》んだら、宝《たから》の箱《はこ》は速《すみ》やかにベイカー街《がい》までお願《ねが》いします。われわれは署《しょ》へ戻《もど》る前《まえ》にお宅《たく》に立《た》ち寄《よ》って、待機《たいき》してますから」

ヴォクスホール橋《ばし》に到着《とうちゃく》すると、私《わたし》は重《おも》い鉄《てつ》の箱《はこ》を持《も》って、付《つ》き添《そ》い役《やく》の無愛想《ぶあいそう》だが温厚《おんこう》な性《せい》格《かく》らしい警官《けいかん》とともに下船《げせん》した。セシル・フォレスター夫人《ふじん》の家《いえ》までは馬車《ばしゃ》で十五分《ふん》ほどだった。

出《で》てきたメイドは、夜《よる》もだいぶ更《ふ》けてからの訪問者《ほうもんしゃ》に驚《おどろ》いた様子《ようす》だった。夫人《ふじん》は夕方《ゆうがた》から外出《がいしゅつ》していて、帰《かえ》りは遅《おそ》くなるそうだが、モースタン嬢《じょう》は在宅《ざいたく》とのこと。そこで、親切《しんせつ》な警官《けいかん》には馬《ば》車《しゃ》で待《ま》っていてもらい、私一人《わたしひとり》で箱《はこ》を抱《かか》えて彼女《かのじょ》のいる応接間《おうせつま》へ入《はい》っていった。

モースタン嬢《じょう》は襟元《えりもと》とウエストが緋色《ひいろ》がかった白《しろ》い薄織《うすお》りのドレスを着《き》て、開《ひら》いた窓《まど》のそばに座《すわ》っていた。シェードのついたランプから落《お》ちる柔《やわ》らかな光《ひかり》が、籐椅子《とういす》の背《せ》もたれに体《からだ》を預《あず》けている彼女《かのじょ》を照《て》らし、愛《あい》らしい顔《かお》とじゃれ合《あ》い、豊《ゆた》かな巻《ま》き毛《げ》ににぶい光沢《こうたく》を添《そ》えている。肘掛《ひじか》けに力《ちから》なくのせた白《しろ》い腕《うで》や、全身《ぜんしん》に漂《ただよ》う気配《けはい》は、物思《ものおも》いに沈《しず》んでいるようだった。だが私《わたし》の足音《あしおと》を耳《みみ》にするとすぐに立《た》ちあがり、驚《おどろ》きと喜《よろこ》びのいりまじった表情《ひょうじょう》で、青《あお》ざめていた頰《ほお》をほんのりと赤《あか》らめた。

「馬車《ばしゃ》の音《おと》が聞《き》こえたので、フォレスターさんは予定《よてい》よりもずいぶん早《はや》くお帰《かえ》りになったわと考《かんが》えておりましたの。まさかあなただとはゆめにも思《おも》いませんでした。なにか新《あたら》しい知《し》らせをお持《も》ちになったんですね？」

「知《し》らせよりもずっといいものを持《も》ってきました」

私《わたし》はそう答《こた》え、箱《はこ》をテーブルに置《お》いた。重《おも》たく沈《しず》んだ心《こころ》とは裏腹《うらはら》に、陽気《ようき》な口調《くちょう》で続《つづ》けた。

「どんな知《し》らせよりもすばらしいものです。あなたの財産《ざいさん》をお届《とど》けにあがったんですよ」

モースタン嬢《じょう》は鉄《てつ》の箱《はこ》に目《め》を向《む》けた。

「では、それが例《れい》の財宝《ざいほう》ですの？」淡々《たんたん》とした口調《くちょう》で尋《たず》ねる。

「ええ、そうですとも。正真正銘《しょうしんしょうめい》の〈アグラの財宝《ざいほう》〉です。半分《はんぶん》はあなたのもの、もう半分《はんぶん》はサディアス・ショルトー氏《し》のものです。それぞれ二十万《まん》ポンド以上《いじょう》の富《とみ》を手《て》にすることになります。年収《ねんしゅう》一万《まん》ポンドと考《かんが》えても、大変《たいへん》な金額《きんがく》ですよ」

いま思《おも》えば、私《わたし》の喜《よろこ》び方《かた》はどこか大《おお》げさだったにちがいない。モースタン嬢《じょう》は私《わたし》が並《なら》べ立《た》てる祝《いわ》いの言葉《ことば》にうつろな響《ひび》きを感《かん》じ取《と》ったらしく、眉《まゆ》を軽《かる》くつり上《あ》げて、不思議《ふしぎ》そうに私《わたし》を見《み》た。

「これがわたしのものになるのだとしたら、すべてあなたのおかげですわ」

「いえいえ、ちがいます。友人《ゆうじん》のシャーロック・ホームズのおかげですよ。私《わたし》ではどんなにがんばっても、手《て》がかりひとつつかめなかったでしょう。なにしろ、天才的《てんさいてき》な分析能力《ぶんせきのうりょく》をそなえたホームズにとってさえ、一筋縄《ひとすじなわ》ではいかない難事件《なんじけん》だったのですから。事実《じじつ》、すんでのところで犯人《はんにん》を取《と》り逃《に》がすところでした」

「おかけになって、詳《くわ》しくお聞《き》かせ願《ねが》えないでしょうか、ワトスン先生《せんせい》」

要望《ようぼう》に応《こた》えて、私《わたし》は前回会《ぜんかいあ》ったときからこれまでに起《お》こった出来事《できごと》をかいつまんで話《はな》した。ホームズの画期的《かっきてき》な捜査法《そうさほう》、オーロラ号《ごう》の発見《はっけん》、アセルニー・ジョーンズ警部《けいぶ》の来訪《らいほう》、夕暮《ゆうぐ》れからの遠征《えんせい》、テムズ川《がわ》で起《お》きた熾烈《しれつ》な追跡劇《ついせきげき》。

モースタン嬢《じょう》は唇《くちびる》をわずかに開《あ》け、目《め》を輝《かがや》かせながら私《わたし》の冒険談《ぼうけんだん》に聞《き》き入《い》っていた。だが、敵《てき》の毒矢《どくや》がホームズと私《わたし》のすぐ横《よこ》をかすめ飛《と》んでいった場面《ばめん》に来《く》ると、急《きゅう》に顔《かお》から血《ち》の気《け》が引《ひ》き、いまにも失神《しっしん》しそうなほど青《あお》ざめた。私《わたし》はあわてて水《みず》を注《つ》ごうとした。

「いえ、なんでもありませんから。もうだいじょうぶです。お二人《ふたり》がわたしのためにそんな危険《きけん》な目《め》に遭《あ》われたなんて……」

「心配《しんぱい》ご無用《むよう》ですよ。二人《ふたり》ともぴんぴんしていますので。さあ、暗《くら》い話《はなし》はこれくらいにして、明《あか》るい話題《わだい》に変《か》えましょう。そこでこの財宝《ざいほう》の出番《でばん》です。あなたに真《ま》っ先《さき》にお見《み》せしようと思《おも》って、特別《とくべつ》に許可《きょか》をもらって運《はこ》んできたんですよ。ご覧《らん》になりたいでしょう？」

「ええ、ぜひ拝見《はいけん》したいですわ」

と、答《こた》える声《こえ》にはこれっぽっちも熱《ねつ》がこもっていなかった。私《わたし》たちが大変《たいへん》な苦労《くろう》の末《すえ》に手《て》に入《い》れた物《もの》だから、少《すこ》しくらい関心《かんしん》を示《しめ》さなくては申《もう》し訳《わけ》ないと気《き》を遣《つか》ったのだろう。モースタン嬢《じょう》は上《うえ》からのぞきこんだ。

「まあ、なんてきれいな箱《はこ》かしら！　インド製《せい》ですのね？」

「ええ、ベナレスの金属細工《きんぞくざいく》ですよ」

彼女《かのじょ》は箱《はこ》を持《も》ちあげようとしてから言《い》った。

「ずいぶん重《おも》いのですね！　箱《はこ》だけでもかなりの値打《ねう》ちがありますわ。鍵《かぎ》はどこですの？」

「スモールがテムズ川《がわ》に捨《す》ててしまったんですよ。フォレスター夫人《ふじん》の火《ひ》かき棒《ぼう》を拝借《はいしゃく》するしかない」

箱《はこ》の正面《しょうめん》に、仏座像《ぶつざぞう》をかたどった厚《あつ》みのある幅《はば》の広《ひろ》い掛《か》け金《がね》がついていた。その下《した》に火《ひ》かき棒《ぼう》の先《さき》をこじ入《い》れて、てこの要領《ようりょう》で手前《てまえ》にひねりあげた。ばきっという鋭《するど》い音《おと》とともに掛《か》け金《がね》がはずれた。私《わたし》は緊張《きんちょう》に震《ふる》える手《て》で蓋《ふた》を勢《いきお》いよく開《あ》けた。

そのとたん、二人《ふたり》とも目《め》を見開《みひら》いたまま呆然《ぼうぜん》と立《た》ちつくした。

箱《はこ》は空《から》っぽだったのだ！

重《おも》いのも当然《とうぜん》で、内部《ないぶ》には三分《ぶん》の二インチ（約《やく》一・七センチ）ほどの分厚《ぶあつ》い鉄板《てっぱん》が隙間《すきま》なく敷《し》き詰《つ》められていた。精巧《せいこう》な細工《さいく》をとっても、どっしりとした頑丈《がんじょう》な造《つく》りをとっても、金銀財宝《きんぎんざいほう》をおさめるのにふさわしい箱《はこ》だ。にもかかわらず、肝心《かんじん》の貴金属《ききんぞく》や宝石《ほうせき》はただのひとつも入《はい》っていなかった。まったくの空《から》だったのである。

「財宝《ざいほう》はなくなったのですね」

モースタン嬢《じょう》の声《こえ》が静《しず》かに響《ひび》く。

その言葉《ことば》を耳《みみ》にし、その事実《じじつ》が意味《いみ》することを理解《りかい》した瞬間《しゅんかん》、私《わたし》の心《こころ》におおいかぶさっていた暗《くら》い影《かげ》はいっぺんに取《と》り払《はら》われた。

〈アグラの財宝《ざいほう》〉がもうないのだと知《し》って初《はじ》めて、いままでそれが自分《じぶん》にとってどれほど大《おお》きな重荷《おもに》だったかを思《おも》い知《し》らされた。身勝手《みがって》なのも、まちがっていることもわかっている。しかしそれでも、モースタン嬢《じょう》とのあいだに立《た》ちふさがっていた高《たか》い壁《かべ》はこれで崩《くず》れたのだという喜《よろこ》びが頭《あたま》を駆《か》けめぐり、それ以外《いがい》のことはなにも考《かんが》えられなくなった。

「ああ、よかった！」

本心《ほんしん》が口《くち》をついて出《で》た。

モースタン嬢《じょう》はちらりとほほえんで、私《わたし》の顔《かお》をまじまじと見《み》た。

「どうしてですの？」

「それは、あなたが私《わたし》の手《て》の届《とど》くところに戻《もど》ってきたからです」

そう言《い》って、私《わたし》は彼女《かのじょ》の手《て》を握《にぎ》った。彼女《かのじょ》に手《て》をひっこめようとするそぶりはみじんもなかった。

「メアリー、愛《あい》しています、心《こころ》から。誰《だれ》よりも深《ふか》く、真剣《しんけん》に愛《あい》しています。この財宝《ざいほう》、財産《ざいさん》があったせいで、気持《きも》ちを伝《つた》えることができませんでした。しかしそれが消《き》えたいまなら、あなたへの思《おも》いを告白《こくはく》することができます。それでつい、〝ああ、よかった〟と口走《くちばし》ってしまったのです」

「では、わたしも申《もう》しますわ。〝ああ、よかった〟」

そうささやいた彼女《かのじょ》を、私《わたし》は黙《だま》って抱《だ》き寄《よ》せた。

宝《たから》を失《うしな》った者《もの》がいる一方《いっぽう》で、宝《たから》を得《え》た者《もの》もいた。それはほかならぬ私自身《わたしじしん》であることを、その晩《ばん》はっきりと悟《さと》ったのだった。

# 12 ジョナサン・スモールの不思議《ふしぎ》な物語《ものがたり》

馬車《ばしゃ》で待《ま》っていた巡査《じゅんさ》は、空《から》っぽの箱《はこ》を目《め》にしたとたん、見《み》る見《み》る顔《かお》を曇《くも》らせ、がっかりした様子《ようす》で言《い》った。

「謝礼金《しゃれいきん》をもらいそこねたよ！　宝《たから》がないんじゃ、払《はら》ってくれっこないですからね。今夜《こんや》はこれだけ働《はたら》いたんだから、十ポンドかそこらの褒美《ほうび》にあずかっても罰《ばち》は当《あ》たらないと思《おも》ってたのに、なんてこった」

「サディアス・ショルトー氏《し》はもともと裕福《ゆうふく》な方《かた》だ。宝《たから》があろうとなかろうと、それ相応《そうおう》の礼《れい》はしてくれるはずだよ」

だが巡査《じゅんさ》は落胆《らくたん》しきった表情《ひょうじょう》で力《ちから》なく首《くび》を振《ふ》った。

「無駄骨《むだぼね》だったか。アセルニー・ジョーンズ警部《けいぶ》もきっとそう思《おも》うでしょう」

その予想《よそう》は正《ただ》しかった。ベイカー街《がい》に戻《もど》って、空《から》っぽの箱《はこ》をジョーンズに見《み》せると、しばらく口《くち》もきけないほどだった。

ジョーンズ、ホームズ、スモールの三人《にん》も、ちょうど着《つ》いたばかりだった。予定《よてい》を変更《へんこう》して、途中《とちゅう》で警察署《けいさつしょ》に寄《よ》ったためである。

ホームズはいつもの冷《さ》めた面持《おもも》ちで肘掛《ひじか》け椅子《いす》に沈《しず》みこんでいた。その真向《まむ》かいの椅子《いす》には、スモールが義足《ぎそく》を上《うえ》にして足《あし》を組《く》み、ぼんやりと座《すわ》っていた。なにも入《はい》っていない箱《はこ》を突《つ》きつけられると、スモールはのけぞって大声《おおごえ》で笑《わら》いだした。

「おまえのしわざだな、スモール」

アセルニー・ジョーンズがいきり立《た》って言《い》う。

「ああ、そうとも。旦那方《だんながた》には絶対《ぜったい》に手《て》が届《とど》かない場所《ばしょ》にしまっといたのさ」

スモールは得意満面《とくいまんめん》で言《い》い返《かえ》す。

「あの宝《たから》はおれのもんだ。どうせおれの手《て》に入《はい》らんのなら、誰《だれ》にも横取《よこど》りできないようにするまでよ。他人《たにん》には意地《いじ》でも渡《わた》さん。はっきり言《い》っとくがな、あの宝《たから》の権利《けんり》を持《も》ってるのはアンダマンの囚人収容所《しゅうじんしゅうようじょ》にいた三人《にん》とこのおれだけだ。ほかには一人《ひとり》もいやしない。

これまでさんざん苦労《くろう》してきたのは、自分《じぶん》のためだけじゃない、仲間《なかま》のためでもあった。〝四人《にん》のしるし〟を片時《かたとき》も忘《わす》れたことはなかった。あいつらも、ショルトーやモースタンの親類縁者《しんるいえんじゃ》に奪《うば》われるくらいなら、テムズ川《がわ》に投《な》げこんじまうほうがましだと思《おも》うに決《き》まってる。

ショルトーやモースタンの身内《みうち》を金持《かねも》ちにするために、アクメットを殺《や》ったんじゃないからな。宝《たから》のありかはな、鍵《かぎ》が沈《しず》んでるのと同《おな》じ場所《ばしょ》だよ。トンガのやつもそこに眠《ねむ》ってる。旦那方《だんながた》の蒸気船《じょうきせん》に追《お》いつかれるとわかったとき、とっさに宝《たから》を安全《あんぜん》な場所《ばしょ》に葬《ほうむ》り去《さ》ったわけよ。旦那方《だんながた》にすりゃ骨折《ほねお》り損《ぞん》のくたびれもうけだったな」

「ごまかそうったって、そうはいかないぞ、スモール。テムズ川《がわ》に捨《す》てるなら、どうして箱《はこ》ごと捨《す》てなかった？　そのほうがよっぽど簡単《かんたん》なはずだ」

ジョーンズは険《けわ》しい口調《くちょう》で言《い》った。

「捨《す》てるのが簡単《かんたん》なら、拾《ひろ》い集《あつ》めるのも簡単《かんたん》ってことだからな」

スモールはずるそうに横目《よこめ》でちらりと見《み》て、言《い》い返《かえ》した。

「おれを追《お》いつめるほど利口《りこう》な男《おとこ》にとっちゃ、川底《かわぞこ》から鉄《てつ》の箱《はこ》を引《ひ》き揚《あ》げることなんざわけないだろう。だが中身《なかみ》だけばらばらに投《な》げこんどきゃ、遠《とお》くへ散《ち》らばってくれる。いま頃《ごろ》は五マイル（約《やく》八キロ）かそこらは広《ひろ》がってるはずだから、そう簡単《かんたん》には探《さが》しだせないやね。おれはな、身《み》を切《き》る思《おも》いで宝《たから》を川《かわ》に放《ほう》ったんだ。そっちの船《ふね》にとうとう追《お》いつかれちまって、頭《あたま》が半分《はんぶん》おかしくなってたしな。ま、いまさら泣《な》き言《ごと》を並《なら》べたってしょうがない。人生《じんせい》の浮《う》き沈《しず》みはいやってほど味《あじ》わってきたおれだ、くよくよ後悔《こうかい》したら名《な》がすたるってもんよ」

「おい、スモール。こんな無駄《むだ》な抵抗《ていこう》はやめて、正義《せいぎ》のためにおとなしく自首《じしゅ》していたら、裁判《さいばん》でも多少《たしょう》は有利《ゆうり》になったものを」

スモールはすぐさまジョーンズに食《く》ってかかった。

「なにが正義《せいぎ》だ！　くだらん。あの宝《たから》はおれたちのもんだ。ほかの誰《だれ》のもんでもないんだ。なのにあとから割《わ》りこんできた連中《れんちゅう》に、はいどうぞと差《さ》しだせってのか？　そんな正義《せいぎ》がいったいどこにある？

おれは二十年《ねん》もの長《なが》いあいだ、熱病《ねつびょう》がはびこる沼地《ぬまち》で、来《く》る日《ひ》も来《く》る日《ひ》もこきつかわれたんだ。夜《よる》は汚《きたな》い囚人《しゅうじん》小屋《ごや》で鎖《くさり》につながれ、蚊《か》に食《く》われるわ、マラリアに苦《くる》しめられるわの生《い》き地獄《じごく》。そのうえ白人《はくじん》いじめが好《す》きな現地《げんち》の警官《けいかん》どもにいびられた。〈アグラの財宝《ざいほう》〉はな、そういう血《ち》のにじむ思《おも》いをして手《て》に入《い》れたものなんだ。それを横取《よこど》りされりゃあ我慢《がまん》ならないのは当《あ》たり前《まえ》だろうが。それなのに、あんたらときたら正義《せいぎ》だのなんだの勝手《かって》なことをぬかしやがって。

牢獄《ろうごく》につながれたまま、いま頃《ごろ》赤《あか》の他人《たにん》はおれからぶんどった財産《ざいさん》で贅沢《ぜいたく》に暮《く》らしてるのかと思《おも》って過《す》ごすなら、首《くび》を百回《かい》くくられるほうがはるかにましってもんよ。トンガの毒矢《どくや》にだって射《い》られてやろうじゃないか」

スモールは冷静《れいせい》さをかなぐりすてた。目《め》をぎらつかせ、激《はげ》しい身振《みぶ》りで手錠《てじょう》をガチャガチャ鳴《な》らし、恨《うら》みつらみを荒々《あらあら》しく吐《は》き散《ち》らした。

そのすさまじい姿《すがた》を目《ま》の当《あ》たりにして、この男《おとこ》にねらわれていたショルトー少佐《しょうさ》の恐怖《きょうふ》がわかる気《き》がした。

「お忘《わす》れのようだが、われわれは詳《くわ》しいことをなにひとつ知《し》らされていないんだ」

ホームズが穏《おだ》やかに言葉《ことば》をはさむ。

「おまえから事情《じじょう》を細《こま》かく説明《せつめい》してもらうまでは、もともと正義《せいぎ》は誰《だれ》の側《がわ》にあったか、おまえの言《い》い分《ぶん》に正当性《せいとうせい》があるのかどうか、判断《はんだん》のしようがないだろう?」

「まあ、それもそうだ。旦那《だんな》は最初《さいしょ》からおれをまともに扱《あつか》ってくれたっけな。もっとも、こうやって手錠《てじょう》をかけられるはめになったのは、旦那《だんな》のせいなんでしょうがね。いや、べつに恨《うら》んでいるんじゃない。公明正大《こうめいせいだい》なやり方《かた》で渡《わた》り合《あ》った結果《けっか》だから。

おれの話《はなし》を真剣《しんけん》に聞《き》く気《き》があるんなら、こっちもいまさら隠《かく》し立《だ》てはしませんよ。神《かみ》に誓《ちか》ってもいいが、始《はじ》めからしまいまで真実《しんじつ》を話《はな》しましょう。

おれの出身地《しゅっしんち》はウスターシャーです。パーショアの近《ちか》くで生《う》まれました。あのあたりはいまでもスモール姓《せい》の家《いえ》が多《おお》いはずだから、確《たし》かめてみちゃどうです? 故郷《こきょう》をもう一度《いちど》見《み》たいって気《き》持《も》ちはあったが、身内《みうち》に顔向《かおむ》けできない立場《たちば》でね。

みんな教会《きょうかい》に通《かよ》って堅実《けんじつ》に生《い》きてる、地元《じもと》でも信望《しんぼう》の厚《あつ》いまじめな農家《のうか》ばっかりだった。だが、おれはいつもふらふらしてるいいかげんな人間《にんげん》だった。

十八になる頃《ころ》、そういう暮《く》らしもやっと終《お》わった。女《おんな》をめぐっていざこざを起《お》こしたもんだから、地元《じもと》にはいられなくなっちまって、兵隊《へいたい》に志願《しがん》したんだ。で、ちょうどインドへ出発《しゅっぱつ》するところだった第《だい》三歩兵連隊《ほへいれんたい》へ入《はい》ったわけよ。

ところが、軍人生活《ぐんじんせいかつ》も長続《ながつづ》きしない運命《うんめい》だったようでね。まだ直立歩調《ちょくりつほちょう》の教練《きょうれん》が終《お》わったばかりで、マスケット銃《じゅう》の扱《あつか》い方《かた》をようやく覚《おぼ》えたって頃《ころ》に、ガンジス川《がわ》で泳《およ》ぐなんていうばかなことをやっちまったのさ。

川《かわ》の真《ま》ん中《なか》あたりを泳《およ》いでたら、ワニがいきなり右脚《みぎあし》に食《く》いついてきて、膝《ひざ》のちょい上《うえ》あたりから噛《か》みちぎりやがったんだ。外科手術《げかしゅじゅつ》で切断《せつだん》したみたいにすっぱりとな。

ショックと出血多量《しゅっけつたりょう》で気絶《きぜつ》して、もう少《すこ》しで溺《おぼ》れ死《じ》ぬところを、仲間《なかま》が抱《かか》えて岸《きし》まで運《はこ》んでくれた。おれはその怪我《けが》で五ケ月《げつ》も入院《にゅういん》した。木《き》の義足《ぎそく》をはめて、なんとかひょこひょこ歩《ある》けるようにはなったが、兵士《へいし》として役《やく》に立《た》たないってんで退院《たいいん》と同時《どうじ》に軍隊《ぐんたい》からおっぽり出《だ》されちまった。力仕事《ちからしごと》と名《な》のつくものには完全《かんぜん》に不向《ふむ》きな体《からだ》でな。

まだ二十歳《はたち》にもならない若《わか》さなのに、人生《じんせい》のどん底《ぞこ》だ。ところが運《うん》の良《い》いことに、藍《あい》の栽培《さいばい》を手《て》がけてるエイブル・ホワイトって男《おとこ》が、農園《のうえん》で労働者《ろうどうしゃ》たちを監督《かんとく》する人間《にんげん》を探《さが》しにきてたんだ。この人《ひと》が、たまたまおれのことを気《き》にかけてくれていた大佐《たいさ》と知《し》り合《あ》いでね。大佐《たいさ》はおれを監督《かんとく》に強《つよ》く推《お》してくれたわけだ。

ほとんど馬《うま》に乗《の》ったままの仕事《しごと》で、片脚《かたあし》でもたいして支障《ししょう》はない。実際《じっさい》にやることは、農園《のうえん》を馬《うま》でまわって労働者《ろうどうしゃ》たちの作業《さぎょう》を監視《かんし》し、怠《なま》けてるやつがいれば報告《ほうこく》するだけ。

給料《きゅうりょう》はまあまあだし、小《ちい》さいが居心地《いごこち》の良《い》い住居《じゅうきょ》ももらえたから、このまま藍栽培《あいさいばい》の農園《のうえん》で人生《じんせい》をまっとうするのも悪《わる》くないなと思《おも》うようになった。ホワイトさんがまた親切《しんせつ》な人《ひと》でね。おれの小屋《こや》にやって来《き》ては、一緒《いっしょ》にパイプをふかしたよ。異国《いこく》にいると、お互《たが》い白人同士《はくじんどうし》ってことで、こっちじゃ考《かんが》えられないくらい強《つよ》い親近感《しんきんかん》が芽生《めば》えるんだ。

だが、その幸運《こううん》も長《なが》くは続《つづ》かなかった。突然《とつぜん》、大反乱《だいはんらん》がおっぱじまってね。そう、〈セポイの反乱《はんらん》〉だよ。二十万人《まんにん》もの反逆者《はんぎゃくしゃ》どもが暴《あば》れだしやがって、国《くに》じゅうがまさに地獄《じごく》に様変《さまが》わりだ。おれのいた農園《のうえん》は西北州《せいほくしゅう》の境界線《きょうかいせん》に近《ちか》い、ムットラってとこにあった。夜《よ》な夜《よ》な、襲撃《しゅうげき》されたバンガローの燃《も》えあがる炎《ほのお》で空一面《そらいちめん》が真《ま》っ赤《か》に染《そ》まったし、昼間《ひるま》は連日《れんじつ》、家族《かぞく》を連《つ》れて避難《ひなん》するヨーロッパ人《じん》たちが、最寄《もよ》りの軍隊駐屯地《ぐんたいちゅうとんち》アグラを目指《めざ》して農園《のうえん》の敷地《しきち》をぞろぞろと通《とお》り抜《ぬ》けていく。

だが農園主《のうえんぬし》のエイブル・ホワイトさんは頑固者《がんこもの》でね。大《おお》げさに伝《つた》えられてるだけで、本当《ほんとう》はたいしたことないと思《おも》いこんでた。突然始《とつぜんはじ》まったんだから、終《お》わるのも突然《とつぜん》だろう、そのうちぱたっと止《や》むに決《き》まってるってな具合《ぐあい》にな。だからおれとドースンも、ホワイトさんのそばにくっついていた。ドースンってのは女房《にょうぼう》と二人《ふたり》で事務《じむ》や管理《かんり》を任《まか》されてた男《おとこ》だ。

だがある晴《は》れた日《ひ》、とうとう恐《おそ》ろしい災《わざわ》いが降《ふ》りかかった。夕方《ゆうがた》、遠《とお》くの農園《のうえん》まで行《い》った帰《かえ》り道《みち》、馬《うま》をゆっくり進《すす》めてたら、干上《ひあ》がった深《ふか》い水路《すいろ》の底《そこ》に落《お》ちてる丸《まる》っこいかたまりが目《め》に留《と》まった。そいつの正体《しょうたい》がわかったとたん心臓《しんぞう》が止《と》まりそうになった。

ドースンの女房《にょうぼう》だったんだ。ずたずたに切《き》り裂《さ》かれて、ジャッカルや野犬《やけん》に半分食《はんぶんく》い荒《あ》らされてたよ。道《みち》の少《すこ》し先《さき》では、ドースンも死《し》んでうつぶせに横《よこ》たわってた。手《て》には弾《たま》が空《から》になったリヴォルヴァーを握《にぎ》りしめ、すぐ前《まえ》に四人《にん》のセポイが折《お》り重《かさ》なって倒《たお》れてる。

そのとき、エイブル・ホワイトさんのバンガローから火《ひ》の手《て》が上《あ》がっているのが見《み》えた。おまけに、肌《はだ》の浅黒《あさぐろ》い悪魔《あくま》どもがイギリス軍《ぐん》の赤《あか》い軍服姿《ぐんぷくすがた》で何百人《なんびゃくにん》と群《むら》がって、炎《ほのお》に包《つつ》まれた家《いえ》のまわりで踊《おど》ったりわめいたりしてる。

すると、そのうちの何人《なんにん》かがこっちを指差《ゆびさ》したかと思《おも》ったら、銃弾《じゅうだん》が二、三発《ぱつ》飛《と》んできて、頭《あたま》をかすめてった。俺《おれ》は大慌《おおあわ》てで逃《に》げたよ。そして夜遅《よるおそ》く、アグラの要塞《ようさい》に無事《ぶじ》たどり着《つ》いたんだ。

もっとも、そこもたいして安全《あんぜん》じゃなかった。イギリス人《じん》は少人数《しょうにんずう》しかいないのに、向《む》こうは何百万《なんびゃくまん》もいるんだからな。それにしてもしゃくにさわるのは、敵《てき》が歩兵《ほへい》から騎兵《きへい》、砲兵《ほうへい》にいたるまで、もともとはイギリス軍所属《ぐんしょぞく》の精鋭部隊《せいえいぶたい》だってことだ。イギリスが訓練《くんれん》して鍛《きた》えあげた兵士《へいし》が、イギリスの武器《ぶき》を手《て》に、イギリスのラッパを吹《ふ》き鳴《な》らして攻《せ》めこんでくるんだからな、ひどい話《はなし》じゃないか。

そのときアグラにいたのは、ベンガル第《だい》三フュージリア連隊《れんたい》にシーク教徒兵《きょうとへい》が少《すこ》し、あとは騎《き》兵《へい》の二個中隊《こちゅうたい》と砲兵《ほうへい》の一個中隊《こちゅうたい》だった。ほかに事務員《じむいん》や商人《しょうにん》で組織《そしき》した義勇軍《ぎゆうぐん》もできてたんで、おれは義足《ぎそく》の体《からだ》ながらそこに加《くわ》わった。

最悪《さいあく》の状況《じょうきょう》だったよ。おれたちは反乱《はんらん》のど真《ま》ん中《なか》にいたんだからな。大《おお》きな街《まち》に、過激《かげき》な信者《しんじゃ》やら邪神崇拝者《じゃしんすうはいしゃ》やら、危《あぶ》ないやつらがうようよしてた。入《い》り組《く》んだ狭《せま》い路地《ろじ》にでも迷《まよ》いこんだが最後《さいご》、一握《ひとにぎ》りの人数《にんずう》しかいない部隊《ぶたい》なんか簡単《かんたん》に始末《しまつ》されちまう。

そこで、おれたちは川《かわ》を渡《わた》り、アグラの昔《むかし》の砦《とりで》に陣地《じんち》を移《うつ》した。

なんとも風変《ふうが》わりなところだった。何《なん》エーカーもありそうなそれはそれは広大《こうだい》な敷地《しきち》なんだ。新《あたら》しく建《た》て増《ま》しされた区画《くかく》だけでも度外《どはず》れた広《ひろ》さで、おれたち警備隊《けいびたい》と女《おんな》や子《こ》どもの住居《じゅうきょ》、食料《しょくりょう》やら生活必需品《せいかつひつじゅひん》やらの備蓄《びちく》、これらを全部《ぜんぶ》詰めこんだってまだたっぷり余裕《よゆう》がある。

おまけに、昔《むかし》からあったほうの建物《たてもの》がそれに輪《わ》をかけてでかい。もっとも、そっちはめったに人《ひと》が近寄《ちかよ》らないんで、サソリだのムカデだのがうじゃうじゃいたがね。曲《ま》がりくねった通路《つうろ》や長《なが》い回廊《かいろう》があちこちに張《は》りめぐらされてるから、迷子《まいご》にならないほうが不思議《ふしぎ》ってもんよ。わざわざ足《あし》を踏《ふ》み入《い》れるやつは誰《だれ》もいなかった。

砦《とりで》の正面《しょうめん》には川《かわ》が流《なが》れてて、天然《てんねん》の水濠《みずぼり》になってたが、側面《そくめん》と裏手《うらて》にも門《もん》が数《かぞ》えきれないほどあったんで、そっちは厳重《げんじゅう》に警備《けいび》しなけりゃならなかった。新《あたら》しいほうも古《ふる》いほうもな。人員不足《じんいんぶそく》だったんで、建物《たてもの》の中央《ちゅうおう》に警備本部《けいびほんぶ》を置《お》いて、それぞれの門《もん》を白人《はくじん》一名《めい》と現地《げんち》の人間《にんげん》二、三名《めい》で守《まも》ることになった。

おれは夜間《やかん》の数時間《すうじかん》、ほかからぽつんと離《はな》れた西南側《せいなんがわ》の小《ちい》さな門《もん》を受《う》け持《も》った。シーク教徒《きょうと》の騎兵《きへい》二名《めい》を部下《ぶか》につけてもらってな。なにか異変《いへん》を感《かん》じたらマスケット銃《じゅう》を発砲《はっぽう》して知《し》らせろ、ただちに本部《ほんぶ》から援護《えんご》に駆《か》けつける、との指示《しじ》だった。だが、本部《ほんぶ》とはゆうに百五十ヤード（約《やく》百四十メートル）は離《はな》れてるし、そのあいだには迷路《めいろ》みたいな通路《つうろ》や回廊《かいろう》が立《た》ちふさがってる。実際《じっさい》に敵《てき》の襲来《しゅうらい》を受《う》けたら、援護《えんご》なんか間《ま》に合《あ》いっこない。

しかし、まるっきりの新兵《しんぺい》で、しかも片方《かたほう》の脚《あし》には義足《ぎそく》をはめてるおれが、小《ちい》さいとはいえ分《ぶん》隊《たい》を指揮《しき》させてもらえるんだから、そりゃもう鼻高々《はなたかだか》だったよ。二晩続《ふたばんつづ》きで、パンジャブ人《じん》の部《ぶ》下《か》二名《めい》と張《は》り番《ばん》に立《た》った。そいつらの名前《なまえ》はマホメット・シンとアブドゥラー・カーン。どっちも長身《ちょうしん》で、顔《かお》つきが鋭《するど》く、〈チリアン・ワーラーの乱《らん》〉では武器《ぶき》をとってイギリス軍《ぐん》に挑《いど》んだという老練《ろうれん》な古参兵《こさんへい》だった。英語《えいご》をしゃべれるのに、おれとは口《くち》をきこうとしない。ずっと二人《ふたり》でくっついて、わけのわからん変《へん》てこなシークの言葉《ことば》で夜通《よどお》ししゃべってやがる。

だからおれは門《もん》の外《そと》に立《た》って、目《め》の前《まえ》の大《おお》きな川《かわ》と、アグラのきらきら光《ひか》る街《まち》の灯《ひ》を眺《なが》めてた。向《む》こう岸《ぎし》から聞《き》こえてくるのは太鼓《たいこ》やトムトムを叩《たた》く音《おと》、アヘンや大麻《たいま》でおかしくなった反乱兵《はんらんへい》どものわめき声《ごえ》。すぐ近《ちか》くに危険《きけん》な敵《てき》がいるんだってことを、ひしひしと感《かん》じたよ。

張《は》り番《ばん》の三日目《みっかめ》は、細《こま》かい雨《あめ》が風《かぜ》に吹《ふ》き散《ち》らされる晩《ばん》だった。そんな荒《あ》れ模様《もよう》のなか、門《もん》の前《まえ》に何時間《なんじかん》も立《た》ちっぱなしでいると、気《き》が滅入《めい》ってしょうがない。夜中《よなか》の二時《じ》に当番兵《とうばんへい》が見《み》まわりに来《き》たときだけは多少気《たしょうき》もまぎれたが、それだけだ。やれやれと思《おも》いながらパイプを取《と》りだし、マッチを擦《す》ろうとマスケット銃《じゅう》をちょっと下《した》に置《お》いた。

その瞬間《しゅんかん》、やつらが急《きゅう》に飛《と》びかかってきやがった。一人《ひとり》はおれから銃《じゅう》をもぎ取《と》って、おれの頭《あたま》にねらいを定《さだ》める。もう一人《ひとり》はばかでかいナイフを喉《のど》に突《つ》きつけ、一歩《いっぽ》でも動《うご》いたらぶすりといくからな、と脅《おど》しつける。

こいつらも反乱兵《はんらんへい》の仲間《なかま》で、これは襲撃《しゅうげき》の始《はじ》まりなんだと、おれはとっさに思《おも》った。だからナイフの切《き》っ先《さき》を喉《のど》に押《お》しあてられてるのもかまわず、悲鳴《ひめい》をあげようと大《おお》きく口《くち》を開《あ》けた。たとえそれが最期《さいご》の一声《ひとこえ》になろうと、警備本部《けいびほんぶ》にどうにかして危険《きけん》を知《し》らせたかった。

すると片方《かたほう》の男《おとこ》が、おれに小声《こごえ》で耳打《みみう》ちしたんだ。

『騒《さわ》がないでください。砦《とりで》は安全《あんぜん》です。川《かわ》のこっち側《がわ》に反逆者《はんぎゃくしゃ》は一人《ひとり》もいません』

次《つぎ》に、アブドゥラー・カーンが話《はなし》を切《き》りだす。

『おれたちの言《い》うとおりにしないなら、この場《ば》で永久《えいきゅう》に沈黙《ちんもく》してもらうしかない。おれたちにとっちゃ途方《とほう》もなくでっかい計画《けいかく》だから、手段《しゅだん》を選《えら》んでる場合《ばあい》じゃないんでね。生《せい》か死《し》か、選択肢《せんたくし》は二つだけ。三分《ぷん》で答《こた》えを出《だ》してもらいましょう。次《つぎ》の巡回《じゅんかい》が来《く》る前《まえ》に事《こと》を全部《ぜんぶ》済《す》ませちまわないといけないから、時間《じかん》がもったいない』

おれは言《い》い返《かえ》した。

『おまえらがどういう魂胆《こんたん》なのか聞《き》かされもせずに、どうやって答《こた》えを出《だ》せる？　いいか、あらかじめ言《い》っとくがな、砦《とりで》の安全《あんぜん》にかかわる計略《けいりゃく》なら、絶対《ぜったい》に話《はなし》に乗《の》るものか。ナイフでもなんでも、さっさとこの体《からだ》に突《つ》き立《た》てるがいい』

『砦《とりで》を危険《きけん》にさらすような話《はなし》じゃありません。旦那《だんな》にやってもらいたいのは、旦那《だんな》と同《おな》じ国《くに》の人《ひと》たちがはるばるインドにやって来《く》る目的《もくてき》とおんなじことです。金持《かねも》ちになってくれと頼《たの》んでるだけですよ。今夜《こんや》おれたちの仲間《なかま》に加《くわ》わってくれりゃ、この抜《ぬ》き身《み》のナイフにかけて、シーク教徒《きょうと》なら断《だん》じて破《やぶ》らない三重《さんじゅう》の誓《ちか》いにかけて、分《わ》け前《まえ》は平等《びょうどう》に渡《わた》すと約束《やくそく》する。財宝《ざいほう》の四分《ぶん》の一は旦那《だんな》のものだ』

『その財宝《ざいほう》ってのは、いったいなんだ？　金持《かねも》ちになりたいって気持《きも》ちはおまえらと同《おな》じくらい持《も》ってるが、まずは事《こと》の次第《しだい》を細《こま》かく説明《せつめい》してもらわんとな』

『だったら誓《ちか》ってください。父親《ちちおや》の骨《ほね》と、母親《ははおや》の名誉《めいよ》と、キリスト教《きょう》の十字架《じゅうじか》にかけて、今後《こんご》いっさいおれたちに手《て》を上《あ》げることはしない、勝手《かって》な口出《くちだ》しもしないと』

『いいとも、誓《ちか》おうじゃないか』おれは答《こた》えた。

『じゃあ、おれたちも誓《ちか》います。財宝《ざいほう》は四人《にん》で等《ひと》しく分《わ》けて、四分《ぶん》の一《いち》は旦那《だんな》のものに』

『四人《にん》？　ここには三人《にん》しかいないぞ』

『ドスト・アクバルの取《と》り分《ぶん》ですよ。待《ま》ってるあいだに詳《くわ》しく話《はな》しておきましょう。おい、マホメット・シン、門《もん》のそばに立《た》って、やつらが来《き》たら合図《あいず》しろ。

いいですかい、旦那《だんな》。これから大事《だいじ》な部分《ぶぶん》を伝《つた》えるから、よく聞《き》いてもらいたい。

北部《ほくぶ》の州《しゅう》に、領地《りょうち》は小《ちい》さいが、大金持《おおがねも》ちの藩王《はんおう》がいる。その藩王《はんおう》は獅子《しし》と虎《とら》の双方《そうほう》、つまりセポイとも東《ひがし》インド会社《がいしゃ》とも手《て》を結《むす》ぼうとした。だが間《ま》もなく、どうも白人《はくじん》のほうの旗色《はたいろ》が悪《わる》いように思《おも》えてきた。

だが用心深《ようじんぶか》い藩王《はんおう》は、金銀《きんぎん》は宮殿《きゅうでん》の地下室《ちかしつ》に保管《ほかん》しておき、とりわけ高価《こうか》な宝石《ほうせき》や最高級《さいこうきゅう》の真珠《しんじゅ》は鉄《てつ》の箱《はこ》に入《い》れて、商人《しょうにん》に化《ば》けた信頼《しんらい》できる忠僕《ちゅうぼく》にアグラの砦《とりで》へ運《はこ》びこませることにした。戦《いくさ》が終《お》わるまで隠《かく》しておこうってな。反乱軍《はんらんぐん》が勝《か》てば、地下《ちか》にしまってある金銀《きんぎん》は無事《ぶじ》。東《ひがし》インド会社《がいしゃ》が鎮圧《ちんあつ》に成功《せいこう》すれば、宝石《ほうせき》が戻《もど》ってくるって算段《さんだん》だ。

こうやって財産《ざいさん》を二つに分《わ》けると、自分《じぶん》の領地《りょうち》の近《ちか》くでは優勢《ゆうせい》だったセポイの味方《みかた》についた。ずいぶんとずるいことをしやがる。だからこういうやつの財産《ざいさん》は、まじめに働《はたら》いてる者《もの》たちで分《わ》け合《あ》うのが筋《すじ》ってもんじゃないですかね。

アクメットと名乗《なの》る家来《けらい》が、もうアグラの町《まち》に到着《とうちゃく》してる。これからなんとかしてこの砦《とりで》に入《はい》りこむつもりだ。やつが旅《たび》の道連《みちづ》れとして同伴《どうはん》してるのが、実《じつ》はおれの乳兄弟《ちきょうだい》ドスト・アクバルで、この秘密任務《ひみつにんむ》を打《う》ち明《あ》けられたんだ。じきにこの門《もん》にやって来《く》る。アクメットがやってくるなんてこと、誰《だれ》も知《し》りっこないんだ。藩王《はんおう》の財宝《ざいほう》はおれたちの手《て》に転《ころ》がりこむ。どうです、旦那《だんな》、悪《わる》くない話《はなし》でしょう?』

おれが生《う》まれたウスターシャーでは、人《ひと》の命《いのち》は偉大《いだい》で尊《とうと》いものだった。だが、あの反乱《はんらん》の中《なか》、人《ひと》の死《し》を目《ま》の当《あ》たりにしてきたもんだから、感覚《かんかく》が麻痺《まひ》しちまったんだろうな。アクメットの死《し》より財宝《ざいほう》の話《はなし》のほうに気持《きも》ちが引《ひ》っ張《ぱ》られた。

昔《むかし》は役立《やくた》たずだったおれがポケットいっぱいに金貨《きんか》を詰《つ》めこんで帰《かえ》ってきたら、村《むら》の連中《れんちゅう》はいったいどんな顔《かお》をするだろうとか、そんな想像《そうぞう》をめぐらせてた。

アブドゥラー・カーンはたたみかけるように熱弁《ねつべん》をふるった。

『考《かんが》えてもみてください、旦那《だんな》。アクメットは司令官《しれいかん》に引《ひ》き渡《わた》したって、どのみち縛《しば》り首《くび》か銃殺《じゅうさつ》の運命《うんめい》だ。しかも宝石《ほうせき》はまるまる没収《ぼっしゅう》されて、政府《せいふ》のもの。誰一人《だれひとり》、一ルピーももらえやしない。やつをつかまえるのはおれたちなんだから、後始末《あとしまつ》もこっちでつけさせてもらいましょうや。四人《にん》で分《わ》けても全員《ぜんいん》が百万長者《ひゃくまんちょうじゃ》になれるんですぜ。どうせ誰《だれ》にも知《し》られっこない。さあ、旦那《だんな》、おれたちの仲間《なかま》になるともう一度《いちど》誓《ちか》ってください。それができないって言《い》うんなら……』

おれの答《こた》えはこうだった。

『いついかなるときも、おまえたちの仲間《なかま》だ』

アブドゥラー・カーンはおれに銃《じゅう》を返《かえ》した。

『その言葉《ことば》、信《しん》じますよ。おれたちとおんなじで、旦那《だんな》もいったん交《か》わした約束《やくそく》は破《やぶ》れないはずですからね。よし、あとはアクメットと乳兄弟《ちきょうだい》のアクバルを待《ま》つだけだ』

『アクバルもこの計画《けいかく》を知《し》っているのか？』

『これはもともとあいつが考《かんが》えついた計画《けいかく》なんでね。さあ、門《もん》のところでマホメット・シンと一緒《いっしょ》に見張《みは》ってましょう』

ちょうど雨季《うき》に入《はい》ったばかりの頃《ころ》で、雨《あめ》はいっこうに降《ふ》りやむ気配《けはい》がなかった。真《ま》っ暗闇《くらやみ》の中《なか》、ふいに濠《ほり》の少《すこ》し向《む》こうで、覆《おお》いをつけたカンテラの光《ひかり》がちらっと輝《かがや》いた。光《ひかり》はすぐに土塁《どるい》に隠《かく》れて見《み》えなくなったが、少《すこ》しすると再《ふたた》び現《あらわ》れ、ゆっくりとこっちに向《む》かって進《すす》んできた。

アブドゥラー・カーンが小声《こごえ》で指示《しじ》を出《だ》した。

『旦那《だんな》、普段《ふだん》どおりに対応《たいおう》してください。怖《こわ》がらせちゃまずいんでね。やつをうまく奥《おく》へ誘《さそ》いこめたら、あとはおれたちでやりますから、旦那《だんな》にここで見張《みは》っててくれりゃいい。カンテラの覆《おお》いはすぐにはずせるようにしといてくださいよ。本人《ほんにん》かどうか確認《かくにん》しますんで』

ちらちら揺《ゆ》れる明《あ》かりが、止《と》まったり動《うご》いたりを繰《く》り返《かえ》して、やがて対岸《たいがん》に二つの黒《くろ》い人影《ひとかげ》が見《み》えた。土手《どて》を足早《あしばや》にくだり、濠《ほり》の底《そこ》のぬかるみになったところを横断《おうだん》し、いよいよ門《もん》に向《む》かってこっち側《がわ》の土手《どて》をのぼってきたところで、おれは呼《よ》び止《と》めた。

『何者《なにもの》だ！』

『味方《みかた》です!』という答《こた》えが返《かえ》ってきた。

おれはカンテラの覆《おお》いをはずして、相手《あいて》に光《ひかり》を向《む》けた。一人《ひとり》は見《み》あげるように背《せ》の高《たか》いシーク教《きょう》徒《と》で、黒《くろ》い顎《あご》ひげを飾《かざ》り帯《おび》のあたりまで伸《の》ばしてる。あんな巨人《きょじん》にはお目《め》にかかったことがないね。もう一人《ひとり》はころころと太《ふと》った背《せ》の低《ひく》い男《おとこ》だった。でっかい黄色《きいろ》のターバンを頭《あたま》に巻《ま》いて、ショールに包《つつ》んだ荷物《にもつ》を持《も》ってる。ありゃあ、おびえてるなんてもんじゃなかったよ。全身《ぜんしん》ぶるぶる震《ふる》えてるし、手《て》がぴくぴく引《ひ》きつってる。光《ひかり》がまぶしくて、首《くび》を左右《さゆう》に振《ふ》りながらネズミみたいに目《め》をしょぼつかせていた。

こいつを殺《ころ》すのかと思《おも》ったら、いたたまれない気持《きも》ちになったが、財宝《ざいほう》のことが頭《あたま》をかすめたとたん腹《はら》が据《す》わって、再《ふた》び意志《いし》ががっちり固《かた》まった。背《せ》の低《ひく》い男《おとこ》はおれが白人《はくじん》だとわかると、うれしそうに駆《か》け寄《よ》ってきた。

『旦那《だんな》、お助《たす》けを! どうか哀《あわ》れと思《おも》って、この商人《しょうにん》アクメットに救《すく》いの手《て》を。アグラでかくまってもらえないかと、ラージプターナからはるばる旅《たび》してきたのです。東《ひがし》インド会社《がいしゃ》の味方《みかた》だと言《い》われて、金品《きんぴん》を奪《うば》われたり、殴《なぐ》られたり、口汚《くちぎたな》くののしられたりと、それはひどい目《め》に遭《あ》いました』

『その包《つつ》みはなんだ?』おれは尋《たず》ねた。

『鉄《てつ》の箱《はこ》です。わが家《や》で代々《だいだい》受《う》け継《つ》がれてきた物《もの》が少《すこ》しばかり入《はい》っています。他人様《ひとさま》にはなんの値《ね》打《う》ちもありませんが、わたしにとっては思《おも》い入《い》れのある品《しな》でして。かくまっていただけるなら、それ相応《そうおう》の礼《れい》はさせていただきます。お若《わか》い旦那《だんな》、あなたと、それから司令官閣下《しれいかんかっか》にも』

それ以上言葉《いじょうことば》を交《か》わしてると、決心《けっしん》が揺《ゆ》らぎそうだった。

『本部《ほんぶ》に連《つ》れていけ』おれは部下《ぶか》に命《めい》じた。

二人《ふたり》のシーク教徒《きょうと》はアクメットを両側《りょうがわ》からぴったりとはさみこみ、すぐ後《うし》ろに大男《おおおとこ》を引《ひ》き連《つ》れ、奥《おく》の暗《くら》がりへと進《すす》んでいった。死《し》に神《がみ》に包囲《ほうい》された人間《にんげん》の図《ず》、と呼《よ》ぶのにこれほどふさわしい光《こう》景《けい》があるだろうか。おれはカンテラを手《て》に門《もん》のそばに残《のこ》った。

しばらく、がらんとした通路《つうろ》にやつらの規則正《きそくただ》しい足音《あしおと》が響《ひび》いてた。が、それが突然《とつぜん》やんだかと思《おも》うと、ののしり声《ごえ》や、もみ合《あ》う音《おと》、殴《なぐ》りつける音《おと》まで聞《き》こえてきた。次《つぎ》の瞬間《しゅんかん》、おれは背筋《せすじ》がぞっとした。誰《だれ》かの走《はし》る音《おと》と荒々《あらあら》しい息《いき》づかいが、こっちへ近《ちか》づいてきたんだ。

まっすぐな長《なが》い通路《つうろ》をカンテラで照《て》らすと、なんと太《ふと》った男《おとこ》が顔《かお》を血《ち》だらけにして、駆《か》け寄《よ》ってくるじゃないか。そのすぐ後《うし》ろから、黒《くろ》い顎《あご》ひげの大男《おおおとこ》がぎらっと光《ひか》るナイフを振《ふ》りかざし、獲物《えもの》に飛《と》びかからんとする虎《とら》さながらの形相《ぎょうそう》で追《お》ってくる。だが追《お》われてるほうの男《おとこ》はえらく足《あし》が速《はや》くて、大男《おおおとこ》をどんどん引《ひ》き離《はな》してく。

助《たす》かってくれ、という思《おも》いが一瞬胸《いっしゅんむね》をよぎった。だが宝《たから》のことを考《かんが》えて意《い》を決《けっ》し、そばを駆《か》け抜《ぬ》けようとした男《おとこ》の脚《あし》のあいだへ銃《じゅう》を放《ほう》り投《な》げた。すると相手《あいて》は撃《う》たれたウサギそっくりに、くるくると転《ころ》がって倒《たお》れた。よろめきながら懸命《けんめい》に起《お》きあがろうとしているところへ大男《おおおとこ》が襲《おそ》いかかり、馬乗《うまの》りになって脇腹《わきばら》にナイフを二回突《かいつ》き刺《さ》す。

アクメットはうめき声《ごえ》もたてず、身動《みうご》きひとつせず、地面《じめん》に横《よこ》たわった。倒《たお》れたはずみで首《くび》の骨《ほね》が折《お》れたんだろうな、もう息《いき》はなかった。これがあの晩《ばん》の一部始終《いちぶしじゅう》だ。

旦那方《だんながた》、おれは約束《やくそく》どおりなにもかも話《はな》した。自分《じぶん》にとって有利《ゆうり》か不利《ふり》かに関係《かんけい》なく、実際《じっさい》に起《お》こったことを正直《しょうじき》に。それだけはわかってもらいたいね」

スモールはここで言葉《ことば》を切《き》った。正直言《しょうじきい》って、私《わたし》はこの男《おとこ》が恐《おそ》ろしくてたまらなかった。冷酷《れいこく》な殺人《さつじん》に関《かか》わったこと以上《いじょう》に、それをこともなげに淡々《たんたん》と語《かた》る態度《たいど》に激《はげ》しい嫌悪感《けんおかん》をおぼえたからだ。

膝《ひざ》に手《て》を置《お》いてじっと聞《き》き入《い》っていたホームズとジョーンズも、一様《いちよう》に不快感《ふかいかん》を浮《う》かべている。それを見《み》て取《と》ったのか、再《ふたた》び話《はな》しだしたときのスモールは、口《くち》ぶりにいくぶん反抗的《はんこうてき》な響《ひび》きを帯《お》びていた。

「そりゃもちろん、悪《わる》いことをしたとは思《おも》ってるよ。だがな、おれと同《おな》じ立場《たちば》になって、分《わ》け前《まえ》はいらんと突《つ》っぱねられるやつがどれだけいる？　ぜひとも知《し》りたいもんだね。拒否《きょひ》すりゃ、その場《ば》で喉《のど》をかっ切《き》られるんだぜ。

アクメットを逃《に》がしたら、なにもかも明《あか》るみに出《で》る。そうなりゃ軍法会議《ぐんぽうかいぎ》にかけられて、おれは銃殺刑《じゅうさつけい》よ」

「話《はなし》の続《つづ》きを」ホームズがぶっきらぼうに促《うなが》す。

「おれたちは死体《したい》をなかへ運《はこ》びこんだ。カーン、アクバル、おれの三人《にん》でな。マホメット・シンは入《い》り口《ぐち》で見張《みは》りに立《た》たせた。

死体《したい》を運《はこ》んでった先《さき》は、シークどもがあらかじめ用意《ようい》しといた場所《ばしょ》で、曲《ま》がりくねった通路《つうろ》のずっと奥《おく》にあるがらんとした大広間《おおひろま》だった。土《つち》の床《ゆか》に陥没《かんぼつ》した箇所《かしょ》があって、墓穴《はかあな》にはおあつらえ向《む》きだったんで、死体《したい》をそこに入《い》れ、ひとまず壁《かべ》からはがれたレンガを上《うえ》にかぶせておいた。

宝《たから》の箱《はこ》は、アクメットが最初《さいしょ》に襲《おそ》われた場《ば》所《しょ》に落《お》ちたままになってた。いまそこのテーブルにある、その箱《はこ》だよ。

鍵《かぎ》は彫刻《ちょうこく》の入《はい》った取《と》っ手《て》に絹《きぬ》の紐《ひも》で結《むす》びつけてあったんで、さっそく開《あ》けてみると、色《いろ》とりどりの宝石《ほうせき》の山《やま》がカンテラの光《ひかり》を受《う》けて輝《かがや》いた。ありゃほんとに、目《め》がくらむほどのまばゆさでね。

中身《なかみ》を全部《ぜんぶ》取《と》りだし、目録《もくろく》作《づく》りに取《と》りかかった。最高級《さいこうきゅう》ダイヤモンドがなんと百四十三個《こ》もあって、そこには〈ムガル大帝《たいてい》〉とかいう名前《なまえ》がついた、現存《げんそん》するダイヤのなかでは世界《せかい》で二番目《ばんめ》に大《おお》きいってやつも入《はい》ってたよ。

ほかには高級《こうきゅう》エメラルドが九十七個《こ》とルビーが百七十個《こ》あったが、こっちはかなり小粒《こつぶ》のもまじってた。それから石榴石《ざくろいし》が四十個《こ》、サファイアが二百十個《こ》、瑪瑙《めのう》が六十一個《こ》。緑柱石《りょくちゅうせき》や縞《しま》瑪瑙《めのう》、猫目石《ねこめいし》、トルコ玉《だま》もどっさり。

極上《ごくじょう》の真珠《しんじゅ》も三百個近《こちか》く入《はい》ってて、うち十二個《こ》は黄金《おうごん》の宝冠《ほうかん》にはめこまれてた。おれがショルトーから取《と》り返《かえ》したとき、その宝冠《ほうかん》だけが箱《はこ》から消《き》えてたよ。

ひととおり数《かぞ》え終《お》えると、宝石《ほうせき》をまた箱《はこ》にし

まって、マホメット・シンに見《み》せるため門《もん》のところへ持《も》ってった。それから、最後《さいご》まで一致団結《いっちだんけつ》して、絶対《ぜったい》にぬけがけはしないと四人《にん》であらためて誓《ちか》い合《あ》った。宝《たから》はひとまず安全《あんぜん》な場所《ばしょ》に隠《かく》しておき、戦《いくさ》が終《お》わって、ほとぼりが冷《さ》めるまで待《ま》ってから平等《びょうどう》に分《わ》けることにした。

宝箱《たからばこ》は死体《したい》を埋《う》めたのと同《おな》じ部屋《へや》へ運《はこ》び、壁《かべ》に残《のこ》ってるレンガをいくつかはずして、そこにできたくぼみに押《お》しこんだ。もちろん場所《ばしょ》は細《こま》かく書《か》き留《と》めといた。

翌日《よくじつ》、おれは見取《みと》り図《ず》を人数分《にんずうぶん》の四枚《まいつく》作って、それぞれの一番下《いちばんした》に〝四人《にん》のしるし〟を書《か》き入《い》れた。どんなときも、ほかの者《もの》をだしぬくようなまねは断《だん》じてしない、という約束《やくそく》の証《あかし》だ。

さて、旦那方《だんながた》、インド全体《ぜんたい》に広《ひろ》がった反乱《はんらん》がどうやって終《お》わったかは、おれの口《くち》から聞《き》かされるまでもないでしょうが、ウィルスンがデリーを占領《せんりょう》して、サー・コリンがラクナウの要塞《ようさい》を救《きゅう》援《えん》すると、反徒《はんと》の勢《いきお》いは一気《いっき》に衰《おとろ》えた。

アグラにはグレイトヘッド大佐《たいさ》率《ひき》いる別働隊《べつどうたい》が救援《きゅうえん》に乗《の》りこんで、反乱者《はんらんしゃ》どもを根《ね》こそぎにしてくれたよ。国《くに》じゅうに平和《へいわ》の兆《きざ》しが見《み》えはじめたんだ。

おれたち四人《にん》は、もうじき宝《たから》の分《わ》け前《まえ》を手《て》に無事《ぶじ》に砦《とりで》とおさらばできそうだと希望《きぼう》をふくらませてた。ところが、なんてこったろうね、アクメット殺《ごろ》しの容疑《ようぎ》で全員《ぜんいん》つかまっちまったんだ。

藩王《はんおう》がアクメットに宝石《ほうせき》を運《はこ》ばせたのは、信頼《しんらい》できる家来《けらい》だとわかってたからだろうに、東洋《とうよう》人《じん》ってのは疑《うたぐ》り深《ぶか》いやね、念《ねん》には念《ねん》をってわけで、藩王《はんおう》はもっと信頼《しんらい》できる家来《けらい》をアクメットの監視役《かんしやく》として送《おく》りだしたんだ。

あの晩《ばん》も監視役《かんしやく》はアグラの砦《とりで》まであとを追《お》って、アクメットが城門《じょうもん》をくぐるところを見届《みとど》けた。翌日《よくじつ》、自分《じぶん》も許可《きょか》をもらってなかへ入《はい》った。ところがアクメットの姿《すがた》はさっぱり見《み》あたらない。不思議《ふしぎ》に思《おも》って、警備隊《けいびたい》の軍曹《ぐんそう》に事情《じじょう》を話《はな》すと、軍曹《ぐんそう》はそれを司令官《しれいかん》に報告《ほうこく》した。ただちに徹底《てってい》的《てき》な捜索《そうさく》がおこなわれ、死体《したい》が見《み》つかったってわけだ。

おれたち四人《にん》は捕《つか》まって、殺人罪《さつじんざい》で軍法会議《ぐんぽうかいぎ》にかけられた――事件《じけん》の夜《よる》にあの門《もん》で見張《みは》りに立《た》ってたのはおれたち三人《にん》だし、アクバルは被害者《ひがいしゃ》と道中《どうちゅう》をともにしてたんだから、そりゃ犯人《はんにん》だとわかるわな。

ただし、宝石《ほうせき》のことは裁判《さいばん》でまったく取《と》り沙汰《ざた》されなかった。というのも、例《れい》の藩王《はんおう》は権力《けんりょく》の座《ざ》から引《ひ》きずり下《お》ろされて、国外《こくがい》へ追放《ついほう》されちまったから、宝石《ほうせき》がどうのこうの言《い》いだすやつは誰《だれ》もいなかったんでね。

裁判《さいばん》の結果《けっか》、シーク教徒《きょうと》三人《にん》は一生《いっしょう》を牢屋《ろうや》ですごす終身刑《しゅうしんけい》、おれは死刑《しけい》と判決《はんけつ》が下《くだ》った。もっとも、あとでおれも終身刑《しゅうしんけい》に減刑《げんけい》されたがな。

四人《にん》とも足枷《あしかせ》でつながれた身《み》だし、再《ふた》び娑婆《しゃば》の空気《くうき》を吸《す》える望《のぞ》みなんか万《まん》に一《ひと》つもない。だが、それがかないさえすりゃ贅沢三昧《ぜいたくざんまい》の暮《く》らしが約束《やくそく》されてるとは、こんな皮肉《ひにく》もそうそうあるまい。壁《かべ》の隠《かく》し穴《あな》で待《ま》ってる財宝《ざいほう》のことを思《おも》うと、よけい悔《くや》しくて、はらわたが煮《に》えくり返《かえ》ったぜ。

おれはアグラからマドラスへ移《うつ》され、さらにアンダマン諸島《しょとう》のブレア島《とう》へ移《うつ》された。そこの収容所《しゅうようじょ》には白人《はくじん》の囚人《しゅうじん》がほとんどいなかったし、おれは最初《さいしょ》からまじめにしてたんで、じきに特別《とくべつ》扱《あつか》いしてもらえるようになった。

ハリエット山《さん》の中腹《ちゅうふく》にあるちっぽけな集落《しゅうらく》のホープ・タウンに、自分専用《じぶんせんよう》の小屋《こや》をもらったんだ。熱病《ねつびょう》がはびこる荒《あ》れた島《しま》だったし、広《ひろ》いとはいえない開拓地《かいたくち》を一歩《いっぽ》でも出《で》りゃ、毒矢《どくや》でしとめてやろうと現地人《げんちじん》がうようよしてたがな。

そんな土地《とち》で、おれたち囚人《しゅうじん》は地面《じめん》に穴《あな》を掘《ほ》ったり、溝《みぞ》をつくったり、ヤムイモを栽培《さいばい》したり、一日中目《いちにちじゅうめ》が回《まわ》るほど忙《いそが》しかった。それでも夜《よる》になれば多少《たしょう》は自由《じゆう》に過《す》ごせたんで、おれは軍医《ぐんい》の手伝《てつだ》いをしながら薬《くすり》の調合《ちょうごう》を教《おそ》わって、医学《いがく》の知識《ちしき》をかじらせてもらった。

もちろん脱走《だっそう》の機会《きかい》はつねに探《さが》してたが、ほかの陸地《りくち》からは何百《なんびゃく》マイルも離《はな》れてるし、あの一帯《いったい》の海《うみ》はまったくと言《い》っていいほど風《かぜ》がない。脱出《だっしゅつ》するのは至難《しなん》の業《わざ》だった。

軍医《ぐんい》のサマトン先生《せんせい》はかなり遊《あそ》び好《ず》きな青年《せいねん》でね。夜《よる》になると、若《わか》い将校《しょうこう》たちをしょっちゅう自分《じぶん》の居間《いま》に集《あつ》めてカード遊《あそ》びに興《きょう》じてたよ。

いつもおれが調剤《ちょうざい》をやってた薬局《やっきょく》はその居間《いま》と隣《とな》り合《あ》わせで、あいだに小窓《こまど》がひとつあった。暇《ひま》なときは、薬局《やっきょく》の明《あ》かりを消《け》して、勝負《しょうぶ》を観戦《かんせん》してた。おれも無類《むるい》のカード好《ず》きだから、自分《じぶん》はやらなくても、眺《なが》めてるだけで楽《たの》しいんだ。

顔《かお》ぶれは、現地《げんち》の部隊《ぶたい》を指揮《しき》するショルトー少佐《しょうさ》、モースタン大尉《たいい》、ブロムリー・ブラウン中尉《ちゅうい》の三人《にん》と、軍医《ぐんい》のサマトン先生《せんせい》、ほかには刑務官《けいむかん》が二人《ふたり》か三人《にん》ってところだった。

おれはじきにあることに気《き》づいた。軍人《ぐんじん》たちのほうは負《ま》けてばかりで、勝《か》つのは決《き》まって役人《やくにん》側《がわ》なんだ。役人《やくにん》たちはアンダマン諸島《しょとう》へ来《き》てからってもの、カード以外《いがい》にやることがなかったわけだし、相手《あいて》の手《て》の内《うち》は知《し》り尽《つ》くしてる。それに対《たい》して、ただの暇《ひま》つぶしのつもりだった軍人《ぐんじん》たちはわりといいかげんにやってたんだろうな。

なかでもとりわけ負《ま》けが込《こ》んでたのは、ショルトー少佐《しょうさ》だった。初《はじ》めは紙幣《しへい》や金貨《きんか》で支払《しはら》ってたが、じきにそれが約束手形《やくそくてがた》になった。それも高額《こうがく》のやつだ。

ある晩《ばん》のこと、少佐《しょうさ》はいつも以上《いじょう》に大負《おおま》けを食《く》らった。そしてモースタン大尉《たいい》と一緒《いっしょ》に宿舎《しゅくしゃ》へ帰《かえ》る途中《とちゅう》、おれの小屋《こや》のすぐ外《そと》を千鳥足《ちどりあし》で通《とお》りかかった。あの二人《ふたり》は親友同士《しんゆうどうし》で、いつも連《つ》れ立《だ》って行動《こうどう》してたんだ。

ちょうど小屋《こや》の真《ま》ん前《まえ》にさしかかったとき、ショルトー少佐《しょうさ》が言《い》った。

『なにもかもおしまいだ、モースタン。辞表《じひょう》を出《だ》すしかない。破滅《はめつ》だ。万事休《ばんじきゅう》すだよ』

『おい、なにをばかなことを！』連《つ》れの大尉《たいい》が少佐《しょうさ》の肩《かた》をたたいて諭《さと》してるのがわかった。

『わたしもかなり苦《くる》しい状態《じょうたい》だから、気持《きも》ちはわかる。しかし――』

声《こえ》が遠《とお》ざかって続《つづ》きは聞《き》き取《と》れなかったが、おれにいい考《かんが》えを授《さず》けてくれるきっかけとしては
それで充分《じゅうぶん》だったよ。

それから二、三日後《にちご》、ショルトー少佐《しょうさ》が海岸《かいがん》をぶらぶら歩《ある》いてるのを見《み》かけたんで、いまだと
思《おも》って声《こえ》をかけた。

『少佐殿《しょうさどの》、相談《そうだん》に乗《の》っていただきたいことがあるんですが……あのう、隠《かく》された財宝《ざいほう》ってやつは誰《だれ》に渡《わた》すのが一番《いちばん》いいか、ご意見《いけん》をお聞《き》かせ願《ねが》えんでしょうか？　実《じつ》を言《い》いますと、五十万《まん》ポンドの財宝《ざいほう》が眠《ねむ》ってる場所《ばしょ》を知《し》ってるんですよ。自分《じぶん》のものにはできなくても、しかるべき筋《すじ》にどうぞと差《さ》しだせば、刑期《けいき》を短《みじか》くしてもらえるんじゃないかと思《おも》いまして』

『五十万《まん》ポンドだと！　本当《ほんとう》なのか、スモール？』

少佐《しょうさ》は息《いき》をのんで、嘘《うそ》じゃないだろうなと言《い》いたげに、射《い》るような目《め》でこっちを見《み》た。

『本当《ほんとう》ですとも。宝石《ほうせき》やら真珠《しんじゅ》やらがどっさりと、簡単《かんたん》に掘《ほ》りだせる場所《ばしょ》に隠《かく》してあります。ところが、本来《ほんらい》の持《も》ち主《ぬし》はこのとおり服役中《ふくえきちゅう》の身《み》ですから、自分《じぶん》で取《と》りにいくことはできません』

『政府《せいふ》に渡《わた》すべきだろうな、スモール。うむ、宝《たから》は政府《せいふ》のものだ』少佐《しょうさ》は口《くち》ごもりながら言《い》った。

迷《まよ》ってるのがありありと伝《つた》わってきたんで、おれはしてやったりの気分《きぶん》だった。

『では、少佐殿《しょうさどの》は総督閣下《そうとくかっか》に報告《ほうこく》したほうがいいとお考《かんが》えで？』

『まあ、待《ま》て、スモール。まずはこのわたしに詳《くわ》しく話《はな》してみろ。細《こま》かいところまで全部《ぜんぶ》だ』

そこで、おれは事情《じじょう》をすっかり打《う》ち明《あ》けた。といっても、財宝《ざいほう》のありかを特定《とくてい》されないよう、ちょいとばかし変《か》えたところもあったがな。おれの話《はなし》が終《お》わったあとも、少佐《しょうさ》はその場《ば》に立《た》ちつくして考《かんが》えにふけってたが、ようやく口《くち》を開《ひら》いた。

『スモール、これは非常《ひじょう》に重要《じゅうよう》な問題《もんだい》だ。ほかの者《もの》には一言《ひとこと》もしゃべるなよ。では、近《ちか》いうちにまた』

そして二日後《ふつかご》の晩《ばん》、少佐《しょうさ》は友人《ゆうじん》のモースタン大尉《たいい》を連《つ》れて、カンテラを手《て》におれの小屋《こや》へやって来《き》た。

少佐《しょうさ》に頼《たの》まれて、大尉《たいい》にも先《せん》だって話《はな》したのと同《おな》じ内容《ないよう》を繰《く》り返《かえ》した。

『嘘《うそ》ではなさそうだろう？　やってみるだけの価値《かち》はあるんじゃないか？』

と少佐《しょうさ》がたずねると、モースタン大尉《たいい》はうなずいた。

すると、少佐《しょうさ》はおれに向《む》かってこう切《き》りだした。

『スモール。わたしと大尉《たいい》とでじっくり話《はな》し合《あ》った結果《けっか》、おまえの秘密《ひみつ》というのは政府《せいふ》には関係《かんけい》がなく、おまえ個人《こじん》の問題《もんだい》であって、おまえがいちばん良《い》いと判断《はんだん》する方法《ほうほう》で処理《しょり》する権利《けんり》がある、という結論《けつろん》に達《たっ》した。

そこで問題《もんだい》は、秘密《ひみつ》を引《ひ》き渡《わた》す見返《みかえ》りにおまえがいくら望《のぞ》んでいるかだ。互《たが》いの条件《じょうけん》に折《お》り合《あ》いがつけば、われわれが買《か》い取《と》ってやってもいいと考《かんが》えている。調《しら》べてみるくらいのことはしてやれるだろう』

無頓着《むとんちゃく》をよそおって、なるべく冷静《れいせい》に話《はな》してるつもりのようだったが、目《め》は興奮《こうふん》でぎらぎらして、貪欲《どんよく》さがにじみ出《で》てた。

『おれが自由《じゆう》の身《み》になれるよう手《て》を貸《か》してもらいたいんです。おれのほかに仲間《なかま》の三人《にん》も。そうしたら協力《きょうりょく》してくれた礼《れい》に宝《たから》の五分《ぶん》の一を差《さ》しあげますんで、お二人《ふたり》で山分《やまわ》けなさってください』

『二人《ふたり》でたったの五分《ぶん》の一か！』

『一人《ひとり》あたり五万《まん》ポンドにもなるんですぜ』おれは言《い》った。

『だが、おまえをいったいどうやって自由《じゆう》にできる？　初《はじ》めからできないとわかっていて、無理《むり》難題《なんだい》をふっかけてるんだろう』

『めっそうもない！　おれたちがこの島《しま》から脱出《だっしゅつ》するうえで最大《さいだい》の関門《かんもん》は、航海《こうかい》に必要《ひつよう》な船《ふね》と、長旅《ながたび》を生《い》き延《の》びるための食料《しょくりょう》が手《て》に入《はい》るかどうかです。

カルカッタかマドラスへ行《い》けば小型《こがた》のヨットや帆船《はんせん》がごまんとありますんで、それを一隻用意《せきようい》してもらえりゃ、もう成功《せいこう》したようなもんです。

夜《よる》のうちに出発《しゅっぱつ》して、インド沿岸《えんがん》のどこかでおれたち四人《にん》を降《お》ろしてください。それでお二人《ふたり》の任務《にんむ》は完了《かんりょう》です』

『ううむ、おまえ一人《ひとり》だけというわけにはいかんのか？』少佐《しょうさ》は渋《しぶ》い顔《かお》をした。

『四人全員《にんぜんいん》でなけりゃ、この話《はなし》はなかったことに。最後《さいご》まで一致団結《いっちだんけつ》すると、四人《にん》で誓《ちか》いを立《た》てたんですから』

『どうだろう、モースタン。スモールは約束《やくそく》を守《まも》る男《おとこ》だ。こいつを信用《しんよう》するしかないと思《おも》うんだが』

『わたしたちは手《て》を汚《よご》すことになるわけだな。だが、たしかにまとまった金《かね》が手《て》に入《はい》れば、二人《ふたり》とも将校《しょうこう》の地位《ちい》を失《うしな》わずに済《す》む』

少佐《しょうさ》がおれに向《む》かって言《い》った。

『おまえの条件《じょうけん》をのむしかないようだな。ただし、最初《さいしょ》にまず、おまえの話《はなし》が事実《じじつ》であることを確認《かくにん》しなければならん。宝《たから》の隠《かく》し場所《ばしょ》を教《おし》えてくれ。わたしが月《つき》一回《かい》の交代要員船《こうたいよういんせん》でインドへ行《い》き、確《たし》かめてくる』

『まあまあ、そう慌《あわ》てないでください』

少佐《しょうさ》が熱《あつ》くなればなるほど、おれはますます冷静《れいせい》になった。

『先《さき》に仲間《なかま》たちの同意《どうい》を取《と》りつけないといけません』

『くだらん！　インド人《じん》の犯罪者《はんざいしゃ》どもが、われわれの取《と》り引《ひ》きとなんの関係《かんけい》があるというんだ！』

『インド人《じん》だろうとなんだろうと、仲間《なかま》は仲間《なかま》です。死《し》ぬまで運命《うんめい》をともにすると約束《やくそく》し合《あ》ったんです』おれは断固《だんこ》として言《い》い張《は》った。

結局《けっきょく》のところ、話《はなし》にけりがついたのは次《つぎ》の会合《かいごう》のときだった。そこにはマホメット・シン、アブドゥラー・カーン、ドスト・アクバルも顔《かお》を並《なら》べた。とことん話《はな》し合《あ》った結果《けっか》、やっと具体的《ぐたいてき》な手順《てじゅん》が決《き》まった。

まずはショルトー少佐《しょうさ》とモースタン大尉《たいい》に例《れい》のアグラの砦《とりで》の見取《みと》り図《ず》を渡《わた》し、財宝《ざいほう》を隠《かく》してある壁《かべ》の位置《いち》に印《しるし》をつけておく。ショルトー少佐《しょうさ》がインドへ行《い》って、この話《はなし》が本当《ほんとう》かどうか現地《げんち》で確《たし》かめてくる。宝《たから》の箱《はこ》が見《み》つかったら、ひとまずそのままにしといて、先《さき》に小型《こがた》ヨットを調達《ちょうたつ》し、航海《こうかい》に必要《ひつよう》な食料《しょくりょう》やなにかを積《つ》んでラトランド島沖《とうおき》に停泊《ていはく》させておく。

おれたち四人《にん》が首尾《しゅび》よくヨットに乗《の》りこんだら、少佐《しょうさ》は何食《なにく》わぬ顔《かお》で職務《しょくむ》に戻《もど》る。で、次《つぎ》にモースタン大尉《たいい》が休暇《きゅうか》を取《と》って、アグラでおれたちと落《お》ち合《あ》う。財宝《ざいほう》はそのときに分《わ》けるから、モースタン大尉《たいい》は自分《じぶん》とショルトー少佐《しょうさ》の分《ぶん》を受《う》け取《と》って、ここで計画終了《けいかくしゅうりょう》。

必《かなら》ずこのとおりに進《すす》めるってことを、六人全員《にんぜんいん》、頭《あたま》で考《かんが》え得《う》るかぎり、口《くち》で表《あらわ》せ得《う》るかぎり、厳粛《げんしゅく》に誓《ちか》い合《あ》った。

そのあと、おれは徹夜《てつや》で作業《さぎょう》して、朝《あさ》までに将校二人《しょうこうふたり》に渡《わた》す見取《みと》り図《ず》を二枚仕上《まいしあ》げた。その二枚《まい》に〝四人《にん》のしるし〟を書《か》き入《い》れるのも忘《わす》れなかったさ。四人《にん》てのはもちろん、マホメット・シン、アブドゥラー・カーン、ドスト・アクバル、それからおれのことだ。

ところが、ショルトーってのは、とんでもない悪党《あくとう》でね。計画《けいかく》どおりインドへ行《い》ったが、それきり戻《もど》ってこなかった。それから間《ま》もなく、新聞《しんぶん》に載《の》ってた郵便船《ゆうびんせん》の乗客名簿《じょうきゃくめいぼ》にショルトーの名《な》があるのをモースタン大尉《たいい》が見《み》つけ、おれたちに知《し》らせてくれた。伯父《おじ》が死《し》んで遺産《いさん》が入《はい》ったとかいう理由《りゆう》で、すでに軍隊《ぐんたい》をやめてたんだ。

あの卑怯者《ひきょうもの》め、ほかの五人《にん》を平気《へいき》で裏切《うらぎ》りやがったのさ。モースタンがすぐにアグラへ行《い》って、宝《たから》がなくなっているのを確認《かくにん》したよ。ショルトーの野郎《やろう》、おれたちとの約束《やくそく》をことごとく踏《ふ》みにじって、財宝《ざいほう》を独《ひと》り占《じ》めしやがったんだ。

そのときを境《さかい》に、おれは復讐《ふくしゅう》の鬼《おに》と化《か》した。法律《ほうりつ》なんかくそくらえだ。なにがなんでも脱走《だっそう》して、ショルトーの居場所《いばしょ》を突《つ》きとめ、あいつをこの手《て》で絞《し》め殺《ころ》してやる——頭《あたま》にあるのはただそれだけだった。〈アグラの財宝《ざいほう》〉すらもうどうでもいいと思《おも》うくらい、ショルトーをこの世《よ》から抹殺《まっさつ》するって目的《もくてき》に取《と》り憑《つ》かれてた。

おれは生《う》まれてこのかた、いったん本気《ほんき》で取《と》りかかったことは必《かなら》ず最後《さいご》までやり遂《と》げてきた。といっても、機会《きかい》がめぐってくるまでは長《なが》い年月《ねんげつ》待《ま》たされたがね。

ある日《ひ》、サマトン先生《せんせい》が熱病《ねつびょう》で寝《ね》こんでいたとき、体《からだ》の小《ち》さいアンダマンの先住民《せんじゅうみん》を森《もり》で作業《さぎょう》してた囚人《しゅうじん》たちが運《はこ》びこんできた。毒蛇《どくへび》みたいに気性《きしょう》の荒《あら》いやつだとわかってたが、おれは引《ひ》き取《と》って治療《ちりょう》してやった。

二、三ヶ月後《げつご》にはだいぶよくなって、自力《じりき》で歩《ある》けるようになった。そのときにはもうすっかりおれになついちまってな、森《もり》へ帰《かえ》ろうとしないんだ。しょっちゅうおれの小屋《こや》の近《ちか》くをうろついてたよ。こっちが向《む》こうの言葉《ことば》を少《すこ》しわかるようになったんで、よけい離《はな》れがたくなったんだろう。

トンガってのがそいつの名《な》だ。舟《ふね》を巧《たく》みに操《あやつ》るし、大《おお》きなカヌーを持《も》ってた。おれのためならなんでもやってくれそうだったから、トンガに相談《そうだん》を持《も》ちかけて、こういう計画《けいかく》を立《た》てたんだ。

夜《よる》になったら、いつも見張《みは》りのいない古《ふる》い波止場《はとば》へトンガがカヌーを漕《こ》いでって、そこでおれを待《ま》つ。

体《からだ》は小《ちい》さいが、頼《たよ》りがいのある正直者《しょうじきもの》だったよ、トンガは。あれほど忠実《ちゅうじつ》な相棒《あいぼう》は、どこを探《さが》したっていやしない。

約束《やくそく》の晩《ばん》、あいつは言《い》われたとおり食料《しょくりょう》や水《みず》を用意《ようい》したカヌーを波止場《はとば》に回《まわ》してくれた。ところが、その夜《よる》にかぎって看守《かんしゅ》が一人《ひとり》そこで立《た》ち番《ばん》してるじゃないか。それも、おれをしょっちゅういびりやがってたやつだ。

いつか仕返《しかえ》しをしてやろうとずっと思《おも》ってたから、島《しま》から出《で》る前《まえ》に借《か》りを返《かえ》しておけという運《うん》命《めい》のはからいとしか思《おも》えなかったね。相手《あいて》は銃《じゅう》を肩《かた》に提《さ》げて、こっちに背《せ》を向《む》けてる。石《いし》で頭《あたま》をかち割《わ》ってやろうと、おれはあたりを見《み》まわした。だが、あいにくひとつも落《お》ちてない。

そのとき、ぱっといい考《かんが》えがひらめいた。武器《ぶき》ならここにあるじゃないか。暗闇《くらやみ》で自分《じぶん》の義足《ぎそく》をはずすと、やつの額《ひたい》に義足《ぎそく》を思《おも》いきり振《ふ》り下《お》ろしてやった。おれも勢《いきお》いあまって地面《じめん》に倒《たお》れこんだが、起《お》きあがったのはおれだけで、向《む》こうは横《よこ》たわったままぴくりともしなかった。

そのあとは脇目《わきめ》もふらずカヌーへと急《いそ》ぎ、一時間後《じかんご》にはもうだいぶ沖《おき》に出《で》てた。トンガは武器《ぶき》やら神様《かみさま》の像《ぞう》やら、一切合財《いっさいがっさい》を積《つ》みこんでた。その荷物《にもつ》にあった長《なが》い竹槍《たけやり》とココナツ編《あ》みのゴザで、おれが間《ま》に合《あ》わせの帆《ほ》をこしらえた。

それから十日間《とおかかん》、運《うん》まかせ風《かぜ》まかせで漂流《ひょうりゅう》を続《つづ》け、十一日目《にちめ》にシンガポールからジッダへ向《む》かう商船《しょうせん》に救助《きゅうじょ》された。

相棒《あいぼう》と二人《ふたり》、世界各地《せかいかくち》を転々《てんてん》と渡《わた》り歩《ある》いたが、なぜかロンドンにはなかなか近《ちか》づけなかった。それでも自分《じぶん》がなにをやるべきかは片時《かたとき》も忘《わす》れなかった。

そして六年《ねん》ほど前《まえ》、ようやくイギリスの土《つち》を踏《ふ》むことができた。ショルトーの居場所《いばしょ》を突《つ》きとめてから、次《つぎ》はやつが財宝《ざいほう》をまだ手《て》もとに置《お》いてるのかを調《しら》べにかかった。巻《ま》き添《ぞ》えにしたくないから教《おし》えないが、内部《ないぶ》に利用《りよう》できそうな者《もの》を見《み》つけてな。

財宝《ざいほう》はまだショルトーのところにあるとじきにわかった。そこで今度《こんど》はあの手《て》この手《て》で当人《とうにん》と直接対決《ちょくせつたいけつ》しようとしたが、なにしろずるがしこい相手《あいて》だからな、そう簡単《かんたん》にはいかない。息子《むすこ》たちやインド人召《じんめ》し使《つか》いもいるし、そのうえプロボクサーあがりの門番二人《もんばんふたり》がつねにがっちりと守《まも》りを固《かた》めていやがる。

そんなある日《ひ》、ショルトーが死《し》にかけてると知《し》らされた。おれは急《いそ》いでやつの屋敷《やしき》へ向《む》かった。庭《にわ》へ入《はい》って、窓《まど》から部屋《へや》をのぞくと、ベッドに寝《ね》てるやつの姿《すがた》が見《み》えた。枕元《まくらもと》の両側《りょうがわ》には息子《むすこ》が一人《ひとり》ずつ付《つ》き添《そ》ってる。おれは部屋《へや》へ飛《と》びこんでってやろうかと思《おも》ったが、ちょうどそのとき、やつがおれに気《き》づいて顔《かお》を引《ひ》きつらせ、首《くび》ががっくりと落《お》ちた。死《し》んじまったんだよ。その日《ひ》の晩《ばん》、やつの部屋《へや》に忍《しの》びこんで、財宝《ざいほう》の隠《かく》し場所《ばしょ》を示《しめ》す書《か》きつけでもないかと探《さが》しまわった。

だがそれらしいものはひとつも、ただのひとつも見《み》つからない。腹《はら》の虫《むし》がおさまらんとはこのことよ。

〝四人《にん》のしるし〟を紙《かみ》にささっと書《か》いて、ショルトーの胸《むね》にピンで留《と》めてきた。

その頃《ころ》、おれたちは食《く》ってくためにトンガを食人種《しょくじんしゅ》ってふれこみで、祭《まつ》りや市《いち》の見世物《みせもの》にしてた。客《きゃく》の前《まえ》でトンガが生肉《なまにく》を食《く》ったり、部族《ぶぞく》の出陣《しゅつじん》のダンスを踊《おど》って見《み》せたりするんだ。一日《いちにち》で帽《ぼう》子《し》いっぱいの小銭《こぜに》が集《あつ》まったよ。

ショルトーが死《し》んだあとも、ポンディシェリ荘《そう》の様子《ようす》は引《ひ》き続《つづ》き逐一報告《ちくいちほうこく》してもらってると、待《ま》ちに待《ま》った知《し》らせが舞《ま》いこんだ。とうとう宝《たから》が見《み》つかったんだ。家《いえ》の最上階《さいじょうかい》にあるバーソロミュー・ショルトーの化学実験室《かがくじっけんしつ》の屋根裏《やねうら》に隠《かく》してあった。

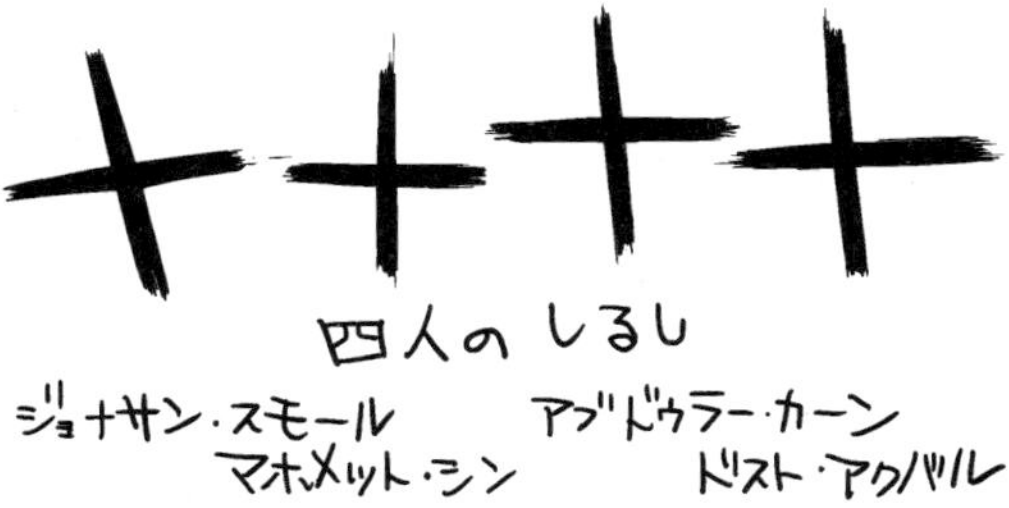

すぐに飛《と》んでったが、あんな高《たか》いところへ義足《ぎそく》の体《からだ》でよじのぼるのはまず無理《むり》だろうと思《おも》った。とりあえず、屋根《やね》に天窓《てんまど》がついてることと、ショルトーが夕食《ゆうしょく》で階下《かいか》に行《い》ってる時刻《じこく》を確《たし》かめておいた。トンガがいればなんとかなりそうな気《き》がしたんで、次《つぎ》のときは一緒《いっしょ》に連《つ》れていって、腰《こし》に長《なが》いロープを巻《ま》きつけさせた。

するとあいつは猫《ねこ》みたいに、あっという間《ま》に屋根《やね》まで上《あ》がった。ところが、あいにくなことにバーソロミュー・ショルトーがまだ部屋《へや》にいて、なかへ入《はい》ったトンガと鉢合《はちあ》わせしちまったんだ。おれがあとからロープづたいにのぼってくと、トンガのやつ、ショルトーを殺《ころ》したのは大手柄《おおてがら》だと思《おも》いこんで、得意《とくい》げに歩《ある》きまわってた。おれが、なんて残酷《ざんこく》なことをしやがるんだ、この血《ち》も涙《なみだ》もない化《ば》け物《もの》め、と怒鳴《どな》りつけると、びっくりしてぽかんとしてたよ。

だが、やっちまったもんはしょうがない、すぐに次《つぎ》の作業《さぎょう》に取《と》りかかった。まず、宝《たから》がようやく正当《せいとう》な持《も》ち主《ぬし》のもとに戻《もど》ったってしるしに、〝四人《にん》のしるし〟をテーブルに置《お》いた。それから宝《たから》の箱《はこ》をロープで外《そと》の地面《じめん》に下《お》ろし、おれもロープづたいに地上《ちじょう》へ戻《もど》った。あとに残《のこ》ったトンガがロープを引《ひ》きあげて天窓《てんまど》を閉《し》め、来《き》たときと同《おな》じようにするすると壁《かべ》を下《お》りた。

スミスのところのオーロラ号《ごう》はえらくすばしっこいとかいう噂《うわさ》をある船頭《せんどう》から聞《き》いて、逃《に》げるにはおあつらえ向《む》きだと思《おも》った。で、スミスの親父《おやじ》と交渉《こうしょう》して、おれたちを外国行《がいこくい》きの大型船《おおがたせん》まで無事《ぶじ》に送《おく》り届《とど》けてくれたら、謝礼《しゃれい》はたんまりはずむってことで話《はなし》がついたんだ。なにやらわけありだってことはスミスもうすうす感《かん》づいただろうが、例《れい》の秘密《ひみつ》についてはなんにも知《し》らない。

これは最初《さいしょ》から最後《さいご》まで本当《ほんとう》の話《はなし》だ。なにもかも白状《はくじょう》したのは、自分《じぶん》が正《ただ》しいことを証明《しょうめい》するには隠《かく》し事《ごと》をしないのが一番《いちばん》だと思《おも》った、ただそれだけの理由《りゆう》ですよ。ショルトー少佐《しょうさ》のひどい仕打《しう》ちをなんとしても世間《せけん》にさらけ出《だ》してやりたかったし、やつの息子《むすこ》に手《て》をかけたのはおれじゃないってこともはっきり言《い》っておきたかったんでね」

ホームズが口《くち》を開《ひら》いた。

「きわめて珍《めずら》しい事件《じけん》にふさわしいしめくくりと言《い》えよう。話《はなし》の後半《こうはん》は僕《ぼく》がもう知《し》っていることばかりだったがね。ただし、館《やかた》へ侵入《しんにゅう》する際《さい》に自分《じぶん》でロープを持《も》ちこんだという部分《ぶぶん》はわからなかった。

ところで、トンガはあの現場《げんば》に毒矢《どくや》を全部落《ぜんぶお》としてきたものと思《おも》っていたが、テムズ川《がわ》で船《ふね》からわれわれをねらって吹《ふ》いた一本《ぽん》はいったいどこから？」

「おっしゃるとおり全部落《ぜんぶお》としてきましたが、筒《つつ》のなかに一本《ぽん》だけ残《のこ》ってたんでさ」

「ほかになにかききたいことはおありで？」スモールは愛想《あいそ》よく言《い》った。

「いや、ないと思《おも》う。ありがとう」ホームズが答《こた》える。

アセルニー・ジョーンズが口《くち》をはさんだ。

「それじゃ、ホームズさん。こちらも職務《しょくむ》を果《は》たさねばなりません。ホームズさんやご友人《ゆうじん》のご希望《きぼう》は精一杯《せいいっぱい》かなえて差《さ》しあげたわけですから、そろそろスモールを留置場《りゅうちじょう》に放《ほう》りこんで、肩《かた》の荷《に》を降《お》ろさせてもらえませんか？　外《そと》には馬車《ばしゃ》がさっきからずっと待《ま》っていますし、階下《かいか》には警官《けいかん》も二人《ふたり》来《き》ています。

このたびはお力添《ちからぞ》えいただき、まことにありがとうございました。むろん、裁判《さいばん》にはご足労願《そくろうねが》うことになるでしょうから、どうかよろしく。では、おやすみなさい」

「じゃ、お二方《ふたかた》、これで失礼《しつれい》しますんで」スモールも挨拶《あいさつ》した。

部屋《へや》を出《で》る間際《まぎわ》、用心深《ようじんぶか》いジョーンズは言《い》った。

「おまえが先《さき》に行《い》け、スモール。後《うし》ろから義足《ぎそく》で殴《なぐ》られちゃかなわんからな。アンダマン諸島《しょとう》の看守《かんしゅ》と同《おな》じ目《め》に遭《あ》うのはごめんこうむる」

客《きゃく》たちが帰《かえ》ったあと、ホームズと私《わたし》はしばらくのあいだ黙《だま》っていた。

「どうやら、今回《こんかい》のささやかだが波瀾《はらん》に満《み》ちた事件《じけん》は、これで幕《まく》が下《お》りたようだね」

私《わたし》が先《さき》に口《くち》を開《ひら》いた。

「ただ、きみの探偵術《たんていじゅつ》を間近《まぢか》で勉強《べんきょう》させてもらうのもこれで最後《さいご》になるだろう。実《じつ》を言《い》うと、モースタン嬢《じょう》がぼくとの結婚《けっこん》を承諾《しょうだく》してくれたんだ」

ホームズはあからさまに憂鬱《ゆううつ》げな声《こえ》でうなった。

「そうなるんじゃないかと思《おも》っていたよ。おめでとうとは言《い》えないな」

その言《い》いぐさに、私《わたし》はちょっとむかっとした。

「ぼくの選《えら》んだ相手《あいて》にどこか気《き》に食《く》わない点《てん》でも？」

とホームズにきく。

「とんでもない。あれほど魅力的《みりょくてき》な女性《じょせい》にはお目《め》にかかったことがないし、僕《ぼく》らの仕事《しごと》には大《おお》いに役立《やくだ》ってくれそうだ。その方面《ほうめん》に関《かん》しては申《もう》し分《ぶん》のない能力《のうりょく》の持《も》ち主《ぬし》だよ。父親《ちちおや》が遺《のこ》した書類《しょるい》のうち、アグラの見取《みと》り図《ず》に目《め》を留《と》めて大切《たいせつ》に保管《ほかん》していたことからも、その的確《てきかく》な判断力《はんだんりょく》がうかがえる。

だが、恋愛《れんあい》とはしょせん感情《かんじょう》から生《う》まれるものだ。感情《かんじょう》のうえに成《な》り立《た》つものはどれも、僕《ぼく》がなによりも重《おも》んじる冷静《れいせい》な理性《りせい》とは相容《あいい》れない。判断力《はんだんりょく》をにぶらせないためにも、僕《ぼく》は一生結婚《いっしょうけっこん》しないつもりだよ」

「ご心配《しんぱい》なく」

私《わたし》は笑《わら》いながら言《い》った。

「ぼくの判断力《はんだんりょく》はその程度《ていど》の試練《しれん》にはびくともしないから。それはそうと、ホームズ、なんだか疲《つか》れた顔《かお》をしているぞ」

「うむ、さっそく反動《はんどう》が来《き》たようだ。この先《さき》一週間《しゅうかん》くらいはぐったりしているだろう」

「つくづく不思議《ふしぎ》だよ。普通《ふつう》の人《ひと》だと怠《なま》け者《もの》としか呼《よ》びようのない状態《じょうたい》と、事件《じけん》のときのような活力《かつりょく》あふれる気迫《きはく》に満《み》ちた状態《じょうたい》とが交互《こうご》にやって来《く》るとはね」

「ああ、まったくだ。僕《ぼく》のなかにはどうしようもない怠《なま》け者《もの》と、とてつもなく活発《かっぱつ》なやつとが同居《どうきょ》しているのさ。ゲーテの詩《し》の一節《いっせつ》が思《おも》い浮《う》かぶよ。

ああ、なにゆえ**自然**《しぜん》はおまえから一人《ひとり》の**人間**《にんげん》しか**造**《つく》りださなかったのか
その**素質**《そしつ》ならば、**偉人**《いじん》にも**悪人**《あくにん》にもなれたものを

それはそうと、今回《こんかい》のノーウッドの事件《じけん》、僕《ぼく》がにらんだとおり屋敷内《やしきない》にはスモールと通《つう》じていた共謀者《きょうぼうしゃ》がいたわけだが、それは執事《しつじ》のラル・ラオでまちがいないだろう。まあ結局《けっきょく》、大《おお》がかりな網《あみ》を張《は》って魚《さかな》を一匹《ぴき》つかまえたジョーンズ警部《けいぶ》が、手柄《てがら》を独《ひと》り占《じ》めするんだろうがね」

「不公平《ふこうへい》な話《はなし》だな」私《わたし》は言《い》った。

「本当《ほんとう》はなにもかもきみの活躍《かつやく》のおかげだというのに。この事件《じけん》でぼくは妻《つま》とめぐりあい、ジョーンズは栄誉《えいよ》を得《え》たが、きみにはいったいなにが残《のこ》るんだい？」

「事件《じけん》を解明《かいめい》できれば、僕《ぼく》はそれで満足《まんぞく》なのさ」

ホームズはそう言《い》って、ほっそりとした白《しろ》い手《て》を掲《かか》げた。

## 訳者《やくしゃ》あとがき

『四つの署名《しょめい》』は、イギリスの人気作家《にんきさっか》サー・アーサー・コナン・ドイルが書《か》いた小説《しょうせつ》で、有名《ゆうめい》なシャーロック・ホームズのシリーズのひとつです。

発表《はっぴょう》されたのは一八九〇年《ねん》ですから、いまの時代《じだい》より百二十年《ねん》以上《いじょう》も前《まえ》です。十九世紀《せいき》から二十一世紀《せいき》の現在《げんざい》まで読《よ》みつがれ、世界中《せかいじゅう》の人《ひと》たちに愛《あい》されてきました。その理由《りゆう》はきっと、名探《めいたん》偵《てい》ホームズと相棒《あいぼう》ワトスンの冒険《ぼうけん》が、わたしたちに特別《とくべつ》な楽《たの》しさや驚《おどろ》きを与《あた》えてくれるからなのでしょう。

名探偵《めいたんてい》シャーロック・ホームズのシリーズは、短編《たんぺん》と長編《ちょうへん》を合《あ》わせて全部《ぜんぶ》で六十作《さく》あります。第《だい》一作目《さくめ》は、つばさ文庫《ぶんこ》からすでに出《で》ている『緋色《ひいろ》の研究《けんきゅう》』です。空《あ》き家《や》で起《お》きた不思議《ふしぎ》な事件《じけん》を中心《ちゅうしん》に、ホームズとワトスンの出会《であ》いや、彼《かれ》らが固《かた》い友情《ゆうじょう》で結《むす》ばれていくまでのできごとが語《かた》られていました。

そして第《だい》二作目《さくめ》が、本書《ほんしょ》『四つの署名《しょめい》』です。名《めい》コンビ誕生《たんじょう》からおよそ七年《ねん》が過《す》ぎ、二人《ふたり》とも共同生活《きょうどうせいかつ》にすっかりなじんでいる様子《ようす》。それまで力《ちから》を合《あ》わせて、いくつもの事件《じけん》を解決《かいけつ》してきました。しっかり者《もの》で穏《おだ》やかなワトスンにくらべると、ホームズは少《すこ》し気《き》まぐれな性格《せいかく》のようです。でも、親友《しんゆう》を気《き》づかい、いたわる気持《きも》ちは忘《わす》れていません。疲《つか》れきったワトスンが眠《ねむ》りにつくまで、ホームズがかたわらでヴァイオリンを弾《ひ》いてあげるシーンは、二人《ふたり》のあいだの信頼感《しんらいかん》をよく表《あらわ》していますね。

そんな彼《かれ》らの前《まえ》に依頼人《いらいにん》として現《あらわ》れたのが、住《す》み込《こ》みの家庭教師《かていきょうし》メアリー・モースタンでした。不幸《ふこう》な運命《うんめい》にもめげず、けなげに生《い》きる優《やさ》しいメアリーに、ワトスンはほのかな恋心《こいごころ》を抱《いだ》きます。メアリーが持《も》ちこんだ相談《そうだん》は、間《ま》もなく恐《おそ》ろしい事件《じけん》へとつながっていくのですが、心《こころ》を寄《よ》せ合《あ》う二人《ふたり》の姿《すがた》は暗闇《くらやみ》にともる明《あ》かりのように、あたたかく輝《かがや》いています。

さて、その恐《おそ》ろしい事件《じけん》には、インドの財宝《ざいほう》や、お金《かね》に目《め》がくらんだ男《おとこ》たちのだまし合《あ》いがからんでいました。出発点《しゅっぱつてん》になるのはポンディシェリ荘《そう》というお金持《かねも》ちの館《やかた》。広《ひろ》い庭《にわ》のあちこちに土《つち》を掘《ほ》り返《かえ》した跡《あと》のある、ひっそりとした陰気《いんき》な建物《たてもの》として描《えが》かれています。それとは対照的《たいしょうてき》に、おしまいのほうでは、ホームズがテムズ川《がわ》に浮《う》かべた高速《こうそく》の蒸気船《じょうきせん》で犯人《はんにん》を激《はげ》しく追跡《ついせき》します。静《しず》けさと躍動感《やくどうかん》という正反対《せいはんたい》の組《く》み合《あ》わせは、この作品《さくひん》の大《おお》きな特徴《とくちょう》です。

正反対《せいはんたい》の組《く》み合《あ》わせを、もうひとつ挙《あ》げましょう。ワトスンはメアリーというすてきな女性《じょせい》に出会《であ》いました。でもホームズは、物語《ものがたり》の最初《さいしょ》と最後《さいご》で、とてもさびしそうな姿《すがた》を見《み》せます。始《はじ》まりのシーンで、無気力《むきりょく》に過《す》ごす彼《かれ》のことを、ワトスンがひどく心配《しんぱい》していたのを覚《おぼ》えているでしょうか？　ここは、原作《げんさく》ではもっと深刻《しんこく》なことが書《か》かれているのです。

ホームズはずばぬけて鋭《するど》い頭脳《ずのう》の持《も》ち主《ぬし》。むずかしい事件《じけん》や、複雑《ふくざつ》な問題《もんだい》に取《と》り組《く》んでいるときは、とてもいきいきとしています。けれども、そうでないときは気持《きも》ちが沈《しず》みこんで、ぐったりしてしまいます。そのため、自分《じぶん》の頭脳《ずのう》に刺激《しげき》を与《あた》えたくて、体《からだ》によくない薬《くすり》の助《たす》けを借《か》りようとします。だからこそ、医者《いしゃ》であり、親友《しんゆう》であるワトスンは心《こころ》を痛《いた》めているのです。こうした天才《てんさい》と呼《よ》ばれるホームズの陰《かげ》の部分《ぶぶん》も、物語全体《ものがたりぜんたい》に厚《あつ》みを与《あた》えて、わたしたちに物事《ものごと》を深《ふか》く考《かんが》えさせてくれます。

つばさ文庫版《ぶんこばん》では、小学生《しょうがくせい》・中学生《ちゅうがくせい》の読者《どくしゃ》が読《よ》みやすいよう、一部《いちぶ》の内容《ないよう》を省略《しょうりゃく》しています。もしあなたが、ホームズの世界《せかい》をもっと深《ふか》く知《し》りたいと思《おも》ったのなら、完訳版《かんやくばん》である角川文庫《かどかわぶんこ》のホームズシリーズをぜひ読《よ》んでみてくださいね。

駒月《こまつき》　雅子《まさこ》

この作品《さくひん》は、角川文庫《かどかわぶんこ》『四つの署名《しょめい》』(駒月雅子《こまつきまさこ》＝訳《やく》、二〇一三年《ねん》)をもとにし、全《すべ》ての漢字《かんじ》にふりがなをふり、一部《いちぶ》読《よ》みやすいように、内容《ないよう》の省略《しょうりゃく》や表現《ひょうげん》の書《か》きかえ、改行《かいぎょう》や読点《とうてん》を増《ふ》やしました。なお、本書中《ほんしょちゅう》には、先住民《せんじゅうみん》に関《かん》する差別的《さべつてき》な表現《ひょうげん》が若干《じゃっかん》ありますが、原作《げんさく》が人権《じんけん》意識《いしき》の低《ひく》い時代《じだい》に発表《はっぴょう》された作品《さくひん》であること、物語《ものがたり》の舞台《ぶたい》となっている時代《じだい》的《てき》・精神的背景《せいしんてきはいけい》、作品的価値《さくひんてきかち》を考《かんが》えあわせ、原本《げんぽん》のままとしました。

**コナン・ドイル／作**

1859年、イギリス・スコットランドのエディンバラ生まれ。開業医をするかたわら小説を書きはじめ、たちまち人気作家に。代表作の「シャーロック・ホームズ」シリーズのほか、歴史小説、SF小説も執筆。ナイトの爵位を持つ。1930年、71歳で死去。

**駒月雅子／訳**

1962年生まれ。慶應義塾大学文学部卒。翻訳家。手がけた作品に「シャーロック・ホームズ」シリーズ（角川文庫）、『ミスター・ホームズ　名探偵最後の事件』（株式会社KADOKAWA）などがある。

**冨士原 良／絵**

イラストレーター、漫画家。書籍のイラストのほか、ゲームのキャラクターデザインも手がける。



角川《かどかわ》つばさ文庫《ぶんこ》　Eと3-2

**名《めい》探《たん》偵《てい》シャーロック・ホームズ**

**四《よっ》つの署名《しょめい》**

**作《さく》　コナン・ドイル**

**訳《やく》　駒月雅子《こまつきまさこ》**

**絵《え》　冨士原《ふじわら》 良《りょう》**

2015年11月15日　初版発行

発行者　郡司 聡
発　行　株式会社KADOKAWA
〒102-8177　東京都千代田区富士見 2-13-3
03-3238-8521（カスタマーサポート）
http://www.kadokawa.co.jp/
印　刷　暁印刷
製　本　BBC
装　丁　ムシカゴグラフィクス




ISBN978-4-04-631550-2　C8297　N.D.C.933　223p　18cm